뇌의 혁명

뇌교육 전문가 김일식 박사의
100세 뇌활용법

초판 1쇄 발행 ｜ 2018년 6월 15일

지은이 ｜ 김일식
펴낸이 ｜ 최대석
펴낸곳 ｜ 행복우물
마케팅 ｜ 최연

편 집 ｜ 홍은정(umbobb@daum.net)
표지디자인 ｜ 서미선(mindmindms@gmail.com)

등록번호 ｜ 제307-2007-14호
등록일 ｜ 2006년 10월 27일

주 소 ｜ 경기도 가평군 가평읍 경반안로 115
전 화 ｜ 031)581-0491
팩 스 ｜ 031)581-0492

이메일 ｜ danielcds@naver.com
홈페이지 ｜ www.happypress.co.kr
ISBN 978-89-93525-57-1
정 가 12,000원

뇌의 혁명

뇌교육 전문가 김일식 박사의
100세 뇌활용법

김일식 지음

행복우물

진정한 삶의 의미를 알려주신 一指 이승헌 스승님께

이 책을 바칩니다.

희망은
나의 뇌 안에
있었다

반백년을 사는 것이 두렵고 불안해서 남 탓만 늘어놓다가 결국 모든 것을 다 잃었다. 그리고 10여 년이 흐른 지금, 나의 체험을 나누고자 시작한 공부로 7년 만에 고졸에서 박사가 되었고, 유난히 부끄럼을 많이 타서 남 앞에 서지도 못했던 사람이 이제는 강의를 한다. 그것도 수백 명의 청중 앞에서. 하루 두 갑을 피우던 담배는 끊었고, 이틀이 멀다고 마시던 술과는 멀어진지 오래다. 이제는 100살을 넘어 120살을 살겠다고 선택하고 나니 몸도 마음도 20년은 젊어졌다. 그야말로 내 인생에 기적이 일어난 것이다!

이 책은 다시 시작하기에는 너무 늦었다는 60대에 새로운 인생을 개척하고 있는 나의 이야기다. 여기까지 오는 길이 너무나 힘들고 고통스러웠기에 나의 체험을 나눔으로써 노년기가 불안과 두려움의 시기가 아니라 새로운 희망의 시기가 될 수 있음을 보여주고 싶다. 노인 인구가 급증하는 고령사회에서는 우리가 노년의 시간을 어떻게 보내는가 하는 문제가 실로 중요하기 때문이다. 무기력하고 비생산적이고 의존적인 삶을 살게 되면 사회 전체로는 큰 복지 부담이 될 수 있는 반면, 오랜 경험과 삶의 지혜를 타인과 나누는 삶을 살게 되면 그 사회는 물론이고 지구의 운명까지도 바꿀 수 있는 큰 힘이 될 수도 있다.

나의 운명이 바뀔 수 있었던 결정적 계기는 '뇌사용법'을 만나고 나서 부터이다. 뇌 사용법은 내가 이 세상에서 누구이고 어떤 존재인지를 알게 해 준 놀라운 교과서이자 길잡이였다. 우리의 모든 활동은 뇌를 통해 이루어지지만 정작 우리는 뇌가 자신의 것이라고 느낄 때는 두통을 느낄 때 뿐이다. 전자제품 하나를 사도 사용설명서가 따라오는데 무한한 잠재력을 가진 인간의 뇌를 어떻게 사용해야 하는지 알려주는 설명서가 없다니!

컴퓨터 전문가는 GIGO(Garbage In, Garbage Out)라는 단어를 쓴다. 즉, 입력하는대로 결과가 나온다는 말이다. 따라서 바이오 컴퓨터인 뇌에 쓰레기를 넣으면 쓰레기가 나온다는 것은 어찌보면 당연한 일이다. 뇌는 인생이라는 여행을 위해 준비된 고성능

컴퓨터와도 같다. 주인이 어떻게 사용하느냐에 따라 쓰레기를 생산하는 기계가 될 수도 있고, 멋진 작품을 창조하는 도구가 될 수도 있다.

우리 사회는 경쟁을 통해서만 자신이 원하는 것을 획득할 수 있다는 왜곡된 신념체계로 가득 차 있다. 그 결과, 우리가 아무 일도 하고 있지 않을 때는 죄책감마저 들 정도로 위축된 삶을 살고 있는 게 현실이다. 그러나 도토리 한 알에는 이미 커다란 참나무로 자랄 수 있는 잠재력이 있고, 봄에 태어난 다람쥐는 겪어보지도 못한 겨울을 대비해서 부지런히 도토리를 저장한다. 수만리 먼 길을 이동하는 철새들에게는 날씨를 알려주는 신문이나 TV도 없고 지형을 알려주는 지도나 GPS도 없지만, 이동해야 할 시기와 장소를 정확하게 알고 있다. 이렇듯 모든 생명은 성공을 위한 프로그램이 이미 내장되어 있는 존재이다. 더욱이 만물의 영장이라고 일컬어지는 인간에게는 이들이 갖지 못한 상상력과 창조력까지 갖춘 뇌가 있지 않은가.

우리의 삶이 긍정적으로 변하기 위해서는 삶에는 의미가 있으며 자신이 인생을 변화시킬 수 있는 능력이 있음을 인정해야 한다. 그러기 위해서는 세 가지에 대한 통찰이 필요하다. 첫째는 뇌를 활용할 수 있는 대상으로 보는 것이고, 둘째는 의식이 깨어나야 한다는 것이며, 셋째는 죽음 조차도 변화의 과정으로 받아들일 수 있어야 한다는 것이다.

뇌와 의식은 서로 밀접한 관계가 있어서 뇌를 주인으로 사용하게 되면 의식도 함께 깨어난다. 삶과 분리될 수 없는 것이 죽음이다. 잘 산다는 것은 잘 죽는다는 의미이다. 우리는 죽음을 모른다. 그렇기 때문에 죽음이 두렵다. 길을 걷다가 눈을 감으면 두려워지는 것처럼 우리 뇌는 생존본능에 따라 모르는 것에 대해 두려움을 느낀다. 다행히 심폐소생술이 발달함에 따라 1970년대 중반부터 죽음을 체험한 사례들이 속속 보고되고 있다. 그 결과 임사체험에 관한 많은 연구 결과물들은 죽음에 대한 두려움을 해소하는데 결정적인 역할을 하고 있다.

모든 것은 변한다. 문제는 변화에 수동적으로 끌려갈 것인가 아니면 능동적으로 변화를 이끌어 갈 것인가 하는 선택의 문제이다. 그리고 선택은 자신이 어떤 존재이며 무엇을 위해 살아야 하는지를 알 때 가능해진다. 자신의 존재가치를 모르면 미래를 선택할 수 없고, 올바른 미래를 선택하지 않는 한 변화는 일어나지 않기 때문이다. 20세기 천재 과학자 알베르트 아인슈타인은 "어제와 똑같이 살면서 다른 미래를 기대하는 것은 정신병의 초기 증세이다"라고까지 했다.

우리는 그 어느 때보다도 좋은 환경에서 살고 있다. 마음만 먹으면 얼마든지 새로운 정보를 찾아 자신의 것으로 만들 수 있다. 삶에 대한 정보는 물론이고 죽음에 대한 정보도 넘쳐난다. 우리는 지금껏 죽음이 끝이라고 생각했다. 보이고 만져지는 몸만이

나라고 생각하는 오래된 관념이 현상 너머에 실존하는 자신의 순수한 내면을 볼 수 없도록 만들었기 때문이었다. 하지만 이제는 과학자들조차도 생각하고 말하고 행동하는 그 이면에 존재하는 의식이나 에너지는 결코 사라지지 않는다는 가설에 동의하고 있다. 한 번 태어난 생명은 어떤 과정을 거쳐서든 결국 자신이 왔던 근원 자리로 돌아가야 끝난다. 이것이 우리가 지구에 온 목적이고 운명이다.

이러한 귀향길을 밝혀 줄 등불이요 내비게이션이 바로 우리의 뇌이다. 우리가 알고 있는 것보다 훨씬 커다란 잠재력을 갖고 있는 뇌를 제대로 사용해보지도 못하고 삶을 끝낸다면 얼마나 억울하겠는가? 나는 뇌를 믿고 두 번째 삶, 120세 인생을 살기로 했다. 뇌를 사용하면 사용할 수록 그것이 가능하다는 진리를 터득하고 있다.

우리 다 함께 120세 인생을 향한 희망여행을 떠나보자!

단기 4351년(서기 2018년) 4월
김일식

차 례

제1장

보이지 않는 것이
현실을 창조한다

> 인간의 가치는 무엇인가라는 질문에 대한 답을 찾는 것은
> 일종의 노후대책이기도 하다.
> · 일지 이승헌 ·

나를
찾아가는 길

나는 누구인가? 자신의 존재가치에 대한 질문은 인류의 탄생으로부터 현대에 이르기까지 지속된 근원적인 물음일 것이다. 우리는 산의 높이나 바다의 깊이가 궁금해서 끊임없이 여행을 한다. 하지만 정작 자기 자신에 대해서는 궁금해 하지도 않은 채 그냥 지나친다. 그러므로 우리는 인생에서 늘 타인으로 살고 방랑자로 살다가 세상을 마감한다. 자신이 누구인지 모르는데 어떻게 자신의 삶을 주체적으로 살아갈 수 있겠는가.

나는 누구이고 어디서 와서 어디로 가는가? 이 근원적인 질문

에 대한 해답을 찾기 위해 많은 과학자들과 철학자들은 인간의 내면세계를 탐험해왔다. 과학자들은 인간을 포함한 우주를 이루고 있는 기본 단위를 찾기 위해 연구에 연구를 거듭해오고 있고, 철학자들은 사색을 통해 인간의 본성에 대한 탐구를 계속해오고 있다. 그렇다면 최근에 밝혀진 인간의 본질에 대한 해답은 무엇일까?

과학자들은 인간의 몸은 지구상의 바닷가에 있는 모래알의 수를 합친 것만큼이나 많은 60조 개의 세포로 구성되어 있고, 이 세포들 간의 유기적인 활동으로 인하여 우리는 생존해 갈 수 있다고 한다. 그러면 이 60조 개의 천문학적인 세포들을 서로 연결하여 정보를 주고받을 수 있게 하는 원동력은 무엇인가?

바로 기 에너지다. 기氣가 있기 때문에 물질로 구성된 세포들 간에 소통이 이루어지고 생명 활동이 가능해지는 것이다. 우리의 심장이 뛰는 것과 같은 무의식적인 움직임이나 말하고 걷는 것과 같은 의식적인 움직임에는 에너지, 즉, 기가 필요하다. 심지어 생각조차도 에너지를 필요로 한다. 컴퓨터가 본체와 프로그램이 있어도 전기가 공급되어야 작동하는 것과 같이, 우리 몸에도 기라는 에너지가 없으면 생명현상은 일어나지 않는다.

기라는 용어는 우리의 일상에서 흔히 사용되어 오고 있으나 정작 눈에 보이거나 만져지지 않음으로 인해서 비과학적인 영역이나 샤머니즘의 차원으로 간주되어 왔다. 그러나 우리가 일상에서 사용하는 말을 살펴보면 우리의 삶과 기는 아주 밀접하게 관련되어 있음을 알게 된다. 감기, 열기, 냉기, 기력, 기운, 용기, 공기, 대기, 분위기, 기분, 양기 및 음기 등과 같은 다양한 용어가 그것들이다.

사전적 의미의 기氣는 이렇게 정의되어 있다.

"사람이 활동하고 살아가는 데 필요한 육체적, 정신적인 힘, 즉, 원기, 정기, 기력 따위를 통칭한다. 그것은 천지에 가득 차 있으며 모든 생명의 근원이라고 생각되는 기운이자 우주를 구성하고 있는 원기元氣이다."

생명을 표현하는 기는 우리 눈에는 보이지 않으나 느낄 수는 있다. 우리는 몸과 마음이 고요해지고 의식이 명료하게 깨어 있을 때 자신의 몸을 둘러싼 미세한 기의 흐름을 느낄 수 있다. 무엇보다도 기가 강하게 작용하는 순간은 사랑할 때이다. 인간은 누군가를 사랑할 때 최고의 기감이 열리는 데 누구도 이를 기공氣功 능력이라고 하지 않을 뿐이다. 이러한 기를 터득하고 운용함으로써 건강, 행복, 평화를 몸으로 체험할 수 있는 단학丹學은 고대로부터 전해져 온 선도仙道에 뿌리를 두고 있다.

선도 수련은 기氣를 터득하고 조절하는 과정에서 자연스럽게 인성이 회복되므로 고구려의 조의선인, 백제의 문무도, 신라의 풍류도와 화랑도, 고려 초기의 국선과 국자랑 등, 국가의 인재양성 제도를 통해 그 전통이 계승되어 왔다. 우리 선조들은 이 선도

수행을 통해 몸과 마음을 닦고 인성을 회복하였다. 인성은 인간을 인간답게 만드는 성품이다. 그러나 묘청의 난 이후 선도는 역사의 주류에서 사라지게 되었다.

인간人間은 말 그대로 사람과 사람 사이의 관계이다. 사람은 자연을 닮았기에 자연과의 관계이고 하늘과 땅 사이에 있는 모든 생명과의 관계이다. 이러한 감각을 회복한 사람은 자연스럽게 모든 생명을 이롭게 하는 삶을 살게 되며, 뇌를 100% 활용할 수 있는 철학적 기반을 갖추게 된다.

내가 몸과 마음이 지칠 대로 지쳐 지푸라기라도 잡고 싶은 심정일 때 만난 것이 바로 뇌교육의 전신인 '단학'이었다. 단학은 1980년대 처음으로 현 글로벌사이버대학교 이승헌 총장에 의해 대중에게 보급되기 시작해서 지금은 '뇌교육'이라는 학문으로 발전하여 세계화되고 있다. 뇌교육에서는 인간을 다차원적인 존재로 본다. 즉, 보이고 만져지는 육체, 보이지는 않지만 느껴지는 에너지체, 그리고 보이지도 만져지지도 않으나 끊임없이 우리 뇌 속에서 일어나는 정보작용인 정보체, 이렇게 세 가지 차원으로 구성된 다차원적인 존재가 인간이라는 것이다.

인간은 육체로만 한정된 존재가 아님에도 불구하고 오로지 성공만을 추구하는 물질문명 속에서는 인간의 중심 가치를 육체에 둔다. 그러나 사실, 육체는 인간을 구성하는 세 차원 중 가장 취약하다. 육체의 생존을 위해서는 계속해서 먹어야 하고 잠을 자야하며 또한 질병으로부터도 안전하지 않기 때문이다. 육체의 관점에서 보면 우리는 모두 서로 분리되어 있고 자연과도 떨어져 있다. 그리고 육체의 가장 큰 약점은 우리가 아무리 그것을 잘 관리해도 결국 늙고 병들어 죽는다는 것이다. 우리의 삶이 유한하고 죽음으로 모든 것이 끝난다는 물질문명 속에서는 남들보다 더 잘 먹고 더 좋은 집과 더 고급스러운 차를 몰기 위해 더 많은 돈을 벌어야 하는 성공이 삶의 목적이 된다. 성공을 추구하는 삶은 본질에서 서로 경쟁하고 상대방을 지배하고자 한다. 이러한 패러다임은 개인의 행복과 평화를 앗아가고 급기야 지구까지 병들게 했다. 지구촌 곳곳에서 수많은 사람들이 기아와 질병으로 고통받아도 우리는 그것을 전혀 자신의 아픔으로 여기지도 않는다.

그러나 우리의 의식이 육체를 넘어 에너지체와 정보체로까지 확장되면 자신이 육체로 한정된 존재가 아니라 모든 생명이 서로 연결되어 분리될 수 없는 하나임을 깨닫게 된다. 생명을 가진 모든 것은 에너지를 갖고 있다. 에너지는 곧 생명이다. 그리고 에너지 차원에서는 모든 것이 서로 연결된 하나다.

브라이언 그린[1]의 초끈이론에 따르면 우주는 진동하는 초끈들로 구성되어 있다고 한다. 맨눈으로 볼 수는 없지만 이런 미세하

---

1) Brian Greene(1963~) 옥스퍼드 대학 물리학 박사, 만물의 최소단위가 입자가 아닌 '진동하는 초끈'으로 구성되어 있다는 '초끈이론string theory'을 발표하여 물리이론에 중요한 업적을 남겼다. 저서로는 《엘러건트 유니버스》가 있다.

고 진동하는 끈들로 우리는 연결되어 있다는 것이다. 또한, 우리는 다양한 정보들로 구성된 정보의 집합체이다. 정보를 수신하고 저장하며 창조하는 곳은 우리의 뇌다.

개인의 뇌 속에 어떤 정보가 들어 있고 어떤 정보를 선택하느냐에 따라 개인의 운명이 결정된다. 정보를 생산하는 인간의 뇌는 파충류 시절부터 진화되어 온 뇌간, 포유류 단계의 대뇌변연계, 그리고 인간에게만 발달되어 있는 대뇌피질의 3층 구조로 되어있다. 대뇌피질은 인간에게만 두드러지게 발달하였는데 고차원적인 사고 활동을 통하여 자신이 누구인지, 무엇을 위해 살아야 할 지를 스스로 질문하고 질문에 대한 해답을 찾을 수 있는 곳이다.

이러한 근원적인 질문과 해답이 저장된 우리의 뇌는 감각을 느낄 수 있는 수용기관이 없다. 그래서 뇌수술에는 마취가 필요없다. 뇌를 자극하고 느낄 방법은 오로지 뇌와 연결된 신체를 움직여서 뇌를 자극하고 몸과 뇌를 연결하는 기를 통하여 뇌를 느낄 수 있게 된다. 따라서 자신을 다차원적으로 느끼기 위해서는 기를 느끼는 것이 중요하다. 기를 터득하게 되면 뇌 감각을 깨울 수 있을 뿐만 아니라 현상의 이면을 느낄 수 있는 감각이 살아난다. 보고, 듣고, 냄새 맡고, 맛을 보고, 촉감으로 느끼는 오감 이외에 기감이 더해져서 육감六感이 깨어나는 것이다. 기감이 살아나면 몸이 스스로 알아서 해로운 것은 받아들이지 않게 된다.

내가 30년을 매일 두 갑 이상씩 피웠던 담배를 끊게 된 것이나 술을 이제는 더 이상 입에 대지 않게 된 것도 모두 다 기를 터득하면서부터이다. 지금은 길을 걷다가 담배 연기를 맡으면 의식적으로 숨을 참게 되고, 술을 한모금이라도 마시면 위장에서 거부 반응이 나타나 더는 마실 수가 없다. 과거에는 노래방에 가서 노래라도 부를라치면 술이 거나하게 취해야 했었는데 지금은 맨정신에도 아무렇지도 않게 마이크를 잡고 즐길 수 있게 되었다. 옛날에는 주체할 수 없어 화를 내고는 돌아서서 후회하는 일이 잦았지만 기를 느끼고 난 이후부터는 감정의 변화를 몸으로 느낄수가 있어서 감정의 기복이 줄어들고 마음의 평화가 찾아왔다. 많은 긍정적인 변화가 있었지만 그중에서 가장 중요한 변화는 나의 의식이 커졌다는 점이다. 의식은 깨어 있는 상태에서 자기 자신이나 사물에 대하여 인식하는 작용이다.

《의식혁명》의 저자 데이비드 호킨스[2] 박사는 의식에 대해 이렇게 썼다.

"화려한 부자 동네 앞에 허리가 굽고 남루한 옷차림을 한 늙은 사람이 혼자 서성거리고 있다. 이 광경을 본 사람들의 반응은 의식 수준에 따라 다양하게 나타난다. 더럽고 구역질이 나서 얼른

---

[2]   David. Ramon Hawkins(1927~2012) 미국의 유명 심리학자이자 정신과 의사이며 '의식에 대한 연구'로 세계적인 명성을 얻었다. 저서로는 《의식혁명 Power vs Force》《나의 눈 The Eye of the I》《놓아버림 Letting go》 등 다수가 있다.

피하고 싶다는 등의 불편한 감정을 느낄 수도 있고, 높은 의식 수준에서 동정심을 갖고 도움을 주기 위해 다가갈 수도 있다."

이렇듯 자신과 세상을 바라보는 관점이 의식 수준에 달려있다. 작은 나에서부터 더 큰 차원의 에너지와 정보체로까지 의식이 점차 확장되면 그동안 자신만을 알고 자신을 위해서 살던 삶의 방식이 공공의 이익을 위한 삶으로 변화가 시작된다. 이런 변화는 나로 하여금 자기계발에 매진하도록 함으로써 나의 체험을 많은 사람들과 공유하도록 이끌어 주었다. 내가 박사과정을 조기에 마무리 할 수 있었던 것이나 이렇게 새벽에 일어나 책을 쓰게 된 것도 모두 여섯 번째 기氣 감각이 회복되면서 일어난 변화 덕분이다.

> 우리는 사물을 있는 그대로 보는 것이 아니라
> 우리 방식으로 본다.
> · 아나이스 닌 ·

보이는 것과
보이지 않는 것

"보는 것이 믿는 것이다"는 격언은 모두에게 너무나 익숙한 말이다. 그러나 너무 작거나 너무 크면 우리는 보지 못한다. 원자나 전자가 그렇고, 우리가 지구를 딛고 살지만 총알보다 30배나 빠른 속도로 태양 주위를 돌고 있는 지구가 느껴지지 않는 것이 그렇다. 그렇지만 그 모든 것들이 없는 것은 아니다. 다만 눈에 보이지 않고 느낄 수 없을 뿐이다. 그리고 우리가 본다고 해도 보이는 모든 것이 진실은 아니다. 창공에 빛나는 별을 우리는 본다고 하지만 우리가 보는 것은 수십억 광년 떨어진 별이 사라지기 전에 보낸 빛을 이제야 보는 것이다. 이미 불타고 없어진 생각 속의 별에 의지해서 항해지도를 그려왔다는 것이 가당키나 한 일인가? 보이는 것이 전부가 아님을 아는 것은 기를 통해 우리의 감각이 깨어나면서 만나는 첫 번째 깨달음이다.

사실 보이는 것은 보이지 않는 것을 배경으로 그 모습을 드러낸다. 깨어난 감각을 통해 인간이면 누구나 가진 내면의 자아, 다른 말로 영혼을 느낄 수 있게 되면서 인간이 가진 본래의 성품이 깨어나기 시작한다.

인간은 본래 영혼을 가진 존재이다. 우리가 몸과 마음의 건강만으로 만족하지 못하는 까닭은 영혼을 지닌 존재이기 때문이다. 영혼의 속성은 자각이고 성장이고 완성이다. 영혼은 스스로 알기를 원하고, 실현하기를 원하고, 그렇게 해서 스스로 완성하기를 원한다. 이러한 영혼의 욕구가 채워지지 않을 때 우리의 삶은 공허하다. 아무리 부인하려 해도 어쩔 수 없는 상실감과 허전함이 밀려온다.

영혼의 자각을 통해 우리는 관념으로부터 자유로운 의식을 갖게 되고, 어떤 상황에서든지 선택의 주체는 자기 자신이라는 사실을 자각하게 된다. 자신의 실체가 무엇인지 알고 영혼에 눈을 뜰 때에만 모든 현상이 정보라는 사실을 깨닫게 되고, 정보의 지배를 받는 것이 아니라 스스로의 선택으로 정보를 사용할 수 있게 된다. 이것은 또한 스스로가 선택의 주체임을 아는 것이고, 선택하는 힘과 책임을 되찾는 것이다. 선택할 힘이 자신에게 있다는 것을 알기 때문에 실패를 남의 탓으로 돌리거나 원망하지 않고 스스로 책임감을 갖게 된다. 또한 영적인 각성을 통해 전체를 이롭게 하고자 하는 마음이 자연스럽게 생겨난다. 영혼의 본성이 사랑이고 평화이며 모든 것의 근원이 하나임을 알기 때문이다. 깨달은 영혼은 관념으로부터 자유로운 눈으로 세상을 보고, 지금 세상에 무엇이 필요한지를 판단하고 그 필요에 따라 세상을 이롭게 하는 일을 하게 된다.

영혼은 영靈과 혼魂이 합쳐진 말로써 영은 정보로 이해할 수 있고 혼은 생명의 씨앗으로 설명할 수 있다. 영을 파자해보면 비雨, 입口, 무당巫자가 합해진 글자다. "무당들이 입으로 주문을 외자 하늘에서 비가 내린다"라는 의미이다. 또 무당 무巫자는 위의 가로 ─ 과 아래의 가로 ─ 을 잇는 기둥이 있고 좌우로 사람인人 2개가 나란히 있다. 즉, 하늘과 땅을 잇는 사람들이라는 뜻이다. 사극에 자주 등장하는 신녀神女를 칭하는 말이다. 본래의 뜻이 왜곡되고 폄하되어 우리에게 잘못 전해진 것들을 들추자면 끝이 없다.

우리가 영혼을 느끼지 못하는 것은 수많은 생을 되풀이하면서 영혼에 에고의 정보가 덧씌워져 있기 때문이다. 우리는 기를 매개로하여 영혼을 둘러싼 에고를 넘어 영혼을 느낄 수 있다. 영혼은 순수한 우주의식이다. 영혼 차원에서는 모든 생명은 서로 연결되어 있다고 느낀다. 기를 통하여 영혼을 느끼기 시작하면 그동안 나라고 생각했던 에고는 존재의 기반이 사라지므로 보이지 않는 생명의 실체에 대한 눈이 떠지게 된다. 이 단계에서는 영혼이 성장을 선택하게 되는데 이때 나를 둘러싼 환경이 변하기 시작한다. 사업이나 직업에 급작스러운 변화가 오고 가족관계가 새롭게 정리되는 등, 주변이 변한다.

스님이 되기 위해 출가를 결심하는 것도 영혼이 성장을 선택했기 때문이다. 이러한 변화는 진지한 탐구를 통해 자신이 누구인지, 그리고 진정한 삶의 목적이 무엇인지를 발견하게 하고 스스로 자신의 가치와 목적을 선택하도록 만든다. 영혼의 느낌으로 선택한 자신의 정체성과 그에 따른 삶의 목적은 우리에게 끊임없는 삶의 의미와 목적을 추구하도록 돕는다. 영혼의 궁극적인 목적을 완성이라고 하는데, 영혼완성이 목적인 사람은 나와 남이 다르지 않고, 모든 생명이 나와 같이 소중하고 사랑해야 할 존재임을 깨달은 사람이다.

우리가 순전히 우연에 의해 이곳에 와 있게 됐다고 우기는 물질주의 과학자들이 있다. 그들의 주장은 마치 무한수의 원숭이가 무한수의 타자기를 두드려대다 보면 거기서 셰익스피어의 작품이 나오기도 한다고 믿는 것과 다름없다. 우리의 진정한 실체는 탄생과 죽음 사이에 매달려 있는 고독하고 연약한 존재로서의 일시적인 현상이 아니라, 온 우주에서 존재했고, 지금도 존재하고 있으며, 앞으로 영원히 존재할 만물의 본질로서 홀로 스스로 존재하는 영원한 생명이다. 이러한 자신의 가치를 깨닫지 못하면 한없는 무력감에 빠지거나, 반대로 다급한 삶을 살게 된다.

한 개의 도토리 안에 커다란 참나무가 잠재되어 있듯이, 각 세포에는 독자적인 생명의 메커니즘과 유기체로 자랄 수 있는 모든 정보가 담겨있다. 참나무가 지금의 모습이 되는 데 필요한 모든 정보는 이미 그 씨앗 속에 들어 있었다. 참나무는 아무것도 배울 필요가 없었다. 그냥 자랐을 뿐이다. 참나무는 자신의 세포 속에 담긴 기억정보를 사용했을 뿐이다. 우리는 알아야 할 필요가 있는 모든 것을 태어날 때부터 알고 있었다. 삶은 이 앎을 증명하는 과정일 뿐이다.

그러나 눈에 보이는 물질을 중요시하던 삶에서부터 보이지 않는 영혼을 느끼는 데까지 의식이 확장되는 변화를 받아들이려면 시간이 걸린다. 교회는 지동설을 주장한 코페르니쿠스의 생각을 신성모독으로 여기고 낡은 신념만 붙들고 매달렸다. 심지어는 90년 후, 갈릴레오를 칼로 위협하여 코페르니쿠스의 이론에 대한 지지를 철회하고 나머지 생을 감옥에서 지내게 하기까지 했다. 그러나 아이러니하게도, 그 교회는 자신들의 종교 달력의 오차를 수정하기 위해 코페르니쿠스의 수학 공식을 채택했다. 이렇듯 우리의 실체에 대한 신념의 변화에도 시간이 필요한 것이다.

우리가 어떻게 자신의 실체인 영혼을 잃게 되었는지에 대해 닐 도날드 월시[3]는《신과 집으로》라는 책에서 이렇게 밝혔다.

옛날에 자신이 빛인 걸 아는 한 작은 영혼이 있었다. 그는 새로 생겨난 영혼이어서 체험을 갈망했다. 그는 "나는 빛이다. 나는 빛이다"라고 말했다. 그런데도 그의 어떤 앎도, 또 그의 어떤 말도 자신의 체험을 대신할 수는 없었다. 그리고 이 영혼이 생겨난 영역에는 빛 말고는 아무것도 없었다. 모든 영혼이 다 위대했고 모든 영혼이 다 장엄했으며, 외경스러운 광채로 빛나고 있었다.

그래서 문제의 그 작은 영혼은 햇빛 속의 작은 촛불과도 같았다. 작은 영혼 자신이 그 일부인, 그 빛 속에서 그는 자신을 볼 수도 없었고, 자신을 '참된 자신'으로 체험할 수도 없었다. 이제 그 영혼은 자신을 알기를 바라고 또 바라면서 지내게 되었다. 그 바람이 너무나 커서 하루는 내가 이렇게 말했다. "작은 영혼이여, 네 그런 바람을 충족시키려면 뭘 해야 하는지 아느냐?" 작은 영혼은 물었다. "오, 신이시여, 뭘 해야 합니까? 뭘요? 저는 뭐든지 다 할 겁니다!"

그래서 내가 "우리에게서 너를 떼어 내야 한다. 그리고 난 다음

---

3) Neale Donald Walsch(1943~) 뉴욕 타임즈 베스트셀러 작가이며 시대를 대표하는 영적 메신저. '새로운 영성 학교The School of the New Spirituality'와 '1백명모임TheGroupof-100'을 설립했다. 저서로는《신과 나눈 이야기 Conversation with God》《신과 집으로 God with home》등 다수가 있다.

자신을 어둠이라 불러야 한다"라고 대답하자, 작은 영혼이 "오, 거룩한 분이시여, 어둠이 무엇입니까?"라고 물었고 나는 "그것은 네가 아닌 것이다" 라고 대답했다. 그러자 그때서야 작은 영혼은 그 말뜻을 이해했다. 그리하여 작은 영혼은 전체에서 자신을 떼어냈으며, 거기다 또 다른 영역으로 옮겨가는 일까지 해냈다. 그리고 그 영혼은 이 영역에서 자신의 체험 속으로 온갖 종류의 어둠을 불러들이는 힘을 행사하여 그것들을 체험했다.

그러자 그 영혼은 더없이 깊은 어둠 속에서 소리쳤다. "아버지시여, 아버지시여, 어찌하여 나를 버리셨나이까?"

너희가 가장 암담한 순간에 소리치듯이 그렇게. 그러나 나는 한 번도 너희를 버린 적이 없다. 나는 항상 너희 곁에 서 있다. 늘 변함없이 '참된 너희'를 기억시킬 채비를 갖춘 채, 너희를 집으로 불러들일 채비를 갖춘 채. 그러므로 어둠 속에 존재하는 빛이 되어라. 하지만 어둠을 저주하지 마라. 그리고 너희가 자기 아닌 것에 둘러싸인 순간에도 '자신이 누구인지' 잊지 말고, 그 같은 창조를 이룬 자신을 칭찬하라. 너희가 그걸 변화시키려고 애쓸 때조차도. 그리고 가장 큰 시련의 순간에 행하는 것이 최대의 성공이 될 수 있음을 깨달아라. 너희가 창조하는 체험은 '자신이 누구인지'와 '자신이 어떤 존재가 되고 싶은지'에 관한 진술이기에.

현대인들은 경쟁적으로 돈을 벌고 소비하면서 열심히 사는 것

같이 보이지만 실상은 거대한 시스템 속에 예속된 노예와 다름이 없는 처지에 몰려있다. 열심히 살다가도 아침에 눈을 뜨면 이대로 세상을 떠나고 싶다는 생각이 들지 않는가? 어느 날 문득 여행을 떠나고 싶다고 느낄 때는 영혼이 우리를 부르는 소리라고 생각하면 된다. 보이는 것은 다 변한다. 보이는 것만이 전부라고 알면 가을 낙엽이 지는 것을 보며 한숨짓고 자신의 늙어 가는 모습을 보며 허망해질 수밖에 없다.

나무는 푸른 잎을 간직한 채 혹독한 겨울을 날 수 없고 인간은 늙은 몸을 갖고 천년만년 살 수 없는 법이다. 자연은 순환한다. 나뭇잎은 떨어져 다시 나무의 거름이 되고 수명이 다한 육신은 흙으로 돌아간다. 이것이 자연의 이치다. 그러나 나무는 다시 봄이 오면 새싹을 틔울 것이고 우리의 영혼은 또 다른 육신을 갖고 남은 공부를 계속하게 될 것이다. 생명의 목적이 완성을 향한 여정임을 아는 사람에게는 삶과 죽음이 하나인 것을 안다. 보이는 세상에 살지만 보이지 않는 영혼을 느끼며 영적 성장을 위한 삶을 살아간다.

에너지를 느끼는 것은 뇌 감각을 깨우기 위한 기본적인 훈련과정이며 방법은 다음과 같다.

1) 조용한 곳에서 편안하게 앉은 다음 어깨를 들썩이고 손목을 가볍게 돌리면서 몸과 마음의 긴장을 푼다.

2) 눈을 감고 아랫배로 깊이 숨을 들이쉬고 천천히 내쉬어 주기를 2~3회 반복한다.

3) 천천히 양손을 들어 올려 가슴 앞에 모은 뒤 양손 바닥이 서로 바라보게 하고 5센티미터 정도 서로 떨어지게 한다.

4) 의식을 손끝에 집중하고 의도적으로 양손 바닥을 서로 밀고 당기기를 반복한다. 이때 손끝이 따끔거리거나 저린 느낌 또는 따뜻한 온기가 느껴지며 저절로 손이 벌어지거나 오므라든다. 이러한 느낌이 기의 작용이다.

5) 손에 기운이 느껴지기 시작하면 이번에는 양손을 머리 높이로 들어 올려 머리를 가운데 두고 좌우 양 손바닥 사이에 있는 뇌를 느껴본다. 손에서 느꼈던 감각과 같은 느낌이 뇌 속에서 느껴질 것이다.

이제 당신은 기를 느끼고 뇌를 지각하게 됨으로써 뇌의 주인이 되는 길에 들어선 것이다. 더 자세한 내용은 《뇌호흡》을 참조하기 바란다.

> 세상에서 가장 즐거운 것은 즐거운 생각이다.
> 그리고 인생에서 가장 위대한 것은 가능한 한
> 즐거운 생각을 많이 하는 것이다.
> · 몽테뉴[4] ·

· 03 ·

가고 싶은 곳에
갈 수만 있다면

충북 옥천에서 송전선 공사 현장소장으로 일 년간 근무를 할 때였다. 그동안 현장 생활은 실무 담당자로서의 역할이었는데 이번에는 현장을 책임지는 위치에 놓인 것이다. 작업이 평균 40미터 높이에서 이루어지므로 행여나 실수로 떨어지기나 하면 사망에 이를 수 있어서 안전관리에 특히 신경을 써야 하는 작업이다. 그리고 철탑이 설치되는 곳이 대개는 산등성이에 위치하여 있다 보니 묏자리 때문에 문제가 생겨 공사 허락을 받기 위한 지주와의 협의에 애를 먹고 때로는 협상이 결렬되어 공사가 지연되는 경우도 생긴다. 기초 작업에 필요한 모래, 자갈, 시멘트와 철탑 자재를 운반하기 위해서는 운반 도로가 필요한데 개인 밭을 지나가거나 묘지 옆을 통과해야 하는 경우도 발생한다.

공사는 중간에 드문드문 빼놓고 건너뛰기보다는 순차적으로 진행되어야 비용과 공사기간을 줄이며 계획대로 진행할 수가 있다. 한 번은 개인 밭을 지나가기 위해 밭 주인을 물어물어 찾아간 적이 있었다. 그 사람은 마침 밭갈이를 하고 있었는데 잠깐 할 얘기가 있으니 시간을 좀 내달라고 했더니 들은 척도 하지 않고 계속 경운기만 몰고 있었다. 멋쩍게 한참을 서서 기다리다가 제대로 말도 걸어보지 못하고 돌아왔다. 어떻게 해결을 하나하고 고민한 끝에 그래도 마을 이장은 정부 사업이라고 하면 도와줄 것이라는 생각에 만나서 부탁을 해보기로 했다. 이장이 협조를 해준다면 밭 주인에게 사정을 설명하게 될 것이고 그렇게 된다면 밭 주인도 마지못해서라도 만나 주지 않겠냐는 계산이었다.

다음날 이장에게 협조를 부탁해서 밭주인과 셋이 만나기로 하고 사무실을 나왔다. 마침 이장이 집에 있어 "회사의 이익만을 위해서 하는 일이 아니라 정부 사업이고 전기공급을 위한 일이니 도와달라"고 부탁을 하고 저녁에 다시 올 테니 밭 주인과 함께 만

---

4)   Michel de Montaigne(1533~1592) 프랑스 철학자이자 사상가. 금욕적이고 광신적인 종교 형태의 신앙보다 좀 더 냉철한 이성을 앞세우는 인간 중심의 도덕을 제창했다. 저서로는 3권으로 구성된 《수상록》이 있다.

나자는 약속을 했다.

초면이기도 하거니와 설득을 해야 하는 일이라 술이 필요했다. 당시는 이틀이 멀다하고 술을 즐기던 때였다. 대여섯 명이 마시고도 남을 만큼의 술과 안주를 사들고 이장 집을 찾아가서 마침내 밭 주인과 만날 수 있었다. 서먹서먹하던 사이가 술이 몇 번 돌고 나니 거나하게 취하기 시작했다. 분위기가 올라가고 제법 살갑게 느껴져 나의 주특기인 유행가를 한가락 뽑았다. 당시 나의 주특기는 일단 술이 어느 정도 취하면 노래를 부르는 것이었다. 시간과 장소를 불문하고 숙소이건 다들 잠든 밤이건 가리지 않았다. 해외 생활을 할 때도 캠프 내에서 음주가무를 즐긴 탓에 시끄럽다고 여러 차례 주변으로부터 민원이 제기된 적도 있었다. 지금 돌이켜 보면 그 당시에 그나마 노래를 불렀기에 숙취를 이겨냈는지도 모르겠다.

내가 선창을 하고나서 밭 주인과 이장이 차례로 돌아가며 노래를 해댔더니 어느 사이에 모두가 유행가 가락에 흠뻑 취해서 가져간 술이 바닥이 나버렸다. 그렇게 기분 좋게 취해서 자동차를 몰고 시골길을 돌아오다 갑작스러운 커브 길에서 브레이크를 밟았는데 미끄러지면서 그만 갓길 배수로에 앞바퀴가 빠져 버렸다. 아무리 빠져나오려 했지만 역부족이었다. 할 수 없이 10리가 넘는 시골길을 걸어서 숙소로 돌아갔다.

다음 날 사고 현장을 가 보았더니 그야말로 아찔했다. 만일 핸들을 반대로 돌렸다면 거긴 수백 길 낭떠러지였다. 비록 사고는 당했지만 살아남은 게 천만다행이라 여겨졌다. 그날 이후 밭 주인의 허락을 받을 수 있었음은 물론이다.

이젠 공사가 마무리되어 작업자들의 노임을 지급해야 했다. 그동안 공사가 원활하게 진행이 될 수 있도록 어려운 고비를 넘기며 최선을 다했지만 예산이 초과되었다.

당시 현장 작업을 직접 수행하던 작업반장은 내가 사원시절에 모셨던 상급자였다. 한 번은 내 안에 눌러 두었던 불만이 터져 나와 서로 언성이 높아지자 "그래, 네가 먼저 그만두나 내가 먼저 그만두나 두고 보자"며 화를 내는 게 아닌가. 아무리 화가 나지만 현장 소장이 부하직원에게 할 소리는 아니라는 생각이 들었다.

이랬던 분이 직장을 그만두고 쉬다가 어찌어찌하여 내가 소장으로 부임한 현장에 작업반장으로 온 것이다. 그러니까 입장이 서로 완전히 바뀐 것이다. 이렇듯 세상일은 어떻게 흘러갈지 아무도 모른다. 이래서 "돌아서는 우물에 침 뱉지 마라"라는 옛말도 있지 않은가.

아무튼, 과거사는 잊고 서로 도와가며 공사를 이끌어 갔으나 준공 시점에서야 공사비가 부족함을 알게 된 것이다. 선배에게 재차 지급해야 할 노임을 확인한 후 어렵사리 본사 승인을 받아 공사비를 추가로 책정을 받았다. 그런데 본사로부터 자금을 받아놓고 노임을 지급하기로 한 당일, 노임 지급대장을 가진 선배가 사라진 것이다. 인부들은 노임을 받으러 몰려드는데 정작 확인을 해야 할 당사자가 나타나지 않으니 분위기가 험악해지기 시작했다. 철탑 아래에서 위를 올려다보면 까마득할 정도의 높이에서 위험을 무릅 쓰고 일을 했는데 노임을 못 받는다고 생각하면 누군들 가만히 있을 사람이 있겠는가! 재떨이가 날아다니고 급기야 경찰을 부르는 사태로까지 번졌다. 하는 수 없이 사무실에 기록된 근거를 갖고 노임을 지급하고서야 사태는 일단락되었다.

그 사건이 있은 지 며칠 후 초췌한 모습으로 나타난 선배를 붙들고 자초지종을 물으니 일전에 알려준 노임이 사실은 거짓이라는 것이었다. 예상보다 너무 많이 초과하여 차마 사실대로 말을 못 했다고 하는 것이 아닌가. "믿는 도끼에 발 등 찍힌다고 서로 모르는 사이도 아니고 어찌 이럴 수가 있는가?" 하는 원망과 실망감이 밀려들었다. 그러나 어찌하겠는가! 이미 엎질러진 물이고 이제는 하루속히 사태를 수습하는 길만이 최선이었다.

공사비가 부족하여 추가 예산을 승인받을 때 결재권자들에게 누차 "이번이 마지막이다"라는 확답을 한 바 있는 나로서는 한 달이 채 지나지 않아 다시 공사비를 추가로 요청한다는 것은 정말 죽기보다도 싫은 과정이었다. 급기야는 추가된 공사비에 대해 어떻게 하겠느냐는 추궁을 받고는 "제가 변상하겠습니다"라는 답변을 하고서야 승인을 받을 수가 있었다. 그렇게 어렵사리 공사는 마무리가 되었다.

다시 본사에 복귀하여 얼마 지나지 않은 주말, 집에 돌아오니 아내는 평소 내가 좋아하는 비빔국수를 준비해 놓고 나를 기다리고 있었다. 냉면 그릇으로 한 그릇을 게 눈 감추듯 비우고는 작은 사발로 또 한 그릇을 더 먹은 다음에야 젓가락을 놓았다.

　　그런데 어찌 된 일인가? 다음 날 아침 잠자리에서 일어나려는데 하반신이 말을 안 듣는다. 이리저리 뒤척여 보지만 여전히 일어날 수가 없었다. 그래서 아내에게 다리가 움직이지 않는다고 했더니 아내는 내가 장난이라도 치는 줄 알고 "장난치지 말라"고 하고는 그만이다. 평소 일어나라고 깨우면 이불을 뒤집어쓰며 안 일어나려고 하니까 이번에도 꾀를 부리는 줄로 아는 것이다.

　　급기야 사정을 알고 쫓아온 동생이 나를 업고 병원 응급실로 향했다. 하반신이 마비된 데다 말까지 또렷하게 못 하고 입에선 침이 흘러내렸다. 입원 병실이 없어 응급실에서 대기하는데 의사가 이것저것 검사를 하면서 아내에게 이런 말을 하는 소리가 들렸다.

　　"지금은 하반신에 마비가 왔지만, 점차 위로 진행되어 심장에까지 올라가게 되면 죽을 수도 있습니다."

　　청천벽력과도 같은 얘기였지만 당시에는 오히려 담담하기만 할 뿐 별다른 생각이 들지 않았다. 오히려 "내가 그렇게 되면 가족들은 어떻게 하나?" 하는 걱정이 앞 설 뿐이었다.

　　중환자실에서의 생활은 그야말로 인생 막장과도 같았다. 위급

한 환자들이 같이 있다 보니 목에 구멍을 내어 연명하는 사람에서부터 밤새 죽겠다고 아우성치는 사람, 심지어는 죽어 나가는 사람도 흔하게 볼 수 있었다. 바로 곁에서 "이생에서 못다 한 인연 저승에 가서 다시 만나자"라고 하며 죽은 자식을 보듬고 흐느끼는 부모의 모습은 나를 먹먹하게 만들기도 하였다.

내 침대는 창가에 놓여 있었는데 누워서 볼 수밖에 없는 바깥 풍경을 바라보니 이런 생각이 드는 것이었다.

"건강한 내 두 다리로 가고 싶은 곳을 갈 수만 있다면 더 바랄 게 없겠다."

당시에는 그랬다. 내가 걸을 수만 있다면 더는 필요한 게 없을 것 같았다. 물론 시간이 지남에 따라 그때의 절박함은 사라져 가고 다시 술과 담배로 빠져들긴 하였지만.

내 병명은 갑상선 기능 항진증으로 밝혀졌다. 내가 입원한 병원은 강남과 여의도 두 곳에 있었는데 여의도 병원에서 강남 병원으로 일주일에 한 차례 진료차 오는 베테랑 의사에 의해 병의 원인이 밝혀진 것이다. 그동안 CT, MRI 검사로도 밝혀지지 않자 척수 검사까지 하였는데, 이 의사는 나를 보자마자 단번에 원인을 알아보았다.

최근 일본과 중국의 40~50대 연령층에서 발견되는 병으로 칼륨이 부족한 상태에서 탄수화물을 다량 섭취하게 되면 근육 이완 현상이 생긴다는 것이다. 그리고는 칼륨 보충제인 붉은 색 캡슐

여섯 알을 처방해 주었다. 그런데 이게 어찌된 일인가? 그 약을 먹자마자 언제 그랬느냐는 듯이 다리가 멀쩡하게 움직이는 게 아닌가! 조금 전까지만 해도 마비가 진행되어 죽을 수도 있다던 병이 의사가 바뀌더니 완전히 다른 결과가 나온 것이다. 그때의 느낌이란 '허망함' 바로 그것이었다. 죽다가 다시 살아났다는 안도감이 들기도 했지만 한편으론 씁쓸한 느낌을 지울 수가 없었다.

이 일로 인해 우리가 살면서 누굴 만나느냐에 따라 상황이 극적으로 바뀔 수 있다고 생각하니 인연의 중요성을 다시금 생각하는 계기가 되었다. 의사의 말에 따르면, 이렇게 되기 전에 증상이 나타나는데 대표적인 증세로는 가벼운 신체 활동에도 심장이 과도하게 뛴다던지, 땀이 유난히 많이 나며 체중이 갑자기 줄어드는 증세가 있다고 했다.

그랬었다!

2층 계단만 올라가도 심장이 빠르게 뛰었고, 글씨를 쓰는 손이 떨렸으며, 몸무게가 6개월 사이에 7킬로그램이나 빠졌던 것이다. 그리고 조금만 움직여도 땀이 비 오듯 쏟아졌지만 평소 건강에 자신이 있었던 나는 몸이 나에게 보내는 신호를 무시했다. 아니 무시했다기보다는 느끼지를 못했다고 보아야 할 것이다.

갑상선질환은 크게 두 가지로 갑상선 기능 항진증과 기능 저하증이 었다. 그중 내가 앓은 병은 기능 항진증이었는데 내 몸의 면역력이 자신을 공격해서 호르몬이 과다하게 분비되는 증세였다.

나중에 알게 된 사실이지만 현장을 관리하고 각종 사고를 수습하면서 겪은 과중한 스트레스와 술과 담배가 어우러져 나의 건강을 해치게 된 것이었다. 정기적인 검사와 약을 먹으면서 6개월 후에는 완치가 되었는데 의사도 놀랄 정도로 빠르게 회복되었다고 칭찬을 아끼지 않았다.

그러나 이러한 기억도 시간이 갈수록 희미해지고 잠시 절제를 했던 술과 담배는 건강이 회복되어 감에 따라 또다시 나의 벗이 되어 갔다.

> 진정한 삶을 산다는 것은 삶의 폭풍을 두려워하지 않는 것이다.
> 거센 비바람이 없으면 협곡의 절경도 없다.
>
> · 엘리자베스 퀴블러 로스 ·

· 04 ·

3일 밖에 살 수 없을 것 같았다

살다 보면 때때로 예상치 못한 일들이 생겨 깊은 상처와 함께 삶의 의욕조차 잃게 만드는 경우가 종종 있다. 때로는 툴툴 털고 다시 일어나지만 감당하기에 너무 큰 충격은 외부의 도움 없이는 혼자 일어나기 어렵다.

다니던 직장에서 아랍에미리트 현장을 마지막으로 해외 근무를 마치고 귀국을 하였다. 국내에 들어와 보니 회사는 경영 부실로 인해 앞날을 기약할 수 없는 지경이 되었다.

1973년, 부산에서 공업고등학교 졸업반일 때 신문에 난 신입사원 모집 광고를 보고 응시를 하여 입사했던 회사였다. 그 당시 우리 학교에서 다섯 명이 지원을 했는데 나 혼자 서류전형이 통과되어 필기시험을 치기 위해 서울로 올라왔다. 서소문동 명지대학에서 필기시험을 치르는데 교실 가득 35명이 응시를 했다. 골똘히 문제를 푸는데 아무리 읽어봐도 문제 중 하나가 잘못 출제된 것만 같았다. 그래서 시험 감독관에게 손을 들고 "이 문제는 잘못 출제되었다"라고 했더니 "대학교수가 출제한 건데 설마 틀릴 리가요?"라고 한다. 시험을 다 치르고 부산으로 내려가 결과를 기다리는데 필기시험에 합격했으니 면접을 보라는 통지가 왔다.

기쁜 마음과 함께 면접에 대한 부담감을 안고 서울로 올라와 면접장엘 갔다. 말굽자석 모양의 탁자에 면접관 다섯 명이 자리를 하고 나는 가운데 앉았다. 왜 이 회사에 지원하게 되었는지, 그리고 앞으로 꿈이 무엇인지 등을 묻는데, 긴장이 되었음에도 또박또박 질문에 답변하였다. 당시 전기직에 응시한 사람은 나를 포함해 두 명뿐이었고, 둘 다 전기주임기술자 3급 자격증을 갖고 있었으나 한 명은 곧 입대해야 하는 바람에 최종적으로 내가 선발되었다.

공고를 졸업하면 대부분 공장에서 실습부터 시작하였으나 나는 운 좋게 대기업 관리직으로 입사를 하게 된 것이다. 서류전형부터 계산하면 무려 100대 1이 넘는 경쟁을 뚫고 합격을 한 데다가 당시 시험 감독관이었던 인사팀 직원으로부터 "내가 지적한 문제가 잘못 출제되었다"라는 말까지 들으며 나의 자존감은 끝을 모를 정도로 높아졌다. 말단 사원이었지만 내 눈에는 상급자들을 볼 때마다 "내가 그 나이가 되면 당신들 보다 더 높은 직급이 될 것이다!"라는 생각으로 으스대던 시절이었다.

어렵사리 입사해서 25년을 근무했던 직장에서 구조조정의 위기에 처한 데다가 이젠 다닐만큼 다녔으니 후배들에게 자리를 물려주어야겠다는 생각에 그만 두기로 했다. 지금 돌이켜보면 무모할 정도로 대책도 없이 사직서를 제출한 것이다. 그렇게 그만 둔 날, 회사 정문을 나와 서소문 길을 걸어 내려가는 데 눈에 익은 간판들과 지난 기억들이 이제는 추억이라고 생각하니 씁쓸함을 감출 수가 없었다. 더욱이 다음 날 눈을 뜨니 "이제는 갈 곳이 없구나"라는 생각이 들자 갑자기 불안감이 엄습해 왔다. 그렇게 아무 일도 하지 않은 채 백수가 되어 6개월을 보내다가 이번에는 전 직장의 협력회사에 근무하기로 하고 다시 아프리카 리비아로 출국을 하게 되었다.

근무환경이 완전히 뒤바뀐 것이다. 전 직장에서는 협력회사를 거느린 소위 '갑'의 입장이지만 이번에는 '을'의 위치에서 근무하게 된 것이다. 물론 현장 근무자 대부분이 전부터 서로 알고 지내던 사이여서 스스럼없이 어울리는 분위기였고, 어떤 이는 나의 입장을 고려하여 행여 상처라도 줄세라 세심한 배려를 해 주는 사람도 있었다. 지금도 그런 분들을 떠올리면 감사함이 우러난다. 그렇지만 유독 몇몇은 지난날 내가 그들의 상급자이었음에도 노골적으로 내게 적대감을 드러내곤 하였는데, 그럴 때면 겉으로 드러낼 수 없는 섭섭함과 분노를 삭이느라 무던히도 힘이 들었다. 돌이켜 보면 마음고생이 가장 심했던 시절이었다.

이런 생활을 끝내고 이제는 좀 쉬어야겠다고 귀국을 해 보니 현실은 완전히 나의 예상을 빗나가 있었다. 그동안 보낸 월급이 아내의 주식투자로 다 날아가 버린 것이다! 나의 삶을 포기하고 오직 가족들을 위한다는 일념에 몸고생, 마음고생을 참아내며 꼬박꼬박 월급을 보냈었는데 다시 빈털터리가 되다니⋯. 어떻게 번 돈인데 그 돈을 주식으로 날린단 말인가. 더군다나 나와는 한 마디 상의도 없이. 도저히 일어날 수 없는 일이 내게 닥친 것이었다.

지금은 어떻게 해서라도 자산을 키워보겠다고 한 일이란 걸 이해할 수 있지만 당시로서는 너무 어이가 없어서인지 오히려 화조차 나지 않았다. 밥을 먹어도 모래알을 씹는 것 같고 삶에 대한 의욕이 사라지면서 한숨만 늘어갔다. 그런 날이 계속되자 급기야 이대로라면 앞으로 3일밖에 더는 살 수 없을 것 같다는 생각이 들었다.

· 05 ·

하루 1천 배 절수행으로 마음의 상처를 치유하다

이런 절박한 심정이었을 때 문득 10여 년 전 친구한테서 들었던 단전호흡이 떠올랐다. 친구는 자신이 단전호흡을 해 봤더니 세 가지의 큰 효과가 있다고 하였다. 첫째는 감정이 올라올 때 호흡으로 조절할 수 있다는 것이었고, 둘째는 밤에 야근을 많이 하는데 단전호흡을 하고 나서는 밤을 새우는 일이 있어도 피곤하지가 않다는 것이었고, 셋째는 삶을 정력적으로 살 힘이 생긴다는 것이었다. 순간 살기 위해서는 단전호흡을 해야겠다는 생각이 강렬하게 나의 뇌를 스쳤다.

곧 죽을 것만 같아 간절히 탈출구를 찾던 나는 하루 한 번이 아니라 매일 아침저녁으로 수련을 하였다. 동작이 어렵지 않아 따라 하기도 쉬웠을 뿐만 아니라 끝내고 나면 몸과 마음이 얼마나 가벼워지던지, 어쩌면 이렇게 나에게 꼭 맞는 방식인지 신기하기까지 하였다. 날이 가면서 점점 마음이 안정되어 가던 어느 날, 아침저녁으로 두 번씩이나 센터에 가서 열심히 수련한 덕에 주변으로부터 얼굴에 광채가 난다는 소리를 들을 때였다. 나 자신도 점차 건강도 되찾고 마음에 여유도 생기는 등 나름대로 공부가 되었다고 생각했는데 사소한 일로 인해 화가 나는 것이었다. "이런 일로 화가 난다면 언제 마음공부가 끝나겠는가?"라고 생각하니 무언가 특별한 조처를 해야겠다는 생각이 들었다.

평소 자신의 얼에 정성을 들인다고 해서 '저 얼'의 줄임말로 '절'이라고 하는 수행법이 마음공부에 효과가 크다는 얘길 들은 바 있어 1000배 수행을 하기로 마음을 정했다. 그리고 매일 1000배를 계속하기가 쉽지 않으므로 만일 내가 꾸준히만 한다면 절수행이야말로 나를 성장시키고 감정으로부터 자유롭게 해주는 지름길이 될 것이라는 믿음이 있었다. 스스로 공부가 되었다는 확신이 생길 때까지 100일 동안을 하기로 하고 그날부터 센터 수련장과는 별도로 자그마한 특별수련실에서 절수행을 시작하였다.

절수행은 종교 행위로 하는 절과는 달리 몸을 많이 움직인다. 선 채로 양손을 합장 한 상태에서 양팔을 펴고 옆으로 큰 원을 그리면서 머리 위로 들어 올린다. 머리 위에서 다시 합장을 한 다음 가슴 앞으로 끌어 내리며 바닥에 엎드리는 동작을 반복하는 것이다.

그동안 우리나라 고대 경전인 천부경天符經을 암송하며 103배까지는 해보았으나 1000배는 처음이었다. 개량 한복을 닮은 수련복을 입고 방석을 깐 후 시작하는 데, 첫 100배는 가끔 해 본 터라 어렵지 않았다. 200배를 넘어 300배를 하는 데 한 시간이 걸렸다. 방석에 무릎이 닿는 부분이 계속되는 체중 때문에 움푹 들어가며 바닥과 마찰로 인해 무릎이 아프기 시작하고 횟수가 거듭될수록 속도가 떨어졌다. 슬그머니 "적당히 하고 말까?" 하는 꾀가 나기도 하였으나 결심을 한 첫날부터 자신과의 약속을 어길 수는 없는 노릇이었다. 500배를 하고 나서 이제부터는 남은 숫자가 줄어든다고 생각하니 조금은 마음에 위안이 되었다. 600배, 700배, 800배 숫자가 늘어날수록 남은 숫자는 점점 줄어들어 든다고 자신을 위로하며 결국 1000배를 네 시간 만에 해내었다. 끝내고 나니 자신이 대견스럽기도 하고 숙제를 끝낸 것 같은 홀가분한 느낌이었다.

그러나 다음 날 아침, 난리가 났다. 온몸이 마치 로봇이 된 것 같았다. 목도 움직이지 않았고 어깨, 허리, 고관절, 무릎이 모두 쑤셨다. 방석에 계속 닿았던 팔꿈치와 무릎은 쓰라리고 두 번째 발가락은 까졌으며 걷는데 장딴지가 당기면서 걸음을 옮기지 못할 정도로 아팠다. 계단은 그런대로 오를 만한데 내려갈 때는 난간을 붙잡고 내려가야 할 정도로 다리가 후들거렸다. 네시간 동안 앉았다 일어서기를 반복했으니 아픈 게 당연할 것이다.

저녁에 센터에 들러 일반 수련이 끝난 후 홀로 2일째 1000배 수행을 해야 하는데 어제와는 달리 몸도 마음도 무거웠다. 누가 하라고 한 것도 아니었지만 해야 한다는 의무감에서 하려니 즐겁지도 않았다. 시작하는 데 앉고 일어설 때마다 다리는 아프고 허리는 굽혀지지 않으니 어제보다 속도와 열정도 떨어졌다. 하다 멈추기를 여러 차례 반복하며 가까스로 1000배를 끝내고 나니 힘이 쭉 빠져나갔다. 그나마 다행은 뭉쳤던 다리가 조금은 풀려서 아침보다는 가벼워졌다.

그리고 3일째 되던 날, 땅기는 근육을 느끼면서 절을 하고 있는데 갑자기 나의 유아기 모습이 떠오르는 것이었다. 장작불을 지피는 재래식 부엌이 딸린 방이었는데 내가 부엌으로 나가는 문을 여는 순간 아궁이 앞에 쪼그리고 앉아 쌀을 씻으며 울고 있는 아버지를 본 것이다.

이 장면이 떠오른 순간 북받치는 슬픔으로 인해 하염없이 눈물이 흘렀다. 슬픔은 이튿날까지 계속되었다. 그런데 놀라운 것은 한바탕 울고 난 후부터는 평소 느꼈던 외로움이 사라져 버렸다는 사실이었다.

어릴 때 혼자 놀기보다는 언제나 동생들을 데리고 다녔고, 성인이 되어 결혼하고 나서도 외로움은 떠나지 않았는데 그렇게 끈질기게 나를 따라다녔던 외로움이 완전히 사라진 것이다. 동생은 태어나기 전이었고 어머니는 짐작건대 요양원에 계셨고 아버지와 나 둘뿐이었는데, 내가 믿고 있던 아버지의 울고 있는 모습은 어린 마음에 불안감과 함께 깊은 외로움을 심은 것이었다. 절을 하면서 점차 뇌파가 가라앉자 무의식에 저장된 외로움의 뿌리를 보았고, 보는 순간 온전한 느낌과 함께 치유가 일어난 것이다.

이런 현상에 대해 신경약리학을 전공한 캔더스 B. 퍼트[5]는 자신의 책 《감정의 분자》에서 "감정은 뇌가 아니라 온몸으로 경험된다"라면서 다음과 같이 설명하였다.

"무엇이든 온전히 느끼게 되면 사랑이 된다. 왜냐하면, 감정은 그 임무를 완수하고 나면 녹아내려 태양처럼 그 아래 늘 존재하고 있던 이유 없는 사랑을 드러내기 때문이다."

정직한 모든 감정은 긍정적이다. 감정을 있는 그대로 느끼지 못하면 흘러가지 못한 감정은 엉뚱한 반응을 보이게 된다. 해소되지 못한 감정, 생각, 기억이 응집되어 개인의 무의식 속에 저장되면 콤플렉스가 된다. 이러한 감정은 다시 체험하거나 글로 표현하기만 해도 치유가 된다고 한다.

---

5) Candace B. Pert(1946~2013) 미국 신경과학자이며 약리학자. 아편제 수용체 발견으로 수용체 기반 약물이라는 새로운 약학 분야를 열었다. 저서로는 《감정의 분자 Molecules of Emotion》가 있다.

신생물학자 부르스 립튼[6] 박사는 여섯 살 이전 아이들의 상태를 지배하는 뇌파는 델타와 세타파로써 이 뇌파는 최면상태와 같다고 한다. 최면치료사가 피술자의 잠재의식에 새로운 행동방식을 주입할 때 이용하는 것과 같은 뇌 상태라는 말이다. 즉, 아이는 여섯 살까지는 삶을 최면 상태에서 보내는데 이 시기에는 세상에 대한 아이의 인식이 자신의 의식적인 판단을 거치지 않고 잠재의식 속으로 곧장 다운로드되고, 이렇게 주입된 정보는 그 아이가 살아가는 평생 95%를 차지하며 피할 수 없는 영향을 미친다고 한다.

그러면 의지와는 상관없이 우리의 삶을 지배하고 있는 잠재의식 때문에 평생을 자신의 의지와는 무관하게 노예처럼 끌려가면서 살아야 한다는 말인가? 아니다. 우리의 행동이 부모나 타인들로부터 주입된 것이며, 그들 또한 시간을 거슬러 올라가면 또 다른 타인들로부터 프로그램되었다는 사실을 아는 것이 큰 도움이 된다.

이러한 무의식을 정화하는데 가장 손쉬운 방법은 번잡한 생각을 잠재우고 조용히 자신의 내면을 지켜보는 명상이다. 명상의 다양한 효과에 대해서는 많은 연구가 보고되고 있다. 스탠퍼드대

---

6) Bruce Harold Lipton(1944~) 미국의 신생물학자. 과학계와 영성계 사이의 가교 역할을 하는 국제적 명사이다. 저서로는 《당신의 주인은 DNA가 아니다》《허니문 이펙트》 등이 있다.

에마 세팔라[7] 교수는《명상을 오늘 시작해야 할 20가지 과학적 이유들》이라는 글을 통해 명상은 긍정적 정서증진, 우울개선, 불안개선, 스트레스 감소, 감성기능 향상, 측은지심 발현, 고독감 감소, 자기 성찰, 감정조절, 집중력 및 주의력 향상, 뇌회백질 커짐, 멀티태스킹 능력향상, 기억력 향상, 창의력 향상과 같은 다양한 긍정적인 효과들이 있다고 하였다.

나의 경험처럼 절을 하는 과정은 명상과 같이 뇌파를 떨어뜨리고 평소에는 접근할 수 없었던 잠재의식 속의 부정적인 기억을 만나게 만들어 준다. 그리고 기억과 만나는 순간 그 상황 속에 저장되었던 감정 에너지는 봇물이 터지듯 한순간에 힐링이 일어나는 것이다. 살면서 자신도 모르게 지고 다니던 무거운 짐을 한순간 벗어버리는 느낌은 말 그대로 하늘을 나는 기분이다. 마음이 가벼워지면 몸도 가벼워진다. 그야말로 진정한 자유가 시작되는 것이다.

---

7)   Emma Seppala 스탠퍼드대학교 심리학 교수로서 최초로 행복 심리학에 대한 강의를 개설하고 학생들을 위한 웰빙 프로그램을 만들어 가르친 공로로 '라이온스 상'을 받았다. 저서로는《해피니스 트랙 The Happiness Track》등이 있다.

· 06 ·

나를 일으켜 세운
영혼의 푸시업

　비행기로 13시간을 논스톱으로 날아가야 도착하는 리비아. 아프리카 북쪽 지중해변에 위치한 리비아는 내가 해외 생활 15년 중 마지막 5년을 보냈던 나라이다. 사막성 기후이며 국민들이 대체로 부유하지는 않지만, 한국인들의 근면하고 성실한 자세는 현지인들에게 호감을 사고 있었다.

　당시 내가 근무하던 현장에는 리비아 정부 기관으로부터 파견된 여직원이 있었는데 결혼을 한다고 나와 동료들을 자신의 집에 초청하였다. 리비아의 결혼식은 일주일 정도 계속되며 식을 올리기 전 지인들을 집으로 초대하여 음식을 대접하는 풍습이 있다. 결혼식을 앞둔 신부는 외부 손님이 모인 곳에는 참석하지 않는 것이 그 나라의 관습이지만, 그녀는 그런 관습을 깨고 축하차 방문한 우리들과 같이 담소를 나누는 등 파격적인 모습을 보였다. 그런데 그때 뜬금없이 동료들이 나보고 결혼 축가를 부르라는 것이 아닌가. 낯선 집에 와서 말도 잘 통하지 않는데 노래를 부르라는 재촉에 얼떨결에 평소 즐겨 부르던 '파도'를 불러 버렸다. 30세에 요절한 배호라는 가수가 불러 히트한 이 곡은 가사가 축하곡이라기보다는 관계가 깨어지는 아픔의 내용을 담고 있어 동료들의 실소를 자아내었다.

사막에서의 생활은 그야말로 단조로움의 극치다. 사방을 둘러보아도 붉은 모래 산만 보이는 곳. 그러나 이곳에도 일 년에 딱 한 차례 비가 온다. 강우량은 많지 않아 바닥을 살짝 적실 정도로 한두 시간 내린다. 가끔 모래를 뚫고 기적같이 올라온 잡초가 이 잠깐 내리는 비를 자양분 삼아 꽃을 피운다. 타는 듯한 열기 속에서 일 년을 기다렸다가 이 빗물을 끌어 올려 꽃을 피워 냄으로써 자신의 역할을 다하는 것이다. 캠프에 식수 공급을 하기 위해 지하수를 끌어올리는 과정에 간혹 물이 새어 나와 자그마한 물웅덩이를 만드는 경우가 있다. 이럴 때면 어김없이 주변에는 풀이 자라고 이름 모를 새들이 깃든다. 이런 자연의 모습을 보노라면 생명의 신비가 느껴진다.

당시 휴가는 일 년에 두 차례 4주씩 주어졌다. 휴가 때면 지친 몸과 마음을 힐링하기 위해 단전호흡을 했다. 《신과 나눈 이야기》로 세계적인 베스트셀러 작가가 된 닐 도날드 월쉬는 자신의 책 《신과 나누는 우정》에서 자신이 경험해 본 단학수련의 효과에 대해 다음과 같이 말하고 있다.

"단학은 내면의 창조주와 연결하는 체계적이고 과학적인 접근 방식이다. 단학은 우리 모두의 몸에 흐르는 생명 에너지, 즉, '기'를 스스로 지각할 수 있게 해주는 이완체조와 굴신운동, 명상, 단전호흡 등이 포함된 포괄적이고 경건한 수련이다. 일단 이 기를 느끼고 나면 그것을 활용해서 몸의 건강을 얻는 건 물론이고, 우주 에너지와 연결됨으로써 '하나'라는 느낌이 우리의 모든 세포에 각인되어 있다는 영적 자각에 이를 수 있다."

6개월 만에 방문한 센터의 사범 한 분이 최근 모두 체력단련을 위해 푸시업을 하고 있으니 나에게도 해 볼 것을 권유하였다. 그러면서 우선 시험삼아 100개만 목표로 정하고 해보라는 것이었다. 고개를 끄덕이고는 휴가가 끝나고 리비아 현장에 복귀하자마자 푸시업을 시작하였다. 처음 해보니 30개를 하기가 힘들었다. 그러나 200개를 목표로 정하고는 매일 숫자를 늘려나갔다. 때로는 전날 했던 숫자를 넘길 수 없을지언정 후퇴하지는 않았다.

사막성 기후는 한낮에는 섭씨 50도를 넘길 정도로 더워 작업능률이 오르지 않는다. 그래서 점심시간이 두 시간 주어지는데 이 시간을 이용해서 푸시업을 했다. 식사 시간 전에 미리 숙소 에어컨을 켜두고 점심은 일부러 소량만 먹었다. 숙소에 들어가면 에어컨은 끄고 팬티만 걸친 채 푸시업을 시작한다.

이렇게 매일 자신의 한계를 넘기 위해 숫자를 늘려나갔다. 그러다 보니 술은 자연히 적게 먹게 되었고 가급적이면 술자리를 피하게 되었다. 출장을 간 곳에서도 했다. 카펫이 없는 비닐 장판 위에서는 땀이 나서 미끄러지는 것을 방지하기 위해 일부러 수건에 물을 적셔 두 장을 포개어 놓고 그 위에 양손을 올리고 했다.

시작한 지 9개월이 되니 한 번에 1,500개를 할 수 있었다. 푸시업을 하는 동안은 흐르는 땀으로 인해 온몸이 젖는다. 이마는 물론이고 손목에도 땀방울이 맺히며 무릎에서조차 배어 나온 땀방울로 카펫을 적신다. 이마에서 흐르는 땀이 눈으로 들어오는 것을 막기 위해 헤어밴드를 했다. 팔을 굽혀 내려갈 때는 등줄기를 타고 땀방울이 굴러 목덜미 쪽으로 떨어지고 다시 올라오면 땀방울은 허리로 굴러 내려간다. 끝날 때쯤이면 온몸에서 배어 나온 땀방울로 카펫이 젖는다.

매번 시작하기 전에는 두려움이 올라온다. 어제도 죽기 살기로 겨우 목표한 숫자를 해냈는데 과연 오늘도 어제의 숫자를 넘어설 수 있을까 하는 두려움이다. 그러나 끝내고 나서 거울 앞에 서면 땀으로 범벅이 된 나의 모습이 얼마나 대견스럽던지….

처음으로 700개를 끝낸 날의 감동을 잊을 수가 없다. 그날따라 바들바들 떨며 간신히 700개를 끝냈는데 갑자기 감사함이 물밀듯이 밀려오는 것이었다. 삶이 괴로워서 잊어보겠다고 술과 담배로 몸을 그렇게 혹사시켰음에도 불구하고 내가 하겠다고 마음을 먹으니 내 몸이 따라온다는 것에 대한 감사함이었다.

감정에 북받쳐 카펫 위에 쓰러져 울었다. 그동안 억눌러 두었던 온갖 서러움이 올라왔다. 내가 의지를 내면 불가능 할 것만 같았던 일도 해 낼 수가 있는데, 나는 그동안 얼마나 많은 날들을 남 탓만 하며 힘들게 살아왔던가! 살아오면서 나에게 피해의식만 심어 주었다고 생각했던 어머니에 대한 미움, 가장의 고통을 알아주지 못하던 가족들에 대한 섭섭함 등이 오히려 감사함으로 다가오는 것이었다. 내 몸에 대한 감사함이 느껴지면서 평소 나는 태어나지 말았어야 할 존재라고까지 비하했던 자신에 대한 부정적인 생각과 가정환경에 대한 원망들이 눈 녹듯이 사라졌다.

얼마나 많은 날을 나를 낳아준 모친이 정신질환을 앓는다는 이유로 부끄럽다며 나자신을 괴롭혔던가!

초등학교 시절 국어 시간이었다. 하루는 선생님이 읽어주던 시 중에 '미칠 듯한 파도'라는 말을 듣고는 부끄러움에 얼굴이 확확 달아오르고 가슴이 콩닥콩닥 뛰어 쥐구멍에라도 들어가고 싶었다. 보이는 사람이면 가리지 않고 욕을 해대는 바람에 화가 난 동네 아줌마들과 머리채를 붙들고 싸우는 어머니를 떼어 말리던 기억들은 나를 점점 왜소하게 만들었으며 자신을 스스로 살 가치가 없는 존재라고까지 믿게 했다. 인간이 자신의 가치를 잃었으니 그 삶이 얼마나 힘들었겠는가!

중학교 시절에는 엎친 데 덮친 격으로 아버지가 하던 사업마저 실패하는 바람에 월세방을 떠돌았고, 학비를 낼 형편이 안 되어 집에는 차마 얘길 못해서 차일피일 미루다가 선생님으로부터 내가 용돈으로 써버린 게 아니냐는 의심을 받은 적도 있었다. 이러다 보니 낮에는 집 밖으로 나가는 것이 부끄러워 어두워져서야 나갈 수 있을 정도까지 되었다. 정말로 나의 학창시절은 극심하게 위축되고 우울한 시기였다.

이런 영향은 성인이 되어 직장을 갖고 결혼해서 아이들을 낳아 키울 때까지도 계속되었다. 지난 기억은 항상 떠나지 않는 불안감으로 내 마음에 자리하고 있어서 나는 언제 어디서나 마음 편할 날이 없었다. 불안감을 잊어 보려고 술과 담배에 빠져들게 되었고 일주일에 두세 번은 술에 만취되어 필름이 끊어지는 일이 다반사였다.

최근 평생 교육원에서 실시하는 실버치매예방교육을 위한 강의 자료를 만들다가 그동안 마신 술과 담뱃값을 계산해보니 술이 2억4천만 원, 담배가 거의 1억원, 모두 합쳐서 3억4천만 원이나 되었다. 몸을 해치는데 이런 막대한 비용을 투자한 것이다.

이렇듯 자신을 비하하고 스스로 만든 상처들로 인해 심신이 지칠 대로 지친 상태에서 시작한 푸시업은 나의 부정적 기억들을 지워내고 자신감과 함께 감사함을 느끼게 해 주었다. 그리고 몸으로 체득한 이러한 자각은 세포 하나하나에까지 스며들어 온전히 나의 것이 되면서 살아가는 데 커다란 원동력이 되고 있다. 이제는 전과는 달리 비록 해 본적이 없는 것일 지라도 기꺼이 선택하는 용기와 자신감이 생긴 것이다.

변화는 작은 실천으로부터 시작된다. 단순한 생각이지만 실천하느냐, 하지 않느냐에 따라 지금까지는 상상하지도 못했던 경이로운 세계를 경험할 수도 있고 지루한 삶을 되풀이 할 수도 있다. 자신이 처한 환경이 나쁘다고 남의 탓만 해서는 문제가 해결되지 않는다. 움직일 힘이 있고 벗어나겠다는 의지만 있다면 힘껏 땅을 박차고 당장 걷기라도 하자. 자신감은 자신自을 신뢰信하는 마음感이다. 남들이 보기엔 사소한 일일지라도 스스로 선택한 것을 끝까지 지켜낼 때 자신감이 커진다. 천릿길도 한 걸음부터라고 했다. 일단 몸을 사용하기 시작하면 보이지 않던 이 힘은 자신의 정체를 드러내기 시작한다. 자신이 알게 되면 깜짝 놀라게 될 어마어마한 에너지가 이미 내 안에 있음을 깨닫게 된다.

· 07 ·

백조가 되고
싶었던 오리

대한민국 국민은 행복하지 않다. 일상생활에서 느끼는 행복감의 정도를 나타내는 삶의 질은 경제협력개발기구(OECD) 최하위권이다. 매일 접하는 뉴스는 사건·사고로 얼룩지고 가슴을 따뜻하게 하는 소식은 찾아보기 어렵다. 빈부의 격차는 날로 심해지고, 젊은이들은 직장이 없고, 직장이 있는 중년들은 정년을 채우지도 못하고 조기퇴직하는 실정이다. 이런 일상에서 자신만의 행복을 찾기란 쉽지 않다. 그렇다면 계속 이런 불안한 환경을 탓하면서 살아가야만 하는가?

유대인으로 제2차 세계대전 당시 포로수용소에 끌려갔으나 구사일생으로 살아남은 빅터 프랭클은 자서전 《죽음의 수용소에서》를 통하여 이렇게 말한다.

"우리는 어떤 상태로부터의 자유가 아니라, 그 상태에 대한 태도를 선택할 수 있는 자유가 있다."

이러한 자각은 그로 하여금 훗날 '로고테라피'라는 새로운 심리요법을 개척하게 했다. 상황을 변화시킬 수 없다면, 그 상황을 해석하는 자신의 관점을 변화시키라는 것이다.

그러기 위해서는 먼저 자신 안의 두려움을 바로 보아야 한다. 스스로 의식하는 것보다 더 크고 깊은 두려움이 자신을 꼼짝 못하게 얽어매고 있는 모습을 보게 되면, 그것이 본래 자신의 모습이 아니라는 사실을 알 수 있을 것이다. 변화를 선택하지 못하는 원인은 실패의 두려움에 기인한다. 두려움은 생존하는 데 필요한 기능이지만, 두려움을 일으킬 직접적인 자극 요인이 없는데도 두려워하는 것은 뇌의 편도체에 각인된 오래된 기억의 습성 때문이다. 즉, 실체가 아니라 정보일 뿐이다.

그러나 인간을 위해 무엇인가 참으로 가치 있는 업적을 이룩해 놓은 사람들은 모두 나와 당신처럼, 늘 조금 피곤하고, 종종 풀이

---

8)   Henry Miller(1891~1980) 미국 소설가. 자유분방한 자전적 소설을 발표해 20세기 중반 문학에 자유의 물결을 일으켰다. 저서로는 《북회기선》《남회기선》《그림을 그리면 다시 사랑하게 된다》 등, 다수가 있다.

죽어 있고, 회의적이며, 남의 평가 때문에 괴로워하는 사람들이었다. 그런 보잘것없던 사람들이 어느 날 아름다운 모습으로 바뀌는 극적인 반전이 일어나는 계기는 다름아닌 그들의 내면에 잠재해 있던 열등감을 극복하고 나서부터이다.

어머니의 조현병(정신분열증) 증세가 나타나기 시작한 것은 내가 여섯 살 때인 것으로 기억된다. 부산 생활은 강원도가 고향인 어머니에게는 타향살이였다. 내성적이신 데다 경제적으로 여유가 없어 젖먹이 동생을 포함해 사내애들만 셋을 키우느라 힘겨울 때였는데 아버지마저 며칠째 집에 들어오질 않았다.

아침나절 갑자기 옆집 아저씨와 어머니가 다투는 소리가 들렸다. 나가보니 지붕에서 지네가 떨어진 것을 놓고 언쟁이 벌어진 것이었다. 그런데 그러고 나서 어머니가 이상해졌다. 둘째 동생을 안고 젖을 먹이시는데 멍하니 앞만 바라보며 우리가 말을 걸어도 대꾸도 안 하시는 게 아닌가. 치마 속에 돈이 들어있던 쌈지 주머니가 밖으로 나왔는데도 전혀 모르고 계셨다. 동생과 나는 그 주머니를 열고 돈을 꺼내서 과자를 사 먹고는 시시덕거렸던 기억이 떠오른다. 그러고부터 어머니는 혼자서 중얼거리고 욕을 하는 조현병 증세가 나타나기 시작하였다.

뒤늦게 후회한 아버지가 한 달이 멀다 하고 용하다는 무속인을 데려다 굿을 하는 등, 치료를 위해 다방면으로 노력을 다했으나 별 차도가 없자 집을 떠나 요양원으로 어머니를 모시게 되었다. 어머니가 떠나는 날, 차마 자식들과 생이별하는 모습은 보이지 않으려고 우리에게는 알리지 않았다. 그러나 동생들은 어려서 몰랐지만 나는 그날 어머니가 가셨을 곳으로 짐작되는 먼 곳을 바라보며 하염없이 울었다. 어린 나이에 생모와 떨어져 얼굴조차 볼 수 없다는 사실이 너무나 슬펐기 때문이다.

동대신동 산 허리께에 위치한 집에는 그 당시만 해도 상수도가 없었다. 그래서 비탈길을 걸어서 족히 20분은 내려가야만 있는 마을의 공동 수돗물을 길어다 먹었다. 밖에 나가서 놀다 들어온 맏아들을 큰 고무 대야에 힘들게 길어온 물을 부어놓고 씻겨주시곤 했던 어머니였다. 사춘기 시절 혼잣말로 "내가 커서 돈을 벌면 어머니 병을 치료해 드려야지"라고 했다가 아버지로부터 크게 혼이 난 적이 있다. 아버지는 "내가 너희 엄마 병을 고치려고 얼마나 많은 돈을 탕진했는데 그런 소리를 하느냐!"라고 소리치면서 역정을 내셨다. 훗날 친모의 빈자리를 채운 계모가 친자식만을 감싸는 바람에 맏이로서 친동생들을 보호해야 한다는 명분을 내세우며 계모와 갈등을 겪기도 했었다. 돌이켜 보면 계모와 다투는 아들을 지켜보는 선친의 마음도 나처럼 불편하긴 마찬가지였을 것이다. 곧 이은 선친의 사업 실패, 계모와의 갈등, 어머니의 병환 등으로 인한 열등감은 평생 나를 괴롭히는 그림자가 되었다.

열등감은 일종의 비합리적 믿음이다. 열등감 콤플렉스는 열등감과 약간 차이가 있다. 열등감은 남에게 잘 보이지 않는 숨겨진 것으로 다른 사람에 비교해 자신이 뒤떨어졌다거나 능력이 없다고 생각하는 만성적인 감정 또는 의식을 뜻한다. 반면 열등감 콤플렉스는 인간 내부에 존재하는 열등한 요소를 인정하지 않으려는 경향이 열등감을 억압하는 것을 말한다.

심리학자 아들러는 열등감 콤플렉스에서 열등감이 어떻게 작용하는지에 대해 다음과 같이 설명했다.

"첫째 우월 욕구로 이용되는 열등감이 있다. 둘째 자기 비하와 우울로 이어지는 열등감이 있다. 셋째 타인에 대한 비난, 심판과 공격으로 이어지는 열등감이 있다. 나의 연구로는 세계 인구의 95% 정도가 열등감을 느끼고 있다고 추정하는데 이러한 심리 상태를 극적으로 바꿔놓는 것이 바로 성형수술이라고 생각된다."

대부분의 정신적인 문제는 세상과 스스로에 대한 믿음의 오류에서 비롯된다. 그러므로 잘못된 믿음과 왜곡된 시선을 바로잡는 것이 치유와 회복의 핵심이다. 인지 행동 치료는 인지가 감정과 행동에 영향을 미치고 행동도 인지 패턴과 감정에 영향을 미친다는 기본 전제에서 출발한다.

자신이 예쁘다고 생각하는 여성은 길을 가다 한 남성이 자기를 쳐다볼 때 '내가 예쁘니까 또 쳐다보네'라고 생각한다. 하지만 자기가 못생겼다고 생각하는 여자는 '저 남자 왜 쳐다보는 거야, 내가 그렇게 이상해?'라고 생각한다. 객관적인 평가와 무관하게 어릴 때부터 형성된 사고의 틀이 그녀들로 하여금 그렇게 각각 다르게 판단하게 한다. 이것이 바로 자동적 사고다. 자신의 지고한 아름다움을 먼저 알아보고 자신에 대한 사랑과 자비심을 표현하기 전까지, 우리는 진정으로 모든 생명의 아름다움을 보거나 느낄 수 없으며 다른 사람에 대한 깊은 사랑과 자비심을 표현할 수도 없다.

우리 대부분은 행복을 어떤 사건이 가져다주는 것이라고 생각하지만, 실제로 행복은 우리 주위에서 진행되는 일과는 별로 관계가 없는 마음의 상태이다. 그러기에 우리가 행복해지기 위해 필요한 것은, 우리 자신이 이미 모든 것을 다 소유하고 있다는 사실을 깨닫는 것이다. 그리고 행복하기 위해서는 인생의 대부분의 시간을 차지하는 자신의 일에서 만족을 찾아야 한다. 그럴 수 없다면 지금 하고 있는 일을 버리고 좋아하는 일을 찾아 떠나는 것이다. 이것도 저것도 할 수 없다면 지금 하고 있는 일에 대한 태도를 바꾸어야 한다. 자신의 일이 남들이 보기엔 비록 하찮을지라도 내가 부여하는 의미에 따라 새로운 가치로 태어날 수도 있다. 프랭클이 그랬듯이 말이다. 그가 그 절망과 죽음의 순간에서조차도 자신의 태도를 바꿈으로써 살아남을 수 있었던 것처럼 우리 모두도 우리가 가진 자유의지를 사용하여 백조로 다시 태어나야 한다.

제2장

사람은 왜 늙는가

· 08 ·

남이 늙으니
나도 늙는다

 과학기술의 발달은 신체 중 아직도 완전하게 밝혀지지 않은 미지의 세계인 뇌를 연구하는 데 획기적인 발명품을 개발하였는데, 바로 기능성 자기공명영상fMRI 장치이다. 이 기계가 발명되면서 살아있는 사람의 뇌를 연구할 수 있게 됨에 따라 선진국에서는 각 나라마다 뇌를 연구하기 위하여 천문학적인 연구비를 쏟아붓고 있다. 그런데 연구결과 흥미로운 사실이 몇 가지 발견되었는데 그 중 하나가 바로 우리 뇌 속에는 거울과 같은 역할을 하는 신경세포, 즉, 거울뉴런이 있다는 사실이다.

1996년 이탈리아 파르마 대학의 생리학자 자코모 리촐라티 교수 연구진은 짧은꼬리원숭이가 먹이를 집어 드는 것과 같은 행동을 할 때 어떤 신경뉴런이 활동하는지 연구 중이었다. 그런데 연구팀 가운데 한 사람이 아이스크림을 집어 들자 그 광경을 본 원숭이의 뉴런들이 마치 자기가 아이스크림을 집는 것과 똑같은 반응을 보인 것이다. 이런 연구결과는 깜짝 놀랄만한 것이었는데, 왜냐하면 지금까지 신경과학자들은 지각과 사고와 행동을 담당하는 뇌 부위들이 따로따로 나뉘어 있을 것이라고 생각했기 때문이었다.

　후속 연구를 통해 인간의 뇌에도 원숭이의 뇌와 같은 기능을 하면서 더 정교한 신경 메커니즘이 있다는 사실을 알아냈고 이를 '거울뉴런'으로 명명했다. 슬픈 영화를 보면 슬퍼지고, 웃는 모습을 보면 따라 웃음이 나고, 옆에서 무서워하면 덩달아 무서워지고, 사랑하는 사람이 아프면 똑같이 아프고 하는 현상들이 거울뉴런의 작용으로 나타나는 사례들이다. 여성이 남성보다 드라마에 더욱 열광하는 이유도 여성의 거울뉴런이 더 발달했기 때문이라고 한다.

　거울뉴런은 다른 사람의 생각과 감정을 본능적으로 파악하고 반응할 수 있도록 하는 공감능력을 끌어내는 데 중요한 역할을 한다. 거울뉴런은 우리에게 다른 사람들의 경험을 우리 안에서 재생성하도록 하고, 다른 사람들의 정서를 이해하고 공감하도록 한다. 거울뉴런은 다른 사람의 얼굴에서 혐오감과 즐거움을 볼 때 우리도 비슷한 정서를 느끼도록 만든다. TV 드라마 대사로 유명해진 "아프냐? 나도 아프다"는 거울뉴런의 작용으로 상대방과 공감한 상태를 표현한 것이다.

리촐라티 교수의 주장에 따르면 사람은 선천적으로 거울뉴런을 가지고 태어나며, 거울뉴런 체계가 미성숙할 경우 자폐증과 같은 발달장애로 나타난다고 한다. 노화의 과정도 이와 같다. 우리의 뇌는 거울에 비친 나이 들어가는 자신의 모습을 보거나 상대방이 늙어가는 것을 보면서 자신도 같이 늙는다고 생각하게 되고, 이러한 생각은 뇌의 호르몬 분비에 영향을 미치고 결국 노화를 촉진하게 된다. 이것이 모두 거울뉴런의 작용이다.

노벨물리학상을 받고 덴마크 화폐에 모델로도 알려진 물리학자 닐스 보어[9]는 "인간이 지각하지 않는 한 현실은 존재하지 않는다"고 하였다. 이는 뒤집어 말하면 우리가 지각하기 때문에 현실이 나타난다는 말이기도 하다. 우리가 현실을 어떻게 받아들이느냐에 따라 노화가 촉진되어 나이 보다 늙어 보일 수도 있고, 반대로 노화가 둔화하여 훨씬 젊어 보일 수도 있다는 것이다. 세월이 흐름에 따라 나이를 먹는 것은 피할 수 없는 일이지만, 자신이

---

9) Niels Henrik David Bohr(1885~1962) 덴마크 대학교 이론물리학과 교수를 역임한 물리학자로 1922년 원자에서 발생하는 복사에너지의 발견으로 노벨물리학상을 받았다. 저서로는 3부작으로 구성된 《보어의 원자 구조론》이 있다.

나이 보다 늙어 보이고 더 나이 먹은 느낌이 드는 것은 자기 선택에 따라 달라질 수 있다. 즉, 뇌의 작용이라는 말이다.

뇌에 어떤 정보를 주느냐가 중요하다. 나이 드는 것을 긍정적으로 생각하느냐, 또는 부정적으로 생각하느냐가 실제 노년기 삶의 질과 수명에 영향을 미친다는 다수의 연구결과가 있다. 영국 런던대학교 앤드루 스텝토 교수팀의 연구에 따르면, 자기가 실제 나이보다 젊다고 생각하는 사람들은 실제보다 늙었다고 생각하는 사람들과 비교해 1.4배나 더 오래 산다고 하였다.

2016년 아일랜드에서 4,135명의 노인을 대상으로 2년에 걸쳐 실시한 연구결과에 따르면, 나이가 드는 것에 관해 비관적인 태도를 가진 노인들은 그렇지 않은 노인들에 비래 걷는 속도가 느려지고 뇌의 인지기능도 떨어졌다. 흥미로운 것은 이 기간에 약이나 기분, 건강에 영향을 미치는 다른 요소들에 변화를 주어도, 나이 듦에 관해 비관적인 태도를 보이고 있으면 똑같이 걷는 속도와 인지기능의 저하가 나타났다는 것이다. 연구를 이끌었던 디어드리 로버트슨 박사는 다음과 같이 말했다.

"우리가 나이 드는 것에 관해 생각하고, 말하고, 글을 쓰는 방식이 우리의 건강에 직접적인 영향을 미친다. 모든 사람은 나이가 들 텐데, 만약 우리가 평생 나이 드는 것에 대해 부정적인 태도를 갖는다면 그것이 정신적, 육체적, 인지적 건강에 측정 가능한 해로운 결과를 남길 수 있다."

그러므로 노화는 우리가 시간이 흐르면서 자연적으로 발생하는 현상이라고 생각했던 것 보다 훨씬 더 외부의 영향을 많이 받으며, 노화의 많은 측면이 세포 차원에서 조절할 수 있고, 심지어 지연될 수도 있다. 따라서 우리가 정말로 주의해야 할 점은 평소에 자신이 주로 어떤 생각을 하고 있는가이다. 무의식적인 소망도 소망이고 부정적인 기대도 기대이기 때문이다. 그러므로 우리는 자신이 무슨 생각을 하고 무슨 말을 하고 무슨 행동을 하는지 볼 수 있을 만큼 충분히 깨어 있어야 한다. 그리고 자신의 생각과 말과 행동을 자신이 선택한 목적에 맞게 잘 조절할 수 있는 힘과 의지가 있어야 한다.

이승헌[10]총장은 최근 저서 《나는 120세까지 살기로 했다》에서 120살을 살기로 선택하고 나니 세 가지의 눈에 띄는 변화가 있었다고 하였다. 첫째는 나이에 대한 생각이 크게 바뀌어 120세 인생으로 보면 이제 반을 산 셈이니 나머지 50년을 무엇에 집중해야 할지 명확하게 해주었고, 둘째는 120살까지 살려면 건강은 기본이기 때문에 몸과 마음을 더 적극적으로 관리하게 되었으며, 셋째는 뇌에서 긍정감과 활력을 주는 호르몬이 분비되는 기분이 들면서 마치 30년은 더 젊어진 기분이 든다고 하였다.

---

10)　이승헌(1950~) 세계적인 명상가이자 평화운동가이며 현대 단학과 뇌교육을 창안하였다. 저서로는 《나는 120살을 살기로 했다》 《한국인에게 고함》 등, 40여 권이 있다. 《세도나 스토리》는 한국인 최초로 뉴욕타임즈를 비롯한 미국 4대 일간지 베스트셀러에 올랐다.

그렇다. 나 역시도 내가 깨달은 바를 많은 사람에게 전하고 지구를 좀 더 아름다운 곳으로 만들고자 하는 나의 삶의 목적을 이루기 위해서는 120살을 살아야겠다고 결심하였다. 그리고 나니 놀랍게도 내 나이가 40대처럼 느껴지며 일상 속에서 내가 하는 생각과 말 그리고 행동이 바뀌고 걸음걸이가 젊은이들처럼 활기차게 변하였다. 생각하나 바꾸는 것만으로 20년이 젊어질 수 있다니! 이렇게 우리의 뇌는 뇌의 주인인 우리가 입력하는 정보에 따라 그 즉시 변화를 창조해 내는 능력이 있다. 현실과는 관계없이 자신이 즐겁고 행복하다고 생각하면 우리의 뇌는 그러한 생각에 걸맞는 신경전달물질을 분비해서 우리를 즐겁고 행복하게 만들어 준다.

　내가 뇌활용법을 강의하기에 앞서 교육생들에게 우리의 뇌는 상상과 현실을 구분하지 못한다는 것을 체험시키기 위해 레몬을 먹는 상상을 하라고 하는 것도 같은 맥락이다. 레몬을 반으로 자른 후 한 입 베어 물어보라고 하면 모두 표정이 바뀌면서 입에 침이 고인다고 말한다. 그런데 실제 레몬은 없다. 단지 상상을 했을 뿐이다. 우리의 뇌가 이렇듯 상상과 현실을 구분하지 못하고 우리가 생각하는 대로 뇌가 작동한다는 말을 여러분도 이미 들어본 적이 있을 것이다.

　그런데 우리는 일상생활 속에서 뇌를 느끼지 못한다. 두통이 오거나 외부로부터의 충격으로 인해 통증을 느낄 때를 제외하고는 뇌의 활동을 자각하지 못한다는 말이다. 이는 우리가 뇌에 대한 지식은 갖고 있으나 뇌를 나의 신체 일부로 느끼지는 못하기 때문이다. 나의 팔다리가 제 맘대로 움직여서 평생 한 번도 내 의지대로 사용해 보지 못했다면 과연 나의 팔과 다리라고 할 수 있을까? 우리의 뇌도 우리가 통증을 느낄 때를 제외하고는 한 번도 자신의 일부라는 자각이 없었기 때문에 우리는 뇌가 가진 잠재력을 알고는 있지만 정작 사용하는 데 있어서는 문외한이 될 수밖에 없는 것이다. 상상과 현실을 구분하지 못하는 우리의 뇌는 인간이 창조주로부터 받은 선물이요 축복이다. 우리가 의식이 밝아져 창조주의 말씀을 들을 수가 있다면 아마도 창조주는 이렇게 말씀하실 것이다.

"너희들이 원하는 것은 무엇이든 상상하고 현실로 만들 수 있는 뇌와 함께 자유의지를 주노니, 너의 인생을 마음껏 즐기면서 살도록 하여라."

· 09 ·

꿈을 잃으면 몸도 늙는다

만일 누군가가 당신에게 왜 사느냐고 묻는다면 어떤 답을 할 것인가? 십중팔구는 "잘 먹고 잘 살기 위해서"라든지 아니면 "그냥 태어났으니 사는 거지, 사는데 무슨 목적이 있어야 합니까?"라고 반문할 것이다.

우리가 산다는 것은 어떤 의미가 있을까? 일 해야 먹고 살 수 있으니 마지못해 일터로 간다. 일을 하지만 즐겁지 않다. 퇴근해서 돌아오면 파김치가 된 몸과 마음을 텔레비전으로 위안을 받다가 잠이 들고, 또 내일은 어제와 같은 일상이 반복된다. 이런 날이 계속되다 보면 어느새 익숙해지고 습관처럼 "삶은 다 그런 거지, 별 뾰족한 수가 있겠어? 그냥 이렇게 살다가 때가 되면 가는 게 인생이지"와 같은 자포자기하는 심정으로 살아간다. 그리곤 가슴 한구석에 자리한 원인 모를 불안감과 두려움을 잊어버리려고 오락거리를 찾거나 술을 마신다.

성공한 사람들은 공통으로 자기만의 꿈을 가져야 성공할 수 있다고 말한다. 목적지가 있으면 여행이지만 그렇지 않으면 방황이라고 한다. 갈 곳을 정하지 않으면 어떻게 가야 할지, 어떤 이동수단을 쓸지 등에 대한 계획이 없을 테니 당연히 여기저기 기웃거리느라 시간과 노력을 허비하게 될 것이다. 일상적인 생활에서도 이러한데 100세 시대에 있어서 내가 추구하고자 하는 목표가 없다는 것은 우리를 난처하게 만들 수 있다.

내가 초등학교 시절에 귀에 못이 박히도록 들었던 말이 "청년이여 야망을 가져라!"[11]이었다. 그 당시 이 말을 들을 때면 도대체 야망이 무엇이며 어떤 야망을 가지라는 것이냐고 반문하곤 했다. 가난해서 매 끼니를 걱정해야 했던 어린 시절은 나에게 꿈을 갖

---

11) "Boys, be ambitious!" 미국인 자연과학자 윌리엄 클라크 William Clark(1770~1838)박사가 일본 정부의 초청으로 삿포로농업학교 교장으로 취임하였다가 떠나면서 한 고별사이다. 그는 농업기술만 가르치라고 일본 삿보로 농업학교에 초빙되었지만 성경 그룹을 만들어 하나님의 말씀을 가르친다고 8개월만에 추방을 당하였다. 클라크 박사는 제자들과 작별을할 때 "소년들이여, 그리스도로 인하여 큰 뜻을 품어라"(Boys, be ambitious in Christ)는 말을 남기고 떠났다. 그의 가르침을 받은 제자 중에서 우찌무라 간조 등, 유명한 사람들이 많이 나왔다.

도록 하기보다는 오히려 열등감을 안겨 주었고, 이로 인한 기억
은 오랫동안 나의 삶을 괴롭혔기 때문이다.

이렇게 마지못해 살아가는 삶 속에서는 행복도 일순간에 찾아
왔다가 곧 사라지는 신기루와 같다. 학생이라면 모처럼 성적이
올랐거나 선생님이나 부모님으로부터 칭찬을 들을 때는 으쓱해
지고 기분이 좋아질 것이다. 결혼을 앞둔 청춘남녀 같으면 마음
에 드는 배우자를 만나거나 혹은 어려운 과정을 극복하고 결혼
에 골인했을 때 행복감을 느끼지 않을까? 연애 시절에는 서로서
로 알아가는 재미도 있을 것이고, 신혼과 곧 이은 새로운 생명의
탄생은 부모가 되었다는 뿌듯함과 함께 자신을 닮은 자식을 갖게
됨으로써 오는 만족감도 있을 수 있다. 직장에서의 승진이나 보
너스도 기쁘다. 그러다가 점점 정년이 다가오게 되면 체력도 전
과 같지 않고 퇴직 후 무엇을 하며 먹고 살 것인가를 고민하게 되
면서부터 행복으로부터 점차 멀어지기 시작한다.

기공체조를 지도하기 위해 들르는 경로당에서 만나는 어르신
들은 입버릇처럼 "자식들에게 피해 안 주고 빨리 죽어야지"라고
한다. 나는 이런 얘기를 들을 때면 마음이 아프다. 지금의 노인들
은 자신을 돌보기보다는 모든 것을 자식들을 위해 희생해왔던 세
대들이다. 당신들이 먹고 싶은 것, 쓰고 싶은 것을 아껴가며 오로
지 자식들의 안녕을 위해 살아왔으나 급작스러운 산업화에 따른
핵가족화로 인해 홀로 쓸쓸히 노후를 보내는 분들이 많아지고 있

는 현실이다. 이런 분들의 깊게 패인 주름을 보노라면 측은한 마음과 함께 어떻게 해야 이분들께 삶의 진정한 의미를 알려 드리고 여생을 즐겁고 행복하게 살 수 있도록 도울 수 있을까 하는 고민을 하게 한다.

지구를 다녀간 부처나 예수님은 물론이고 많은 선각자들은 이구동성으로 우리는 모두 이 우주와 하나이며 소중한 존재라고 가르치고 있다. 부처는 인간에게는 깨달은 부처와 같은 불성이 있다고 하였고, 예수는 우리 안에는 하나님을 닮은 신성이 있다고 하였다.

우리가 알고 있는 4대 성인들 보다 훨씬 이전에 단군조선(고조선)이라고 불리는 국가가 있었다. 단군은 왕의 칭호였으며 1대 단군왕검부터 마지막 47대 단군 고열가까지 모두 47분이 통치를 하였다. 그 시대에는 하늘과 땅과 사람이 하나라는 천지인天地人 철학을 중심으로 모든 백성이 수행을 통해 자신의 본성을 찾는 깨달음의 문화가 있었다. 역사의 부침을 겪으며 잊혀졌지만 우리는 깨달은 민족의 후예인 것이다.

그러나 지금은 이러한 성인들의 가르침은 사라지고 우리는 자신의 존재를 동물보다도 더 열등한 육체로만 한정하며 살고 있는 것이 현실이다. 경쟁사회는 우리를 끊임없는 불안감 속으로 몰아넣고 있다. 그러다 보니 몸을 위해서는 잘 먹여 주어야 하고, 좋은 집에서 고급 자가용까지 굴려야 한다. 더 많은 것을 갖기 위해 벌어지는 경쟁으로 인해 현대인들은 과도한 스트레스에 시달리고 있다. 질병의 80%가 심인성心因性 질환이라는 결과만 놓고 보더라도 이를 짐작하게 한다.

사람은 일정한 햇수를 살았다고 해서 늙는 것이 아니라 꿈을 버리기 때문에 늙는다고 한다. 해가 가면 얼굴에 주름이 생기며 몸이 늙지만, 꿈을 버리면 영혼이 늙는다. 걱정과 의심, 두려움과 절망은 우리가 죽음을 맞이하기 전에 우리로부터 서서히 기운을 빼앗아간다.

그러면 어떻게 해야 신바람 나는 인생을 살 수 있을까? 어떻게 해야 부정적인 정보의 영향을 극복하고 매일매일 감사함 속에서 자신이 가진 열정을 100% 활용하여 활기찬 삶을 살 수 있을까? 어떻게 하면 작심삼일의 습관에서 벗어나 한번 정한 마음을 흔들림 없이 지켜내어 내가 원하는 바를 이룰 수 있을까?

여기에 대한 답은 바로 삶에 대한 확고한 가치관을 바탕으로 진정한 자신만의 목표를 발견하는 것이다. 사람들은 대부분 자신이 원하는 것 보다는 원하지 않는 것을 더 잘 안다. 남과 비교해서 보여주기 위한 꿈이 아니라 생각만으로도 자신이 기쁨으로 빛날 만큼 좋고 지치지 않고 계속 앞으로 나아갈 동기를 만들어 줄 꿈이 필요하다. 모든 관심과 에너지를 집중할 수 있을 만큼 매력적이고, 주위의 모든 사람으로부터 지지와 격려를 얻을 수 있을 만큼 유용하고, 달성 여부를 자신도 남도 모두 알 수 있을 만큼 구체적인 목표가 필요하다.

삶에 대한 확고한 철학은 무분별한 정보의 바이러스로부터 우리를 보호해준다. 자신이 옳다고 여기는 것과 좋아하는 것이 일치하는 사람은 정말 운이 좋은 사람이다. 이 세상에는 자신이 무엇을 원하는지 모르는 사람들이 너무 많다. 목표를 달성하지 못하는 사람은 자신의 능력을 탓할 것이 아니라 명확한 목표부터 세워야 한다.

우리의 뇌는 우리가 집중하는 것을 이루어낸다. 늘 병에 걸리면 어떡하나 하고 걱정하는 사람의 뇌는 병을 끌어들인다. 늘 돈이 없다고 푸념하는 사람의 뇌는 가난을 끌어들인다. 이처럼 사람들은 건강하기를 원하면서도 병에 대해서만 생각하고, 부자가 되기를 원하면서도 가난만 떠올린다. 그렇게 해서는 결코 꿈이 이루어지지 않는다. 뇌는 자신이 가장 오랫동안 많이 생각했던 것을 먼저 실행한다.

꿈이 있는 사람에게는 주변 사람들이 그 어떤 달콤한 얘기를 하더라도 순간적으로 현혹되어 기웃거리지 않는다. 그런 사람은 감정을 상하게 하는 말이나 행동으로 잠시 갈등이 생기더라도 쉽게 털어버리고 줄기차게 자신만의 길을 갈 수가 있다. 이렇게 자신이 가진 모든 에너지를 쏟아 부을 수 있는 목표가 있는 사람은 평소 스쳐 지나가는 주변의 상황이나 사람으로부터도 기회를 포착할 수가 있다. 목표는 모든 것을 희생하며 얻는 그 무엇이 아니다. 목표를 향해 가는 과정은 늘 즐겁고 행복하다. 그리고 우리의 뇌는 뇌의 주인이 간절하게 원하면 이루어주기 위해 자신이 가진 모든 능력을 발휘한다.

능력을 개발하는 가장 효과적인 방법은 아주 구체적인 목표를 세우는 것이다. 자신이 원하는 것이 무엇인지 알고, 그것을 이루어내려는 의지를 갖고 최대한 집중할 때 뇌 기능이 활성화되면서 창의력이 폭발한다. 이것이 바로 자신의 능력을 최대치로 키우는 뇌활용법이다. 이렇게 목표를 향해 한 걸음 한 걸음 나아가다 보면 처음 계획했던 것들이 하나씩 현실화되면서 점점 자신감이 커지게 되고 가속도가 붙어 더 빠른 결과를 기대할 수가 있게 된다. 이렇게 되면 아침에 눈을 뜨면서 살아있다는 사실에 대한 감사함과 아울러 무엇이든지 선택하면 이루어질 것 같은 기대감으로 인해 새로운 목표에 도전해보고자 하는 의욕이 생긴다. 이런 삶을 사는 사람을 어떻게 불행하게 만들 수 있겠는가!

> 배를 만들려고 사람들을 다그쳐 목재를 모으고,
> 일을 분담시키고, 작업을 지시하지 말라.
> 대신에 그들이 광활하고 끝없는 바다를 갈망하도록 가르쳐라.
> · 생텍쥐페리 ·

· 10 ·

늙는 것도
마음먹기 나름

1979년 9월, 미국 뉴햄프셔주州 피터버러의 한적한 시골 마을에 70~80대 노인 여덟 명이 도착했다. 이 노인들에게는 다음과 같은 과제가 주어졌다.

"우리는 아주 아름다운 은둔처에서 지금이 마치 1959년 9월인 것처럼 사시는 겁니다. 그러니까 당연히 1959년 9월 이후에 일어났던 일에 대해서는 이야기하실 수 없겠지요. 그렇게 하도록 서로 서로를 돕는 것이 어르신들의 역할입니다. 저희가 원하는 것은 어르신들이 1959년을 살고 있는 것과 같은 연기를 해 달라는 게 아닙니다. 어려운 일이시겠지만, 1959년 당시 자신의 모습이 되어주십시오. 저희는 어르신들이 그것을 성공적으로 해내신다면, 실제로 어르신들의 몸도 1959년으로 돌아간 것처럼 느끼게 될 거라 믿을만한 확실한 근거를 가지고 있습니다."

실험을 위하여 노인들은 마치 타임머신을 타고 20년 전으로 돌아간 것처럼 1959년의 풍경으로 가득 꾸며진 집에서 미국 최초의 인공위성이 발사되는 장면을 흑백텔레비전으로 지켜보고, 카스트로의 아바나 진격과 공산주의의 확산 등, 1959년 당시의 시사적인 문제를 놓고 토론을 벌였으며, 1959년의 노래를 듣고 영화를 보았다.

처음 이 실험에 참가한 사람들은 지팡이에 의지해서 걸어 다니며 혼자서 몸을 일으키는 것조차 버거워하는 노인들이었다. 그러나 실험이 시작되고 이틀째부터는 음식도 나르고 뒷정리도 하며 스스로 자기 일을 해내기 시작했다. 그들에게 과연 어떤 변화가 일어났을까? 놀라운 것은 이 말도 안 되고, 어린이들의 장난처럼 여겨지며, 낯간지러운 실험들을 시작하면서부터 그들의 행동이 점차 변하게 되었다는 사실이다. 7일 만에 놀랍게도 노인들은 20년 전과 같은 시력과 청력, 기억력, 주먹의 악력이 향상되고, 체중이 느는 등, 실제로 젊어지기 시작하였다. 누군가의 부축 없이는 걸음을 내딛기가 힘들었던 한 노인은 지팡이를 집어 던지고 꼿꼿한 자세로 걷기 시작했으며, 또 다른 노인은 미식축구 경기에 동참하기도 했다. 1주일 전과 1주일 후의 노인들 사진을 무작위로 제3자에게 보여주자, 모두가 1주일 후의 사진을 더 젊은 시절의 모습으로 생각했다. 단지 7일간 시험삼아 과거의 젊은 시절로 돌아가 살아 본 결과였을 뿐인데도 말이다.

이 실험은 마음의 시계를 거꾸로 돌린다면 육체의 시간도 되돌릴 수 있다는 뜻에서 '시계 거꾸로 돌리기 연구'라고 이름 붙여졌다. 미국 하버드 대학 심리학과 엘렌 랭어[12] 교수가 수행한 시계 거꾸로 돌리기라는 유명한 실험이 위에서 설명한 바로 그것이다. 세계의 많은 학자는 이 실험을 일컬어 노화와 육체의 한계에 도전하는 단순하고도 혁신적인 심리 실험이라고 극찬했다. 엘렌 랭어 교수는 《마음의 시계》라는 책에서 이렇게 주장했다.

"생각한 대로 삶은 바뀐다. 그리고 생각이 육체 나이도 거꾸로 되돌릴 수 있다. 신체 나이는 숫자에 불과하다!"

심신의학을 창안한 디팩 초프라는 우리 몸을 구성하는 60조 개의 세포는 각각 지성을 가지고 있으며 항상성을 유지하기 위해 서로 긴밀하게 협조한다고 하였다. 그리고 세포가 가진 능력을 충분히 발휘하기 위해서는 세포 스스로 존재해야 할 의미를 부여

---

12)   Ellen Langer(1947~) 하버드 대학교 심리학 교수. 노화와 인간의 한계, 고정관념에 대한 연구로 심리학계의 스타가 되었다. 미국 심리학회가 수여하는 '공익 분야의 심리학 특별 공로상'을 포함하여 여러 상을 수상 하였다. 저서로는 《의식의 집중》《마음챙김》 등이 있다.

해야 한다고 주장하였다. 만약 살 만한 가치가 없다고 생각하게 되면 세포조차도 죽음을 선택한다는 것이 그의 지론이다.

교육가로 유명한 존 가드너는 인생의 의미에 대해 다음과 같이 말했다.

"의미란 수수께끼의 정답이나 보물찾기의 보물처럼 어쩌다가 우연히 발견하는 것이 아닙니다. 의미란 당신 스스로 자신의 삶 속에서 세워나가는 것입니다. 당신 자신의 과거로부터, 당신의 애정과 충성심으로부터, 당신에게 전해져 내려온 인류에 대한 경험으로부터, 자신의 재능과 지식으로부터, 당신이 믿고 있는 것으로부터, 당신이 사랑하는 사물들과 사람들로부터, 당신이 무언가를 희생할 수 있을 정도로 가치를 두고 있는 것으로부터….

그런 모든 것들로부터 당신이 세워나가는 것입니다. 모든 재료가 거기 있고, 그 재료들을 조합할 수 있는 사람은 당신 한 사람 뿐입니다. 삶의 순간들과 시간의 조각들이 당신에게 의미와 존엄성으로 새겨지도록 하십시오. 그리고 만약 그렇게 된다면, 실패나 성공에 대한 저울질은 그리 중요하지 않을 것입니다."

이렇듯 우리가 삶에 부여하는 의미에 따른 주관적인 판단이 신체 건강은 물론이고 노화에까지 영향을 미친다. 마음 하나만 잘 먹으면 늙는 것조차도 되돌릴 수 있다니 그저 놀랍기만 할 뿐이다.

그러면 어떻게 자신이 원하는 대로 마음을 되돌릴 수 있을까?

그러기 위해서 우리 모두는 자신이 자동으로 외부로부터 입력되는 정보에 반응하는 존재가 아니라 스스로가 생각하고 판단하는 주체라는 자각이 필요하다. 수 없이 일어나는 생각의 주인이 되는 것은 곧 자신이 뇌의 주인이 된다는 말이기도 하다. 내가 어떤 생각을 하는지 알아챌 수 있을 정도로 깨어있고 생각의 주체라는 인식이 있으면 잠시 부정적인 생각이 떠오를 때 손바닥 뒤집듯이 새롭게 자신이 원하는 대로 변화시킬 수 있을 것이다.

세상은 부정적인 정보로 넘쳐난다. 우리가 뇌의 주인이라는 생각이 없다면 결국 우리 모두는 그런 부정적인 정보의 바다에 빠져 허우적거리게 될 것이다. 그리고는 자신이 인생의 주인임을 망각하고 모든 책임을 세상과 주변에 돌리고는 내 뜻대로 안 된다고 불평을 하게 된다. 자신의 인생인데 노예처럼 남에게 끌려 다니게 되니 그 삶이 오죽하겠는가? 그래서 삶이 고통이요 허망하다고 한다. 이제는 자신의 뇌에게 확신에 찬 의도로 단호하게 말하자.

"나는 나의 뇌의 주인이다!"

> 과거를 팔아 오늘을 살지 말 것. 현실이 미래를 잡아먹게 하지 말 것.
> 미래를 말하며 과거를 묻어버리거나
> 미래를 내세워 오늘 할 일을 흐리지 말 것.
> • 박노해 •

• 11 •

어제는 역사, 내일은 미스테리, 오늘은 선물

어제는 기억일 뿐이고 내일은 아직 오지 않았으니 알 수 없다. 지금 이 순간만이 우리가 사용할 수 있는 온전한 시간이다. 매 순간에 대해 내가 인식하고 규정짓는 방식이 바로 자신의 실재를 창조한다. 불교 심리학에서는 삶의 고통은 우리가 지금 존재하는 것들이 다르게 되기를 원하기 때문에 생긴다고 한다. 영어로 현재를 뜻하는 프레즌트present는 선물과 동의어이다. 우리 뇌는 내버려 두면 부정적인 생각들로 가득하게 된다. 뇌에서 일어나는 생각조차도 에너지가 필요하니 우리 대부분은 번뇌와 망상으로 자신이 가진 에너지를 낭비하는 것이다.

아무것도 하지 않을 때 떠오르는 생각을 살펴보면 대부분 아직 오지 않은 미래에 일어날 일을 걱정하거나 아니면 과거의 잘못된 실수에 대한 후회들이다. 만일 누가 지나간 나의 잘못을 매번 내가 자신에게 하듯이 지적하고 나무란다면 과연 어떤 기분이 들까? 아마 크게 다툼이 일어나 두 번 다시 상대방을 만나기 싫을 것이다. 그런데 우리는 자신의 잘못에 대한 용서에 인색하다. 지나간 일은 오직 우리 뇌에 정보로서만 존재한다. 실체가 없는 것이다. 그런데도 그것이 실재인 것 마냥 지속해서 자신을 자책하게 되면 새로운 도전을 받아들이고 극복할 수 있는 원동력인 자신감과 용기를 상실하게 된다.

현재에 자신에게 가장 알맞은 최고의 선택을 하기 위해서는 자신이 선택의 주체임을 자각해야 한다. 인지 신경과학자들은 의식이 우리의 인지작용에 단 10%밖에 기여하지 못한다고 결론을 내렸다. 이것은 우리의 의사결정, 감정, 그리고 행동의 90%는 잠재의식의 자동적 과정으로부터 나오는 것임을 뜻한다. 잠재의식에서 가장 강력하고 영향력 있는 프로그램은 맨 처음에 기록된 프로그램이다. 우리의 가장 기본적인 인생형성 프로그램은 엄마 뱃속에서부터 여섯 살 사이의 지극히 중요한 형성기에 획득된다. 그래서 부모의 역할이 중요한 것이다. 이러한 무의식 속에 프로그램된 신념은 우리 삶을 구성하는데 중요한 요소들이다. 그러나 좋은 소식은 이 무의식 속의 프로그램들은 다시 지우고 고쳐 쓸 수 있으며 그러한 권한 또한 우리에게 있다는 사실이다.

그러나 생각이 많아 마음이 바쁠 때 우리는 자신의 상태를 알아채지 못한다. 그래서 우리는 인생이 뜻대로 풀려가지 않을 때 자신이 그 실패에 톡톡히 한몫했다는 사실을 자각하지 못하는 것이다. 자신이 의식하지 못하는 90%의 잠재의식으로부터 비롯된 행동의 영향을 자각하지 못하기 때문에, 우리는 자연히 자신을 외부의 힘에 의해 희생당한 희생양이라고 생각한다.

과거는 이미 흘러갔다. 우리가 다시 불러오기 전에는 과거 그 자체만으로는 우리에게 영향력을 행사할 수 없다. 단지 우리의 뇌 속에 기억된 정보일 뿐이다. 그 녹음테이프를 틀고 안틀고는 우리가 선택할 수 있다.

이젠 과거를 놓아주자. 과거에 일어난 잘못된 일에 대해 더는 연연하거나 자책하지 말자. 지난 과거로부터 교훈을 얻었으면 그것으로 충분한 것이다. 과거의 잘못을 멍에처럼 간직하는 것은 40kg짜리 시멘트 한 포를 등에 지고 다니며, 그런 사실에 익숙한 나머지 자신이 불필요하게 무거운 등짐을 지고 다닌다는 사실을 알아차리지 못하는 것과도 같다.

희망은 당신을 지탱해 준다. 희망은 또한 우리로 하여금 미래에 집중하게 한다. 불안, 초조, 긴장, 스트레스, 걱정 따위의 모든 두려움은 미래에 매달리고 현재에 머물지 못하기 때문에 일어난다. 죄책감, 후회, 원망, 한탄, 슬픔, 비탄 따위도 모두 과거에 집착하고 현재에 있지 못하기 때문에 생겨난다. 두려움이란 미래에 초점을 맞추고 살기 때문에 생겨나는 것이다.

우리는 내일 혹은 더 멀리 앞을 내다보며 오늘을 준비하지만 좀처럼 원하는 시간에 원하는 일들이 이루어지진 않는다. 일을 꾸미는 것은 인간이 하지만 일을 성공시키는 것은 하늘이 한다는 말은 성경의 잠언에도 등장하고 삼국지에도 등장한다. 삼국지의 거의 끝부분에 제갈공명이 사마의 부자를 다 잡았다가 놓치자 하늘을 보며 탄식하는 말이 바로 이 말이다. 그러니 새로운 것을 선택하고 추진하면서 쉬지 말고 꾸준히 나아가되 결과에 대한 성사는 하늘에 맡기는 자세가 필요하다. 사실 진정한 행복은 목표를 향해 한 걸음 한 걸음 나아가는 그 과정을 온전히 즐기는 데 있다. 아무런 노력 없이 그냥 주어지는 것에 만족감을 느낄 수는 없기 때문이다.

어느 날 깨어보니 내가 평소에 꿈꾸던 것이 현실이 되었다고 한들, 잠시 동안은 행복감에 젖을지는 모르나 그 행복감이 지속되지는 못할 것이다. 우리는 복권 당첨으로 졸지에 거부가 된 사람들이 얼마 못가 모든 것을 잃고 빈털터리 신세가 된 수많은 예를 이미 익히 알고 있다. 천신만고 끝에 얻어진 수확이야 말로 자신의 노력이 헛되지 않았다는 만족감과 함께 짜릿한 행복감을 느끼게 한다.

사회에 도움이 되는 존재가 되어야겠다는 뜻을 세우고 사이버대학에 진학해서 열심히 강의를 들을 때였다. 방학 기간에도 수강을 한 덕분에 3년 만에 조기 졸업을 할 수 있었다. 그때 일정 과목을 이수하고 실습을 마치면 사회복지사 2급이 주어진다는 사실을 알았다. 그러나 나는 그냥 주어지는 것에는 만족할 수 없어 1급에 도전하기로 하였다. 배수진을 치는 각오로 1급에 도전했다는 것을 만나는 사람들에게 알렸다. 나보다 먼저 자격증에 도전했으나 해를 넘기고 있던 지인으로부터 "어려울 걸요?"라는 대답을 듣는 순간 나의 내면으로부터 오기가 올라왔다.

"그래? 두고 보자. 내가 반드시 합격해서 뭔가를 보여주마."

그리곤 자신에게 이미 합격하였다는 최면을 걸기 위해 인터넷을 뒤져 누군가가 올려놓은 1급 자격증에다 내 사진을 오려 붙이고는 그것을 책상 앞에 걸었다. 나의 뇌에게 이미 합격했음을 알리는 것이다. 그러나 생소한 용어에다가 무려 여덟 개나 되는 과목과 강의 동영상을 짧은 시간내에 소화한다는 건 사실상 거의 불가능에 가까웠다. 그러다 보니 평일은 물론이고 주말에도 쉬기는 커녕 수험준비에 몰입했다.

이렇게 6개월을 고생하고 드디어 시험을 치르는 날이 왔다. 수험장을 가득 메운 수험생들은 대부분 젊은이들이었고 나처럼 나이가 들어 보이는 사람은 한두 명에 불과했다. 모범답안이 당일 저녁부터 온라인 상에 올라왔다. 그런데 정답을 제공하는 곳마다 조금씩 차이가 나면서 점수가 들쭉날쭉하여 합격 여부가 여전히 불투명했다. 그렇게 초조한 마음으로 발표를 기다리다가 최종합격을 확인한 순간 얼마나 기뻤는지 모른다. 정말 뛸 듯이 기뻐서 소리를 지르고 싶은 충동을 느꼈다. 온몸으로 느껴지는 기쁨과 함께 내면으로부터 솟아나는 자신감은 지나간 어려움을 상쇄하고도 남을 지경이었다.

이러한 경험을 통해 깨달은 것은, 목표를 향한 과정이 힘들고 어려울수록 결과에 대한 성취감은 더욱 커진다는 사실이었다. 이런 성취감에 따른 자신감은 나를 앞으로 끊임없이 나아가게 하는 원동력이 되었다. 그러니 단지 우리 뇌에 정보로만 기억된 과거에 미련 두지 말고 앞으로 오지도 않은 미래를 걱정하지도 말며 이 순간 자신이 할 수 있는 일을 하자. 지금 이 순간들이 모여서 미래를 만든다. 우리 내면에 존재하는 성공 프로그램은 내일에는 작동하지도 않고 반응하지도 않는다. 심지어는 단 1분 후에도 마찬가지다. 오직 지금 이 순간에만 작동한다!

· 12 ·

오래 산다는 것은
재앙인가, 축복인가?

우리나라는 경제성장에 따른 영양개선과 의료설비의 보급으로 평균수명이 해마다 연장되어 1960년대의 53세에서 1980년대의 65.9세, 1990년대의 71.3세, 2018년 현재의 82세로 급속히 증가하고 있다. 이렇게 수명이 증가하다 보니 100세 시대가 도래했다고 하고, 과거 노인으로 분류되었던 65세부터 75세까지를 '신중년'으로 부르며 노인과의 차별성을 주장하기도 한다. 장수는 인간의 숙원이었다. 중원을 통일한 진시황도 불로장생을 위하여 우리나라에까지 사람을 보내 불로초를 찾았다고 하지 않는가.

그런데 막상 수명이 길어지고 나니 개인은 물론이고 사회 곳곳에서 한숨 소리가 들려온다. 경제협력개발기구(OECD)가 2017년 발표한 '불평등한 고령화 방지보고서'에 따르면 우리나라는 OECD 국가 중 노인 인구의 증가가 가장 빠르며 노인빈곤율은 1위로 나타났다. 한국의 노년부양비가 급상승하고, 노인빈곤율이 높은 이유를 학자들은 이렇게 설명한다.

"기존 유교적 전통사회에서는 자녀가 부모를 봉양하는 게 의무였지만, 청년들이 도시로 몰려들면서 부모와 떨어져 살게 되었고, 국가연금제도가 1988년에야 출범해서 1950년대에 출생한 경우 혜택을 받기 어려운 상황이기 때문이다."

국민 10명 중 4명이 100세 시대를 축복으로 여기지 않는다고 하니 정작 수명은 길어졌지만 준비되지 않은 노후로 인하여 오히려 불안이 커지고 있는 실정이다.

내 나이 또래인 베이비붐 세대의 퇴직이 시작되고 있다. 6.25 한국전쟁이 끝난 후 높아지기 시작한 출산율이 최고조에 달했던 1955년부터 1963년 사이에 태어난 세대들을 베이비붐 세대라고 부르는데 무려 711만 명으로 추산된다. 이들 세대는 부모와 자식 간에 끼인 샌드위치 세대라고도 한다. 최근 젊은이들의 취업난으로 결혼이 늦어짐에 따라 노부모에 대한 봉양과 함께 자녀에 대한 지출 부담까지 지게 되어 이들의 시름이 더욱 깊어지고 있다. 이런 현실을 마주한 사람에게 수명이 길어졌다는 소식은 축복이기보다는 오히려 재앙으로 받아들여질 수도 있을 것이다. 그렇다면 이 모든 것을 운명으로 돌리고 길어진 노후를 걱정과 한숨으로 지내야 하는가?

호주의 호스피스 전문가 브로니 웨어는 《내가 원하는 삶을 살았더라면》이라는 자신의 책에서 죽음을 앞둔 사람들이 가장 후회하는 다섯 가지에 대해, 첫째 남의 평판에 신경 쓰며 산 것. 둘째 일만 하며 인생을 허비한 것. 셋째 사랑한다는 말을 하지 못하고 감정을 억누른 것. 넷째 친구의 소중함을 깨닫지 못한 것. 다섯째 행복을 위해 살아보지 못한 것이라고 했다.

이렇듯 사람들이 삶을 통해 추구하고자 하는 것들은 작고 소박한 것이다. 남의 눈치를 보지 않게 되면 남과 비교할 필요가 없어진다. 무엇을 먹고 입을지 어떤 집에서 살지를 자신의 형편에 맞게 선택하게 될 것이니 남에게 보여주기 위한 노력은 더는 필요하지 않게 될 것이다. 나의 스승이신 이승헌 총장은 최근 저서에서 이런 주장을 하였다.

"인생의 후반기는 결코 쇠퇴와 퇴보의 시기가 아니며 놀랍도록 희망차고 충만한 황금기가 될 수 있다. 가장 중요한 것은, 자신의 남은 삶에 의미를 부여할 수 있는 목적을 갖는 것이라고 생각한다. 남과 비교해서 사는 것이 아니라 자신만의 삶의 의미를 찾고 실현하는 것이 필요하다."

인간에게는 자신의 운명을 스스로 변화시킬 수 있는 자유의지가 있다. 무엇이든 자신이 진정으로 선택하고 이를 꾸준히 실천해 나간다면 얼마든지 원하는 것을 얻을 수가 있다는 말이다. 최근 책과 영화로 널리 알려진 끌어당김의 법칙(The law of attraction)이라든지 한민족 전통 선도에서 말하는 심기혈정心氣血精, 정신일도하사불성精神─到何事不成이란 말들은 모두 마음먹기에 따라 현실이 변화될 수 있음을 말하는 것이다. 현대 뇌과학에서는 이러한 현상을 뇌의 작동원리로 설명하고 있다. 우리의 뇌는 사실과는 상관없이 자신이 선택한 대로 출력한다는 것이다. 슬픔을 선택하면 슬픔을 느낄 수 있는 신경전달물질을 분비하고 기쁨을 선택하면 기쁨을 느낄 수 있는 신경전달 물질을 분비한다.

강의 도중 사람들에게 "웃으며 삽시다!" 라고 말하면 "웃을 일이 있어야 웃지요"라고 대답한다. 이건 뇌의 작동 원리를 모르기 때문에 하는 소리다. 두통이 있을 때만 뇌를 느낄 것이 아니라 평소에 뇌를 자신의 일부로 느끼고 뇌의 주인임을 기억하자. 그리고 지금의 나의 모습은 내가 알고 선택했느냐 모르고 선택했느냐에 관계없이 나의 선택의 결과물이다. 그러니 환경을 탓하기보다는 이 모든 것에 자신의 책임이 있음을 인정해야 한다. 자신이 느끼는 감정이 결국은 뇌의 작용임을 깨달은 사람은 언제든지 자신이 원하는 감정을 창조할 수 있다. 그리고 자신이 창조한 어떠한 감정이라도 즉시 체험이 가능하다. 체험하고 있는 감정은 우리 뇌에 뇌파를 발생시키고 이 뇌파에 따른 진동은 우주 공간으로 퍼져나간다.

양자물리학에서는 얼마나 거리가 떨어져 있느냐에 상관없이 이쪽에서 발생한 진동은 지구 반대편에서도 즉각 같은 진동이 일어난다고 한다. 이것이 비국소성非局所性의 원리이다. 어떤 생각을 계속한다는 것은 우주로 동일한 뇌파를 보내는 것과 같다. 이 뇌파에 따른 진동은 에너지이며 결국 심기혈정의 원리에 따라 현실이 되는 것이다. 우리의 생각, 말, 행동은 결국 우리의 삶을 창조하는 도구이기 때문이다.

대부분의 시간을 부정적인 생각을 하면서 긍정적인 결과를 기대한다면 그것이야말로 정신병의 초기 증세다. 콩 심은 데 콩 나고 팥 심은 데 팥 난다는 속담처럼 자신이 원하는 것이 팥이면 팥을 심어야 한다. 팥알 하나에도 땅을 파고 씨를 뿌리며 물을 주는 정성을 들여야 한다. 콩을 심어 놓고 팥이 열리기를 기대하지 말자. 한 알의 옥수수가 자라서 수백 배의 수확을 가져다주듯이 자연은 우리에게 언제나 충분한 만큼 되돌려 준다. 아무리 값비싼 것일지라도 노력 없이 공짜로 주어진다면 가진 그 순간은 행복할지 모르지만 그런 행복은 오래가지 못할 것이다.

물질문명은 사람의 가치를 얼마나 많은 부를 축적했는지에 따라 판단한다. 영원한 사랑을 맹세한다는 의미의 결혼반지로 사용되는 다이아몬드는 인간이 그런 의미와 가치를 부여한 것이지,

사실 그 자체만으로는 유리를 자르는 용도로 사용할 수 있을 뿐이다. 그러니 같은 물건이라도 어떤 의미를 부여하느냐에 따라 그 가치가 달라진다. 이제 나의 삶에도 나만의 가치를 부여하자. 남들과 비교한 가치가 아닌 나만의 고유한 가치를 말이다.

우리 민족의 순수한 역사와 철학을 만난 이후 나의 의식은 작은 나에서부터 국가와 민족의 차원으로까지 확장되는 체험을 하였다. 그때 만난 것이 고조선의 건국이념이자 통치이념이었던 홍익인간 사상이다. 그동안 홍익弘益이라고 하면 열차에서 음료를 파는 '홍익회'를 떠올렸었는데 그런 홍익이라는 단어가 그때처럼 내 가슴에 공명을 일으킨 적이 없었다. 하늘과 땅과 사람이 하나이니 인간이 태어나면 천지 사이에 있는 모든 생명을 두루 이롭게 해야 한다는 홍익이야 말로 인간이 추구할 수 있는 최고의 철학이 아니겠는가!

나의 자그마한 몸에 하늘과 땅이 들어와 있다니 이 얼마나 놀라운 사상인가 말이다. 우리 선조들이 목숨을 건 수행 끝에 찾은 삶의 목적이 바로 홍익사상이었다. 그런 웅대한 철학을 중심으로 나라를 세우고 무려 2000년이 넘는 장구한 세월을 경영하였건만, 우리가 알고 있는 역사는 조상의 무능함만을 강조한 역사였던 것이다.

나는 시공을 넘어 선조들의 위대한 철학이 나와 연결되면서 잠자고 있던 홍익의 유전자가 내 몸 속에서 깨어나는 경험을 하였다. 그 순간부터 나는 나의 가치를 홍익인간으로 정했다. 누가 시켜서가 아니라 내 가슴의 울림에 따라 그렇게 선택했다. 이 시대를 사는 나의 삶의 의미가 바로 이 민족의 홍익철학을 통하여 인류가 하나 되는 평화로운 세상인 것이다. 진정한 삶의 의미를 발견한 것이 나의 삶을 송두리째 바꿔놓을 줄은 그때는 미처 몰랐다.

> 어둠을 두려워하는 아이는 쉽게 용서할 수 있다.
> 삶의 진정한 비극은 사람들이 빛을 두려워할 때 시작된다.
> · 플라톤 ·

· 13 ·

죽음보다 더 두려운
'살아내기'

우리가 죽음에 두려움을 느낀다고는 하지만 사실 더 큰 두려움을 느끼는 것은 치열한 생존경쟁 속에서 하루하루를 살아내는 것이다. 현대는 불확실성의 시대다. 내일을 예측할 수 없을 정도로 빠른 환경변화는 우리에게 적응을 위한 노력을 그 어느 때보다도 많이 요구하고 있다. 2016년 이세돌 9단과 인공지능과의 대결에서 인간이 무릎을 꿇으면서 본격적으로 거론되기 시작한 4차 산업혁명은 기존 직업관에 대한 커다란 변화를 예고하고 있다.

미래학자 토마스 프레이[13]는 2030년까지 수억 개의 직업이 사라질 것으로 예측해 전 세계를 충격에 빠뜨렸다. 그는 향후 20년 이내에 사라질 직업으로는 그동안 데이터 처리가 주 업무이었던 텔레마케터, 경리, 검표원, 회계 관리사, 보험설계사, 은행원들을 꼽았다. 이미 시중 은행들은 점포 수를 줄이고 있으며 온라인 금융시스템 개발은 이러한 현상을 점차 가속하여 금융업 종사자들의 일자리는 점점 줄어들 것으로 보인다. 그동안 사회적으로 선망의 대상이 되어오던 교수, 변호사, 의사 등의 직업조차 인공지능으로 대체될 것이라고 하니 사회 전반에 걸친 변화는 우리의 예상을 뛰어넘을 정도로 충격적일 것이다.

하루가 다르게 발전하는 인공지능 기술은 점점 더 정교해지고 있어 우리 세대에 로봇과 인간이 어울려 살아가는 공동체의 탄생을 예고하고 있다. 지난 2015년 영국에서 휴먼스Humans라는 주제로 방영된 드라마는 가정에서 새로 사들인 인공지능 로봇이 인간의 역할을 대신하게 됨으로써 가족관계에 커다란 변화를 몰고 올 수 있음을 보여주었다.

가정주부가 가정을 비운 사이 자신을 대신하여 로봇이 집에 들어온다. 귀찮은 일은 물론이고 가족에게 음식을 조리해 주고 아

---

13)   Thomas Frey(1954~) 미국의 대표적인 미래연구소인 다빈치연구소의 소장이며 현재가
      미래를 만드는 것이 아니라 '미래가 현재를 만든다'고 단언한다. 2006년 구글 최고의
      미래학자로 선정되었다. 저서로는 《미래와의 대화》《에피파니 Z》등이 있다.

이에게 친절하게 책을 읽어 주는 등, 가정주부의 역할을 침착하게 해내는 로봇을 자신보다 더 좋아하는 가족들을 보며 가정주부는 큰 충격을 받는다.

또 다른 가정에서는 아내가 자신에게 마사지를 해주고 음식을 할 때조차 곁에 지켜 서서 세세한 것을 도와주는 로봇으로 인해 남편이 더는 자신을 행복하게 해주지 못한다고 선언한다. 그리고 학생인 딸은 학업에 집중할 수가 없다. 부모는 늘 최선을 다하라고 하지만 무엇을 하든 자신보다 인공지능 로봇이 더 뛰어나다면 공부할 필요는 있겠는가! 이러한 인공지능의 발달로 인해 앞으로 사회는 전례 없는 불평등이 예상된다.

뇌과학자 김대식 교수는 자신의 저서 《인간 vs 기계》에서 인공지능이 가져올 사회적 변화의 특징으로 양극화와 불평등을 꼽았다. 지금 사회는 가진 자와 못 가진 자의 비율이 1% 대 99%라면, 앞으로의 사회는 0.00001% 대 99.99999%로 양극화되어 전례 없는 불평등을 겪게 될 것이라고 한다.

미래를 예측할 수 없을 정도의 급격한 변화에 따른 불안감은 젊은 세대들 사이에 새로운 일에 도전하기보다는 오히려 삶의 많은 부분들을 포기하도록 종용하고 있다. 삶의 많은 것들을 포기하게 함으로써 삼포(연애, 결혼, 출산 포기) 세대, N포(주거, 취업, 결혼, 출산 등 포기) 세대라는 신조어를 탄생시키고 있다. 연애, 결혼, 출산은 전통적인 가족 구성에 필요한 기본 조건임에도 불구하고 2010년 이후 청년실업의 증가와 함께 학자금 대출에 대한 부담, 치솟는 집값 등, 과도한 삶의 비용으로 인해 연애와 결혼, 출산을 포기하거나 이를 포함하여 취업과 내 집 마련까지 미루는 20대~30대가 늘어난 현상 때문이다. 이러한 문제는 다음 세대에도 이어질 가능성이 있고 노력해도 기회를 얻지 못한다는 인식의 확산은 사회적 갈등을 부추길 수도 있어 사회 각계각층을 포함하는 다차원적인 해결방안의 모색이 절실한 실정이다.

이러한 현실은 은퇴를 앞두고 있거나 이미 은퇴한 장·노년층의 생활에도 적잖은 영향을 미치고 있다. 과거 전통사회에서는 노인은 공경의 대상으로 가족의 틀 안에서 보호됐다. 그러나 산업 발달로 인한 도시집중과 핵가족화는 가치관의 변화를 가져와 이제는 노부모 봉양의 책임이 가족이 아닌 사회 책임이라는 인식이 점차 확산되고 있다. 조사에 따르면 1998년에는 89.9%가 부모봉양의 책임은 '가족'이라고 응답했으나 2016년에는 30.6%로 낮아졌다고 한다. 이제는 부모 스스로 노후책임을 져야 한다는 생각이 커지고 있다.

이렇게 현실이 바뀌었다고 남 탓만 할 수는 없는 노릇이다. 수동적인 자세에서 벗어나 지금이라도 자신의 노후를 준비해야 한다. 노후 준비를 위해 가장 먼저 노력해야 하는 것은 두말할 필요 없는 건강이다. 유전적인 요인이야 어쩔 수 없다고 하더라도 나이를 먹으면서 나타나는 혈관질환이나 근력감소 같은 생활습관

병은 우리가 평소에 주의를 기울인다면 충분히 예방할 수 있다. 걸을 때도 단순히 이동수단으로만 생각할 것이 아니라 발을 일자로 힘차게 걷고, 건강에 해로운 술과 담배는 절제하는 등의 노력으로 얼마든지 나이와 상관없이 젊음을 유지할 수 있다. 운동은 노화를 늦출 수 있는 가장 확실한 방법의 하나다.

50세에서 70세에 이르는 동안 10년마다 근육의 약 15%가 줄어든다고 한다. 그 이후로는 줄어드는 비율이 10년에 30%로 훌쩍 뛴다. 노화는 근육에서부터 시작된다고 해도 과언이 아니다. 근육이 줄어든다는 것은 세포 내의 작은 기관으로 에너지발전소 역할을 하는 미토콘드리아가 줄어든다는 것이고, 그렇게 되면 몸은 혈류 속의 당분을 태워 버리는 기능의 저하를 가져와 당뇨병이 증가하게 된다. 반대로 근육이 늘어나게 되면 신체의 활력과 자신감은 물론이고 스트레스에도 내성이 생겨 삶을 즐길 수 있는 여유가 생긴다. 100세를 넘긴 나이에도 건강하게 활동하는 사람들이 있으니 일부러라도 그런 사례를 찾아보자. 사진이나 기사를 찾아 스크랩해서 잘 보이는 곳에다 붙여놓고 자신이 그렇게 건강해진 모습을 상상하자. 그리고 직접 몸을 움직여 그렇게 만들어 보는 것이다.

나는 대학원 재학시절 지하에 설치된 웨이트 트레이닝 장비를 사용하여 근육운동을 해 본 적이 있다. 평소 노후 건강을 위해서는 별도의 근육운동이 필요하다는 점을 알고는 있었으나 딱히 시작할 수 있는 계기가 없었는데 마침 대학원 수업 중 '뇌와 건강'이라는 과목이 개설되었다. 담당교수가 체육학 전공이고 보디빌더 활동 경험이 있어 학생들에게 체계적인 근육운동법을 알려 주겠다고 했다. 속으로 쾌재를 부르고는 교수의 지도에 따라 웨이트 트레이닝을 시작했다. 근육운동을 해보고 싶었던 데다 근육이 건강에 미치는 영향에 대한 공부와 함께 실습하다 보니 재미까지 더해져 꾸준히 하게 되었다. 이틀에 한 번씩 3개월이 지나니 상체는 물론이고 하체에도 근육이 붙기 시작했다. 거울에 비친 모습에 흐뭇해지던 어느 날, 두 다리를 버티고 섰는데 당당함과 자신감이 함께 어우러지면서 이런 생각이 드는 것이었다.

"이제부터는 어떤 세찬 풍파가 닥쳐도 이겨낼 수 있겠다. 강인한 체력이야말로 확실한 노후 준비인데 이런 사실을 왜 지금까지 몰랐던 걸까?"

인류는 지금껏 한 번도 경험해 보지 못한 초고령화 사회로 접어들고 있다. 기나긴 노후에 대한 두려움이 덮쳐오고 있다. 양자물리학에서 밝혀진 바와 같이 우주 만물은 에너지로 구성되어 있으며 우리는 보이지 않는 에너지로 그 우주와 연결된 존재이다. 우리가 삶이 두려운 것은 이 거대한 우주와 분리되었다고 생각하기 때문이다. 즉, 에너지가 끊어져 기절氣絶된 상태이다. 모든 생명에게 조건 없는 사랑을 보내고 있는 우주와 단절되어 홀로 되었으니 얼마나 불안하고 두렵겠는가? 노후를 슬기롭게 보내기 위해서는 우리가 생명의 근원과 연결되어 있으며 죽음에 대해 이해하고 죽음이 있다는 현실을 더 없는 축복으로 받아들여야 한다. 그렇게 될 때에만 우리에게 주어진 시간이 영원하지 않다는 현실을 받아들이고 소중한 시간을 낭비하지 않고 잘 쓰기 위해 노력하게 될 것이다.

힘차게 걷기 – 장생보법 tip

중년이 되면 고혈압, 당뇨, 뇌졸중, 골다공증 등 다양한 질병에 노출되는데 이런 병들을 과거에는 성인병이라고 분류했으나 현대에는 '생활습관병'으로 불리고 있다. 다양한 원인이 있을 수 있으나 좌식생활과 자동차의 사용으로 인한 운동 부족이 주원인이라고 한다. 운동이 건강에 미치는 효과에 대해서는 익히 알고 있으나 꾸준히 실천하기가 쉽지 않다. 그런데 이동 수단으로 알고 있는 걷기를 운동과 결합하면 눈에 띄는 변화가 온다.

나는 평소 걸을 때 의도적으로 발바닥에 힘을 주고 힘차게 걷는다. 그러면 다른 근육운동을 하지 않아도 하체가 튼튼해지고 기분이 좋아지며 실제로 젊어진다. 기운을 통해 뇌를 느끼고 활기차게 걷다 보면 활력이 생기고 무엇이든 도전하고 싶은 의욕이 움틀 것이다. 이렇게 걷는 걸음을 '장생보법'이라고 하는데 더 자세한 내용은 《걸음아 날 살려라》라는 책에 설명되어 있다.

• 14 •

순수한
자신과의 만남

《감옥으로부터의 사색》의 저자 신영복[14] 교수는 우리가 중학
교부터 10년간이나 영어공부를 하고서도 원어민과 대화가 안 되
는 것에 대해 이렇게 꼬집는다. 우리 할아버지들은 공부의 왕도
라든지 과학적 방법에 아랑곳하지 않고 우직하게 천자문을 그냥
외웠지만 4, 5년이면 뛰어난 문장력과 시를 지을 정도가 되었다.

---

14) 신영복(1941~2016) 경남 밀양 출신. 육군사관학교 교관시절 통일혁명당 사건으로
    구속되어 무기징역을 선고받고 20년 만에 출소한 후 성공회대학교 교수로 재직하였다.
    저서로는 《감옥으로 부터의 사색》《강의》등이 있다.

그런데 영어는 더 오랜 공부를 하고도 제대로 된 시는 커녕 대화조차도 못하는 건 왜일까? 천지현황天地玄黃으로 시작되는 우주의 원리를 가르치는 교과서와, I am a boy, You are a girl. 로 시작되는 영어 교과서는 정신세계에 있어서 엄청난 차이를 보이기 때문이라는 것이다. 인간은 영혼을 가진 존재이기 때문에 본래 영적이다. 본능적으로 높은 의식세계에 대해서는 자신도 모르게 끌리게 된다. 영어 공부법과 같이 사물을 지칭하는 이러한 낮은 정신세계에 대한 교육 과정은 집중력을 떨어뜨리고 쉽게 권태감을 불러일으켜 학습효과를 가져오기가 힘들어질 것이다.

새해가 되면 지난 한 해를 되돌아보고 이렇게 살아서는 안 되겠다고 새로운 결심을 하게 된다. 운동을 해보겠다고 헬스장에 등록하고, 공부하기 위해 참고서를 사들여 보지만 작심삼일이다. 이렇게 자신의 선택을 끝까지 지켜내지 못하는 것은 변화에 대한 간절함, 즉, 목표가 분명하지 않은 것이 원인이다. 목표가 분명치 않으니 주변에서 이게 좋더라 저게 좋더라 하면 귀가 솔깃해져서 여기저기 기웃거리다가 그만 잠시 해보고는 흥미를 잃고 마는 것이다. 그러나 자신이 진정으로 원하는 것을 발견하게 되면 주변에서 하지 말라고 말려도 하게 된다. 자신만의 꿈이 있는 사람은 꿈을 향해 나아가는 과정에서 하나씩 성취하는 기쁨과 함께 자신감이 점점 커지게 된다. 이러한 성취감과 함께 향상된 자신감은 자신이 해보지 않았거나 남들이 불가능하다고 하는 것일지라도 선택할 수 있는 용기를 주어 삶이 점차 선순환으로 변화하게 된다.

인간의 내면에는 누구나 타고난 선한 본성이 있다. 어린아이가 우물에 빠지려는 광경을 보면 선한 사람이든 악한 사람이든 어린아이를 위험에서 구하고자 한다. 이것이 맹자의 핵심사상인 측은지심惻隱之心이다. 이러한 측은지심과 함께 공동의 선에 기여하고자 하는 인간의 본성은 개성을 중요시하는 환경으로 인해 잘 드러나지는 않지만, 인간이라면 그 어느 누구에게나 있다. 본성과 개성이 적절한 조화 점을 찾지 못하면 본성만을 추구하여 깨달음을 얻고자 산으로 들어간다든지, 아니면 남들은 아랑곳하지 않고 자신만의 이익과 의견만을 주장하는 고집스러운 삶을 살게 된다. 고요한 산속에서 수행 끝에 본성을 깨달았다고 하지만 어떻게 그 깨달음을 증명할 수 있겠는가? 그리고 우리 사회가 이렇게 혼돈과 무질서한 것은 본성은 무시하고 개성만을 존중한 결과가 아니겠는가?

우리의 혼은 가슴에 있는데 그것으로부터 울려 나오는 본성의 소리를 듣게 되면 머리로 생각하는 것과는 완전히 다른 느낌으로 다가온다. 혼의 소리는 온몸 세포 하나하나에 각인되어 살면서 겪는 모든 선택과 행동의 중심이 된다. 그리고 혼의 소리는 자신의 모든 것을 다 바쳐 이루고자 하는 궁극적인 삶의 목표가 되는 것이다. 이런 목표가 정해지면 우리의 뇌는 그 방법을 찾기 시작한다. 뇌는 그야말로 신비 그 자체다. 한 가지 질문을 뇌에 지속해서 반복하게 되면 불현듯 뇌는 그 답을 찾아낸다. 심지어 꿈에서조차 우리에게 방법을 알려준다. 꿈은 자각 너머에 있는 의식 수준에 접근하는 방법이고, 몸과 마음이 직접 보내는 메시지라고 했다. 따라서 전날 밤에 꾼 꿈을 회상해서 옮겨 적는 습관을 들이라고 한다. 나를 설레게 하는 꿈은 본성에서 나온다. 그러므로 중요한 것은 자신의 본성을 만나야 하고 그 본성에서 원하는 소리를 들을 수 있도록 깨어 있어야 한다는 사실이다.

본성을 찾아가는 방법 중 가장 선호되는 것이 명상이다. 명상은 편안한 상태로 이완되어 있으면서도 의식은 명료하게 깨어 있는 상태를 만들어 평소에는 느끼지 못했던 순수한 자신과 만날수 있게 해 준다. 명상에 대한 방법과 효과는 너무나 많아 일일이 열거하기도 어려울 정도다. 명상에 대한 경험이 없는 사람일지라도 손쉽게 명상을 체험하도록 구성된 방법이 '뇌파진동'이다.

뇌파진동은 한민족 전통 육아법인 '도리도리' 동작을 응용한 것으로 동작이 쉽고 구성이 단조롭지만, 스트레스 감소, 우울, 수면의 질과 같은 well-being에 대한 효과가 있다. 또한, 전전두엽의 두뇌 피질 두께가 증가하여 뇌 구조에 영향을 미친다는 결과에 따라 인지기능 저하를 예방할 수 있을 것으로 예상되는 뇌 훈련법이기도 하다. 특히 명상이 심신 건강에 좋다는 건 알지만 어떻게 해야 할지 잘 모르는 경우에 쉽게 따라 하는 방법이다. 뇌파 진동은 심신 건강에 이로울 뿐만 아니라 번잡한 생각들을 멈추게 하고 자신의 내면에 집중할 수 있도록 도와 가슴 속 깊은 곳에 잠들어 있는 본성을 깨닫게 해주는 놀라운 훈련법이다. 남녀노소를 불문하고 본성의 소리를 듣게 된다면 강요하지 않아도 누구나 이타심을 발현하여 모두가 건강하고 행복한 복지 대도의 길로 나아갈 수 있을 것이다.

원하는 것을 이루는 뇌의 비밀, 뇌파진동

1. 반가부좌나 책상다리를 하고 편안하게 앉아서 허리를 반듯이 세우고 눈을 감는다.

2. 어깨와 목에 힘을 빼고 고개를 좌우로 가볍게 5분간 흔든다. 어지러울 수 있으므로 처음에는 천천히 한다.

3. 동작을 멈추고 숨을 깊이 들이쉬고 길게 내쉰다. 세 번 반복한다.

4. 곧바로 눈을 뜨지 말고 뇌와 몸으로 퍼져나가는 진동을 느껴본다.

5. 자신이 원하는 것이 이루어진 모습을 상상한다.

　자세한 수련법과 효과에 대해서는 《뇌파진동》을 참조하기 바란다.

제3장

삶은 영원히
계속된다

> 죽음은 사라지는 게 아니라 알 수 없는 세계로 가는 것이다.
> · 칼 구스타브 융[15] ·

· 15 ·

죽음은 또 다른 성장 과정

우리는 모두 언젠가는 죽는다. 수명이 길어지고 있으나 때가 되면 육체는 흙으로 돌아가야 한다. 이렇게 누구든 피해갈 수 없는 죽음은 우리를 두렵게 만든다. 모든 인간에게 어김없이 다가오는 죽음에도 불구하고 우리는 죽어가는 과정이 어떠한지, 그리고 죽음 이후에는 어떻게 되는지에 대해 아는 바가 없다. 모르기

---

15) Carl Gustav Jung(1875~1961) 스위스 정신과 의사이며 분서심리학의 개척자로 지금은 일반적인 용어가 된 '콤플렉스'라는 용어를 정립하였다. 소년시절에 그가 겪은 발작증세는 그를 일생동안 인간심리의 연구에 몰두하게 만드는 계기가 되었다. 성격을 '내향형'과 '외향형'으로 나누었으며 저서로는 《무의식이란 무엇인가》《꿈의 분석》등 다수가 있다.

때문에 더욱 두렵다. 이러한 두려움을 극복하기 위한 지름길은 우리가 죽음의 실체를 탐구하여 죽음에 대해 자세히 아는 것이다. 죽음이 시작되면 어떤 현상이 일어나는지 그리고 죽음 이후에는 무엇이 우리를 기다리고 있는지에 대해 알 수 있다면, 이제는 죽음에 대한 막연한 두려움을 갖기보다는 오히려 능동적으로 살아가며 죽음을 준비할 수 있게 될 것이다.

우리는 사랑하는 가족 혹은 지인들의 죽음을 지켜보았거나 TV 드라마나 영화를 통해 삶의 마지막 과정을 보아왔다. 그중 대부분은 노환이나 질병으로 인해 병상에서 고통스럽게 마지막을 맞이하거나 불의의 사고로 인하여 우리 곁을 떠나야 하는 안타까운 모습들이었다. 보이는 현상을 중요시하는 우리에게는 죽음이란 소멸과 함께 육신이 썩어버리는 것이니 대단히 두렵고 끔찍하기만 하다. 이러한 부정적인 상황에 익숙해진 우리는, 죽는다는 것은 무조건 슬픈 일, 또는 두려운 일로만 생각해 왔다.

이제는 죽음이라는 현상에 대해 바르게 알고 두려움으로부터 해방될 때가 되었다. 왜냐하면, 우리가 살아가는 동안 두려움이라는 감정은 우리의 삶을 구속하고 삶의 질을 떨어뜨리기 때문이다. 우리가 두려워하는 것은 죽음 그 자체가 아니라 죽음에 대한 관념적인 정보이다. 상식적으로 정의된 죽음에 대한 무지가 우리를 두렵게 한다는 말이다. 그리고 이런 두려움은 더욱 근원적인 무지, 즉, 내가 어떤 존재인지 그리고 산다는 것은 진정 나에게 어떤 의미가 있는지를 모르는 데서 기인한다.

자신이 육체로만 한정된 존재라는 믿음은 우리를 죽은 다음 자신의 육체가 사라진다는 두려움때문에 화장하는 것조차 꺼리게 만들었다. 우리가 자신의 정체성에 대해 깊은 이해가 있고 죽음조차도 생명이 순환하는 과정으로 받아들일 때, 죽음에 대한 두려움은 더는 설 자리가 없어질 것이다. 죽음에 대해 이해를 돕기 위해 죽어가는 과정을 직접 체험해 본 경험자들의 이야기와 다양한 관점에 대해 알아봄으로써 죽음에 대한 이해의 폭을 넓혀보고자 한다.

미국 주간지 《타임》이 선정한 '20세기 100대 사상가' 중 한 명이었으며 정신과 의사로서 죽음과 임종에 관한 세계적인 권위자였던 엘리자베스 퀴블러 로스[16]는 죽음을 통해서 생전에 배울 수 없는 엄청난 것들을 배울 수 있으며 죽음은 마지막 성장 기회이지 결코 끝이 아니라고 하였다. 그녀는 죽음에 대하여 다음과 같이 말한다.

◎ 누구나 자신이 언제 죽음을 맞이할지 정확하게 안다.

◎ 죽음은 나비가 고치에서 벗어날 때의 현상과 똑같다.

◎ 육체에서 벗어나면 자신이 좋아하는 누구라도 만날 수

---

16)   Elisabeth Kubler Ross(1926~2004) 스위스 출신의 미국 정신과 전문의. 호스피스의 어머니로 불리며 호스피스에 대한 사회적 인식을 고취시키는데 크게 기여했다. 《죽음의 순간》《사후생》《죽음과 죽어감》《생의 수레바퀴 아래서》등 다수의 저서가 있다.

있기에 고독하게 죽는 사람은 아무도 없다.

◎ 터널을 지난 후 빛에 에워싸이는데 이 빛은 말로 표현할
수 없는 장엄하고 조건 없는 사랑이다.

◎ 이승에서의 삶은 교훈을 배우고자 하는 학교에 다니는 것에
지나지 않는다.

그녀는 죽음은 나비가 고치에서 벗어나는 과정에 비유할 수 있
으며 영혼이 육체로부터 빠져나오는 과정은 다음과 같이 세단계
로 진행된다고 하였다.

첫 번째 단계는 육체에서 벗어나면 자신이 가장 좋아하는 먼저
떠난 사람이 기다리고 있다. 이 차원에서는 시간이 존재하지 않
아서 젊어서 아이를 잃은 사람은 노후에 죽더라도 그의 아이가
어릴 때의 그 모습 그대로 만날 수 있다.

두 번째 단계에서 불구였던 사람은 다시 몸이 온전해지고 사랑
하는 사람을 만난 후, 죽음이란 단지 또 다른 형태의 삶이라는 것
을 이해하게 된다. 이승에서의 육체가 더 이상 필요하지 않아 육
체를 떠나온 것이다. 그리고는 터널을 지나 빛에 둘러싸인다. 이
빛은 흰색보다도 더욱 하얗다. 이 빛은 말할 수 없이 밝아서 그
빛에 가까이 다가설수록 말로 표현할 수 없는 장엄한, 조건 없는
사랑으로 감싸이게 된다. 이 엄청난 빛은 모든 삶이 어떤 시험을
통과하거나 특별한 교훈을 배우고자 거쳐야만 하는 학교에 지나

지 않는다는 것을 알게 된다. 이 학교의 졸업생이 되어 집으로 돌아가는 것이다.

세 번째는 의식이 사라지고 앎을 소유하게 된다. 순식간에 이승에서 살았던 동안 순간순간의 모든 생각을 자세히 알게 된다. 이 단계에서 자신의 생각과 말, 행동이 어떤 결과를 생기게 했는지도 모두 알게 된다. 이승에서의 삶을 되돌아보는 동안, 자신의 삶을 통해 성숙할 기회를 무시해버린 자신을 성찰할 수 있기에, 그런 기회들을 현명하게 사용하지 못한 자신을 후회하게 된다.

이렇듯 그녀는 죽음이란 존재하지 않는다는 사실을 아는 것은 매우 중요한 일이라고 하였다. 왜냐하면, 단 한 번의 삶만이 주어질 뿐이고 죽음으로 모든 것이 끝난다는 우리의 믿음으로 인해 지구 전체가 흔들리고 있기 때문이다. 인류가 이러한 전 지구적 위험성을 극복하기 위해서 이제는 죽음이란 실재하지 않으며 모든 삶에는 긍정적인 목적이 존재한다는 것을 발견할 수 있는 깨달음의 운동이 일어나야 한다.

하버드대 신경외과 의사이자 뇌과학자인 이븐 알렉산더[17]는 희귀한 뇌 질환으로 본인이 7일 동안의 뇌사상태에서 임사체험을 경험한 이후 죽음을 대하는 태도가 완전히 변화된 사람이다.

---

17) Eben Alexander(1953~) 미국 신경외과 의사. 실제로 자신의 임사체험을 소재로 하여 집필한 《나는 천국을 보았다》와 속편 《나는 천국을 보았다 두 번째 이야기》가 있으며 속편은 뉴욕 타임스 베스트셀러에 올랐다.

평생을 과학자로서 살아온 그는 사후세계에 대해 강력하게 부정했던 사람 중의 하나였다. 그런 그의 죽음체험은 미국은 물론이고 전 세계의 이목을 끌기에 충분했다. 그는 자신의 저서 《나는 천국을 보았다》를 통해 육체나 뇌의 죽음이 의식의 종말이 아니며 인간의 체험은 무덤을 넘어서까지 계속된다고 하였다.

뇌사상태에 빠져있는 동안 저자는 이 세계를 넘어선 곳에서 천사 같은 존재를 만나고 초물리적 존재계의 가장 깊은 영역으로 안내되었다고 한다. 거기서 그는 우주의 신성한 근원을 만나 대화를 하였다. 그리고 이전에는 과학의 눈으로 볼 수 없었던 보다 높은 차원의 에너지나 사후세계의 존재를 받아들이게 된다. 그는 자신의 저서에서 자신이 겪었던 과정을 과학적이고 의학적인 탐구와 검증을 통해 생생하게 펼쳐낸다. 그리고 삶과 죽음에 대한 철학적 통찰, 신과 우주에 대한 종교적 성찰을 더한다. 그는 자신의 저서에서 이렇게 썼다.

"육체를 벗어났을 때 나는 이해능력을 훨씬 넘어선 우주의 본성과 그 구조에 대해 알게 되었고, 우리는 언제나 이 우주로부터 사랑을 받고 있으며 두려워 할 것은 아무것도 없다는 사실도 깨닫게 되었다."

그곳에 있을 때는 하나의 질문이 따라오면 바로 옆에서 꽃이 움트듯이, 그 답도 동시에 떠올랐다고 한다. 그리고 우리에게는 우리를 관찰하고 살펴보는 존재들이 있으며 마음을 열면 지상에서 우리의 삶을 도와주려고 기다리는 존재들이 있다는 것이다. 사랑받지 못하는 사람은 아무도 없고, 모두가 창조주로부터 깊은 관심과 보살핌을 받고 있다는 것이다.

이처럼 죽음은 우리가 흔히 생각하는 것처럼 삶의 끝이 아니라는 것이다. 모든 것이 사라지므로 허망하거나 그 과정이 고통스러운 것이 아니라 오히려 자유와 사랑을 체험할 기회가 된다고 한다.

> 강물은 한없이 흐르고 또 흐르지만 언제나 거기에 있다.
> • 헤르만 해세 •

• 16 •

죽음은 끝이 아니라 시작이다

《신과 나눈 이야기》 3부작으로 세계적인 베스트셀러 작가가 된 닐 도널드 월시는 다섯 번 이혼하고 직장에서 해고 당하고 거리를 떠도는 거지의 삶을 살다가 49세의 어느 날 밤, 잠에서 깨어나 자신의 인생을 그토록 엉망진창으로 만든 신에게 항의하는 편지를 쓰기 시작했다. 그런데 놀랍게도 신으로부터 질문에 대한 대답을 받기 시작한 것이다!

이렇게 매일 새벽 4시 30분경에 시작된 월시와 신과의 대화는 3년 동안 계속되었는데 이 대화가 《신과 나눈 이야기》라는 책으로 출간되어 세계적인 베스트셀러가 되었다. 윌시는 자신의 책에서 죽음의 과정에서 겪는 것들에 대해 다음과 같이 알려주고 있다.

죽음의 첫 단계에서, 죽었는데도 삶이 끝나지 않았다는 걸 이해하게 되며, 몸은 내가 가질 수 있는 것일뿐 나의 소유가 아니라는 사실을 처음으로 확실하게 깨닫게 된다. 사는 동안 자신에게 중요했던 사람들의 영혼들 모두를 만나게 된다. 그리고 곧바로 두 번째 단계로 옮아간다. 이건 사람마다 차이가 나는데 자신이 죽고 나서 일어나리라고 믿는 바를 즉시 체험한다. 원하는 만큼 오랫동안 이 경험 속에 머물 수도 있다. 전혀 고통스럽지 않으며 그냥 멀찌감치 교육용 비디오를 보듯이 자신을 관찰하면서 상황이 어떻게 진행되는지 보는 것과 같다.

죽음은 끝이 아니라 출구다. 그리고 출구를 지날 때 가지고 있던 에너지가 죽음 이후의 모습을 결정한다. 우리는 생존을 위해서 많은 것이 필요하다고 생각해왔지만 죽음에 다가가면서 생존은 이미 보장되어 있음을 깨닫게 될 것이다. 죽고 나면 자신이 누구인지 충분히 아는 과정을 밟는다. 그런 다음 자신의 영적 성장을 위해 육체로 다시 태어나는 과정을 밟게 된다. 지구에서의 삶은 우리가 여기 와서 체험하고자 했던 모든 것을 체험했을 때 끝이 난다. 죽음은 되돌릴 수 있다.

죽는 모든 사람은 "준비되었느냐? 너는 계속 가길 원하느냐?" 라는 질문을 받는다. 죽음이란 누구에게나 일어날 수 있는 가장 위대한 일이다. 죽음의 순간에 우리는 지금까지 맛 본 것들 중에서 가장 위대한 자유와 가장 위대한 평화와 가장 위대한 기쁨과 가장 위대한 사랑을 실감하게 된다.

삶에서 가장 행복한 순간은 삶이 끝나는 순간이 될 것이다. 그것은 삶이 끝나지 않고 계속 진행되기 때문이며 결국 자신의 생각이 모든 것을 창조한다는 것을 알게 되기 때문이다. 영계에서는 즉시 결과가 나타나기 때문에 몸에서 벗어난 영혼은 자신의 생각을 아주 조심스럽게 조절하는 법을 배운다. 우리가 자신의 생각이 만사를 창조한다는 이 진리를 사는 동안 기억해낼 수 있다면 우리의 삶 전체가 변화될 수 있을 것이다.

영혼이 이러한 체험을 끝내고 돌아가길 선택할 때는 언제나 다른 몸으로 돌아간다. 영혼이 인간 형상으로 돌아가는 것은 더 많은 체험을 통해 성장을 하기 위함이다. 죽음 이후의 자유로움과 사랑을 아는 영혼은 몸으로 돌아간다는 것이 가장 힘든 결정이다. 그러나 한 번 창조된 영혼은 자신이 왔던 본래의 자리로 돌아가는 것이 궁극적인 목표이기 때문에 성장하고 완성을 위한 환생을 되풀이 할 수밖에 없다. 그러니 삶의 진정한 목적은 자신이 참으로 누구인지 결정하고 그것이 되는 것이다.

이렇듯 우리가 알고 있는 죽음은 모든 것이 끝나고 사라지는 과정이 아니라 영혼이 완성을 하기 위한 긴 여행 중에 일어나는 자연스러운 변화라는 것이 닐 도널드 월시의 핵심 주장이다. 죽음이 두려운 것이라는 믿음은 사회 시스템으로부터 학습된 결과다. 두려움으로 잔뜩 위축된 대중은 스스로의 목에 다시 사슬을 걸고, 일상이 주는 게으른 평화와 나태를 즐기기를 원한다. 어제의 인간으로 남아 오늘을 다시 시작하게 되는 이유는 생활의 불편을 감수하기가 쉽지 않기 때문이다.

이것은 관성과 같다. 움직이지 않는 물체는 그대로 있으려고 한다. 그러나 일단 구르기 시작하면 계속 구르려고 한다. 정지 상태와 운동 상태의 사이에는 단절이 있다. 이 단절을 넘어설 때 우리는 다른 삶을 살 수 있다. 이 단절은 정지하고 싶은 관성을 극복함을 의미한다. 일상이 주는 무위의 편안함이 없다. 모든 것이 새롭고 낯설다. 그리고 배워야 하고 부지런해야 한다. 더욱 참기 힘든 것은 매일 그래야 한다는 것이다.

미국에서 람타 깨달음학교(Ramtha's School of Enlightenment)를 운영하고 있는 제이지 나이트는 자신의 저서 《람타, 화이트 북》을 통하여 죽음이란 환상임을 알리고 있다. 왜냐하면 한번 창조된 것은 절대로 사라지지 않기 때문이라는 것이다. 그에 따르면, 죽음은 단지 육체의 차원에서만 일어나는 현상이라고 한다.

육체에 있으면서 육체를 관장하는 영혼은 자신이 원한다면 곧바로 돌아와 또 다른 육신을 갖는다. 이 세상으로 돌아올 때, 대부분 다른 생에서 그들의 자식이었거나 부모였던 친숙한 존재들을 부모로 선택한다. 몸 안에 존재하는 생명력은 영원하기 때문에 몸이 더 이상 쓸모가 없어지면 에너지(혼魂)는 그 사람의 영靈에 의해서 빠져 나온다. 영이 혼을 불러들이면, 혼은 몸 안에 있는 차크라로 불리는 에너지 센터로 올라간다. 기억들의 집합체인 혼은, 머리 한가운데 있는 마지막 일곱 번째 차크라를 통해 세포 덩어리인 몸을 떠난다. 꼬리뼈 끝에 쿤달리니라는 것이 있는데 그것은 생명의 용, 혹은 뱀 에너지라고 한다. 그것은 척추 맨 밑에 코일처럼 감겨 있는 거대한 양자 다발과 같은 것이다.

이 뱀이 깨어나면 스스로 갈라져 척추 주위를 돌면서 춤을 춘다. 이것은 아주 강력한 에너지로서 이 통로를 향해 올라갈 땐, 척수액을 이용해 척추의 위아래로 움직이며 실제로 척수액을 이온화시키고 분자구조를 변형시킨다. 뱀 에너지가 소뇌까지 도달하면 그 여정이 끝나는데 마치 바람소리를 내며 터널을 지나는 것처럼 느껴지곤 한다. 일단 혼이 몸을 빠져나가면 몸은 숨을 거두고 그 존재는 자유로운 혼 자체가 된다. 죽음의 순간에 모든 것들이 눈부시게 빛나고 엄청나게 밝아질 것이다.

그리고 자신의 사고방식과 감정적인 태도에 걸 맞는 의식을 위해 다음 차원으로 가게 될 것이다. 자신의 의식보다 더 높은 의식 차원으로 갈 수는 없다. 우리가 가는 곳은 우리가 왔던 곳이며, 그곳에서 다음의 삶에서 무엇을 하고 싶은지 결정한다. 죽음은 필연적인 것이 아니며 오히려 몸을 갖고 떠나는 것이 훨씬 더 쉽다. 두뇌의 기능을 완전히 사용할 수 있으면, 에테르의 수준까지 육체의 진동 주파수를 올릴 수 있다. 그것을 초탈이라고 하는데 육신을 가지고 자신의 의식 수준에 맞는 다른 차원으로 가는 것을 말한다. 모든 사람은 모두가 초탈할 수 있다. 왜냐하면 인간은 피와 살이라는 환상 뒤에 숨어 있는 우주의 창조자이기 때문이다. 초탈하게 되면 환생을 통하여 다시 이 세상에 올 필요가 없다. 몸을 설계한 신들이 그렇게 짧은 순간만 살도록 설계하지 않았다. 그들은 몸이 신체 기관이 아닌 내분비선에 의지해서 살도록 설계하였다. 내분비선에서 나오는 호르몬을 통해 몸은 수십만 년 동안 살며 결코 늙지 않게 설계되었다. 몸의 세포 구조가 그렇게 프로그램 되어 있다. 역사적으로 불과 얼마 전까지도 사람들은 수천 년을 살았다.

생명은 절대로 사라지지 않는다. 죽음은 단지 몸의 끝이지 생명으로서의 끝이 아니다. 그러나 죽음이 끝이라는 태도로 인하여 몸의 생명력이 퇴화되고 몸은 죽음을 불러일으킨다. 몸 안에 존재하는 생명력은 영원하다. 우리가 몸은 영원히 살 것이라고 말하고 죽음을 인정하는 모든 것들을 우리의 삶에서 없애버릴 수 있다면 절대로 죽지 않을 것이다. 죽음은 사람들이 미래나 과거에 살지 않고 지금 이 순간에 산다면, 그리고 삶에 대한 태도가 죽음에 대한 기대보다 훨씬 강하다면 전 인류에 의해 제거될 수 있다. 죽음은 영혼 차원에서는 삶을 되돌아보고 새로운 시작을 준비하는 시간이다. 따라서 비극적인 사건이 절대 아니다. 떠난 사람에 대해 절대로 미안하다는 느낌을 가져서는 안 된다. 컴퓨터를 사용하다가 고장이 나면 고치고 고치다가 결국 버리는 것과 마찬가지로 몸이 고장이 나서 버린 것이면 그것이 슬퍼서 우는 사람이 있겠는가? 죽음을 슬퍼하며 우는 것 역시 죽은 자가 다른 차원으로 진화해 나아가는 데 장애가 될 수 있다. 분리란 3차원이 만들어 낸 단지 환상에 불과하기 때문이다.

인간은 스스로 세포의 진동수를 높임으로써 에테르체로 변환하여 다른 차원으로의 여행이 가능하다고 한다. 한민족 상고사의 비서秘書 중의 하나인 부도지符都誌에 따르면 마고성麻姑城 사람들은 공간이동이 자유롭고 하늘의 소리를 들을 수 있었다고 하였다. 그리고 단기고사檀奇古史에 따르면 단군조선의 마지막 47대 고열가古列加 단제檀帝께서도 더 이상 뜻을 이룰 사람이 없음을 한탄하며 제사장이자 스승의 자리였던 왕위를 버리고 산으로 들어가서 신선이 되었다고 한다. 물질문명을 사는 우리로서는 믿기 어려운 이야기이다.

그러나 우리가 알고 있는 것이 전부인가에 대해서는 한 번쯤은 의문을 가져볼 필요가 있다고 생각한다. 실제로 우리가 살고 있는 이 지구에만 생명체가 산다고 알고 있으나 저 광활한 우주는 다중으로 이루어져 있고 우주를 구성하는 총 물질의 90% 이상은 그 실체를 알 수 없는 암흑물질이라고 한다. 그러니 세상과 새로운 것들을 향해 열려있는 마음은 관념으로부터 벗어나 진정 자유로워질 기회를 누릴 수도 있을 것이기 때문이다.

14세기 중부 티베트에 있는 감포Gampo 구릉의 한 동굴에서 카르마 랑파가 발견하여 세상에 알려진 티베트《사자의 서》는 죽음에 이르러서부터 환생하게 되기까지의 과정을 자세히 기술하고 있다. 티베트 사자의 서는 중간상태에서의 정취를 통한 위대한 해방이라 불리는 수백 권의 자료 중 죽음의 순간과 죽음 이후와 재탄생의 세 가지 과정에서 겪게 되는 체험들을 다룬다.

이에 따르면 죽음의 첫 번째 징후는 오감의 와해와 함께 인간을 구성하고 있는 다섯 가지의 원소인 흙, 물, 불, 공기 및 에테르가 순서대로 사라지기 시작한다. 몸을 구성하고 있던 흙 원소는 육체가 굳어서 오그라들기 시작하면서 사라지기 때문에 무거움을 느끼면서 아주 높은 곳에서 떨어지는 기분이 된다. 흙이 물속으로 사라질 때 근육도 약해지며 정신은 가물가물해진다. 입과 코에서 액체가 흘러나올 때 임종자는 타는 듯한 갈증을 느끼는데, 이것은 물 원소가 불속으로 사라지기 때문이다. 그런 다음 불 원소가 공기 속으로 사라지면서 맑고 투명한 빛의 섬광들이 나타나기 시작한다. 체온이 급격히 떨어지고 머릿속에서 눈알이 뒤집히면 주변을 알아보지 못한다. 공기 원소가 허공으로 사라질 때 호흡이 어려워지고 마음이 동요하면서 몸이 경련하듯 진동한다. 호흡이 완전히 멈춘 것처럼 보일 때 연기 다발 모양의 흐릿한 형상이 보이다가 사라진다. 모든 원소들이 이렇게 사라진다. 임종자는 삶과 죽음 사이에 존재하는 특별한 순간을 맞는데 이때는 빛과 함께 완전한 해방감을 느낀다. 몸에서 빠져나온 임종자는 자신의 주변에서 슬퍼하는 사람들을 볼 수 있으나 사람들은 그를 보지 못한다.

불교의 목적은 깨달음이고 윤회계로부터의 해방이다. 끝없이 되풀이되는 인간 세상으로부터 벗어나는 것이 목적이다. 따라서 《사자의 서》에서는 다시 인간의 몸으로 태어나지 않는 법에 대해 많은 지면을 할애하고 있다. 두려움이 많고 부정적인 성향을 지닌 사람, 영적인 체험이 없는 사람, 죄가 무거운 사람들은 윤회의 사슬을 피할 수가 없다고 한다. 윤회로부터 해방되지 못하면 환생을 위해 여성의 자궁으로 들어가게 된다. 임종자는 자궁으로 들어가기 전에 앞으로는 무슨 일이 있어도 타인들을 돕는 수행을 하겠다고 맹세를 하는데 이런 맹세가 적합한 자궁으로 들어가는 데 아주 중요한 역할을 한다.

티베트 불교를 최초로 전한 스승들 중 한 사람인 파드마삼바바의 가르침으로 알려진 이 내용은 사후에 겪게 될 일들을 상세히 묘사함으로써 우리가 갖고 있는 죽음에 대한 막연한 두려움을 해소해주고 있다.

의식이 우리의 몸을 벗어나면 자신이 생각했던 대로 경험을 하게 된다고 한다. 재탄생의 순간에서조차 타인을 돕는 수행을 하겠다는 맹세가 중요하다는 말이다. 우리에겐 아직 시간이 있다. 그러니 잘 죽기 위해서라도 잘 살아야만 하겠다. 잘 산다는 것은 죽음이 우리에게 주는 지혜를 거울삼아 나를 사랑하고 주변과 나아가 지구까지 우리와 연결된 생명으로서 존중과 사랑을 한다는 말이다. 그런 사람은 살아서도 행복하고 죽어서도 평화로운 삶을 계속하게 될 것이기 때문이다. 문명 사학자 윌 듀런트의 다음 말은 그래서 진리이다.

"하루를 잘 보내면 그 잠은 달다. 인생을 잘 보내면 그 죽음이 달다."

· 17 ·

뇌교육
관점에서의 죽음

뇌교육은 인간을 세 가지 차원으로 본다. 육체(physical body), 에너지체(energy body), 그리고 정보체(spiritual body)이다. 컴퓨터를 예를 들어보자. 모니터, 본체와 같이 눈에 보이고 만져지는 부분이 하드웨어, 각종 프로그램을 담고 있는 부분이 소프트웨어, 그리고 이 두 가지를 작동하기 위한 전기로 구성된다. 이처럼 우리 몸도 하드웨어에 해당하는 육체, 소프트웨어와 같은 정보체, 그리고 전기에 비유할 수 있는 에너지체로 나눌 수 있다. 육체는 우리가 보고 만질 수 있다. 에너지체는 우리의 생각이 멈추고 몸과 마음이 이완되면서도 의식이 명료하게 깨어 있을 때에 자신의 몸을 흐르는 에너지를 느낄 수 있다. 정보체는 오감으로는 감지되지 않는 영역이며 우리가 생각하고 상상하는 모든 정신적인 활동이다.

자신이 육체로만 한정된 존재가 아니라, 말하고 행동하는데 필요한 에너지와 정신 활동으로 구성된 복합체임을 인식하는 것이 죽음이 갖는 심오한 의미를 이해하는 지름길이다. 우리가 지금까지 알고 있는 죽음은 세 가지 차원 중 생존을 보장하기에는 가장 취약한 육체 차원의 죽음이다. 이 고깃덩어리인 육체가 나라고 생각하는 한 우리의 삶은 한계를 가질 수밖에 없기 때문에 우리 인간은 고통스럽다. 육체가 생존하기 위해서는 의식주가 필요하고 적당한 수면과 휴식을 제공해야 하며 질병에도 취약하기 때문에 끊임없는 주의와 보살핌이 필요하다.

그러나 우리의 의식이 에너지체와 정보체까지 확장이 되면 육체의 작동이 멈추는 죽음 이면에 아직 남아 있는 에너지와 정보의 향방에 관해 관심을 두게 된다. 뇌의 3층 구조 중 바깥에 위치한 대뇌피질의 손상으로 인해 자의식이 없는 상태에서 뇌간만 작동되어 심장과 호흡이 계속되면 우리는 그런 사람을 식물인간이라고 부른다. 반면에 뇌간의 작동이 멈추어 독자적으로는 호흡과 심장 박동을 유지하는 것이 불가능하여 인공호흡기에 의지해야 하는 상태를 뇌사라고 한다. 과거에는 심장박동이 멎고 자발적인 호흡이 정지하면 뇌 기능도 곧 정지하게 되므로 맥박과 호흡의 정지를 죽음의 판단 기준으로 삼았다. 그러나 1971년 핀란드의 국민보건국이 '시체 조작의 적출에 관한 훈령'을 공포함으로써 최초로 뇌사를 인정한 이래 우리나라를 포함하여 미국, 영국, 프랑스, 일본, 대만, 스페인 등 55여 개국 나라들과 가톨릭에서도 뇌사를 죽음으로 인정하기에 이르렀다.

뇌의 작동이 멈추고 죽음이 오면 그동안 신체 내에서 자율신경을 통하여 장기와 세포 간에 정보전달에 필요했던 에너지와 의식은 몸으로부터 빠져나와 자신의 주검을 보게 된다. 전 세계적으로 4000여 건의 임사체험 사례를 모아 23개국의 언어로 전하고 있는 국제적인 조직인 임사체험연구단(Near-Death Experience Research Foundation, www.ndef.org)의 활동을 살펴보는 것이 죽음에 대한 이해에 도움이 될 것이다.

임사체험을 신중하게 연구해 본 신경과학자들은 뇌에 피 공급이 제대로 되지 않을 때 그와 같은 현상이 나타나는 것으로 추정하고 있다. 베를린 캐슬파크병원의 신경과학자 토머스 램퍼 박사는 42명의 건강한 사람을 의도적으로 기절하게 한 후 신체변화를 관측하는 실험을 수행했는데, 이들 중 25명이 환상을 목격했다고 진술했다. 25명 중 47%는 다른 세계로 들어가는 듯한 느낌이었고, 20%는 초월적인 존재를 만났으며, 17%는 밝은 빛을 보았고, 8%는 터널을 보았다고 했다. 이 데이터만 보면 기절한 사람도 임사체험과 비슷한 경험을 하는 것 같다. 임사체험을 한 사람들은 공통으로 자신의 몸에서 빠져나와 자신과 자신 주변에서 벌어지는 광경을 목격한다. 그러니까 몸에서 빠져나와 자신의 모습을 바라볼 때 이런 생각이 든다는 것이다.

"아~ 몸이라는 것은 입었다 벗었다 하는 옷과 같구나!"

나라는 존재는 몸이 아니라 몸을 가진 의식이라는 말이다. 그리고 이때 우리는 말로 표현할 수 없는 평화로움을 느낀다고 한다. 몸이 곧 자신이라는 믿음은 우리가 삶의 목적을 몸을 위해서 살도록 만들었다. 남보다 잘 살기 위해 끊임없는 집착과 욕망으로 얼룩진 삶을 살다가 막상 마지막 숨을 내쉴 때는 지난날을 후회하며 고통 속에서 삶을 마감한다.

우리의 의식이 몸을 넘어 에너지와 정보의 차원으로까지 확장되면 나라는 존재가 다른 사람들과 분리된 것이 아니라 에너지와 정보로 서로 연결되어 있음을 느낄 수 있다. 만물은 눈에 보이는 모습 안에 진동하는 에너지와 의식이 있다. 견고해 보이는 바위조차도 사실은 원자 수준에서는 진동하는데 원자는 원자핵, 중성자 그리고 전자로 구성되어있다. 원자핵 크기를 골프공 정도라고 치면 원자핵 주위를 돌고 있는 전자는 축구장 크기 정도의 주변을 돌고 있다, 그러니 '보는 것이 믿는 것'이라는 속담은 현대 과학의 관점에서 보면 틀린 말이다. 우리가 본다는 것이 얼마나 부정확한지를 깨닫게 되면 자신의 주장만을 고집하지 않게 될 것이니 온갖 갈등으로부터 자유로워질 수도 있지 않을까?

비록 육체는 싸늘하게 식어가지만, 의식은 여전히 남아서 그 모든 상황을 지켜본다는 사실을 인정하게 된다면 죽음이 더는 두렵지 않게 될 것이다. 그리고 삶의 목적이 물질을 추구하는 조악한 수준에서 의식을 높이고자 하는 방향으로 변화될 수 있을 것이다. 의식이야말로 삶의 질을 결정하는 중요한 요소다. 의식은 우리가 자신이나 사물에 대하여 인식하는 작용으로써 의식 수준에 따라 각기 다른 생각, 감정, 그리고 행동이 나타난다. 의식의 차이를 설명하기 위해 물이 반쯤 담긴 컵의 비유를 자주 든다. 똑같은 컵을 보고 어떤 사람은 물이 반밖에 남지 않았다는 사람도 있는 반면, 다른 사람은 아직 반이나 남았다고 말하기도 한다. 이처럼 우리는 의식 수준에 따라 현실을 다르게 받아들인다.

의식지도를 창시한 데이비드 호킨스 박사는 의식 수준을 도표로 만들었는데 거기에는 0부터 1000까지 다양한 수준에 따른 감정과 행동을 보여주고 있다. 기본적으로 200 이하의 수준에서 보이는 삶의 태도는 '살아남기'다. 수치심, 죄의식, 무기력, 슬픔, 두려움, 욕망, 분노, 자존심의 단계를 넘어 의식의 전환점인 200에 이르러서야 비로소 자신의 삶을 개척할 수 있는 용기의 수준에 이를 수 있다. 이 단계에서는 남을 탓하지 않고 자신의 행동에 대한 책임을 느낄 줄 아는 어른스러움이 시작된다. 원인과 책임이 외부에 있다고 생각하는 한, 희생자의 처지를 벗어날 수가 없다.

우리가 겪는 세상이 아직도 불합리하고 비이성적인 것들로 가득한 것은 인류의 85%가 아직 200 이하의 의식 수준이기 때문이다.

죽은 다음에 천국과 지옥이 있다는 믿음은 인간의 생명에 대한 무지를 드러내는 것이다. 생명은 태어난 이상 목적을 이루기까지 영원히 계속된다. 수많은 몸을 갈아입으며 한 걸음씩 목표에 다가가는 과정이 곧 삶이다. 죽을 때 자신의 의식 수준만큼의 또 다른 세상이 사후에 다시 펼쳐지기를 계속한다. 이런 과정을 이해할 때 삶은 더는 고통스러운 것이 아니며 기회라는 사실을 알게 된다. 삶은 의식 성장을 위해 공부를 하기 위한 기회다. 우리는 이 지구에 공부하러 온 것이다. 우주에 존재하는 수많은 행성 중에 유독 지구에 온 이유는 지구가 가장 공부하기 좋겠다는 우리의 의식이 선택한 결과다. 그러니 그 어떠한 괴로움이 닥치더라도 불평하지 말고 그 누구도 원망하지 말며 극복하는 과정을 통해 공부하면 되는 거다. 지금 당장은 해결의 실마리가 보이지 않고 죽을 것만 같은 고통의 순간들도 훗날 되돌아보면 그 또한 지나가는 과정이었음을 깨닫게 된다. 절망에 빠졌을 때 기운을 북돋워 줄 수 있는 글귀로 다윗 왕의 반지에 새겼다는 "이것 역시 곧 지나가리라"라는 말은 그의 깊은 통찰력을 잘 보여주고 있다. 그래서 기독교 신앙에서는 파란만장한 삶의 대명사로 다윗왕을 자주 언급하고 있다.

평생 삶을 통해 교훈을 얻지만, 고작 5점 정도의 의식 수준이 높아진다는 사실은 우리가 살면서 의식 상승보다는 물질적 욕망과 집착에 집중하고 있음을 보여준다. 우리가 얼마나 많은 생을 되풀이하든, 또 어떠한 과정을 밟든 간에 근원 자리로 돌아가야 하는 것이 생명이 탄생한 목적이다. 그리고 우리가 지구에서 사는 삶이 그러한 섭리 중 일부분임을 깨닫게 된다면 물질에 집착하는 대신 베푸는 삶을 선택하게 될 것이다. 왜냐하면, 의식 상승을 위한 지름길은 조건 없는 사랑을 실천하는 것이고 모든 사람의 복지와 안녕을 위해 인생을 바치는 것이기 때문이다.

이러한 가르침을 주기 위해 자신이 죽임을 당할 줄 알면서도 예수는 지구에 왔고, 석가모니는 부귀영화를 버리고 중생들 곁으로 온 것이다. 한민족의 선도문화가 단학으로, 뇌교육으로 21세기에 부활하고 있는 것도 자신의 진정한 모습을 발견하고 삶의 목적을 실천함으로써 인류의 의식 상승을 통해 인류평화에 기여하고자 하는 선조들의 간절한 바람으로부터 비롯된 것이다. 우리가 육체, 에너지체, 정보체로 이루어진 존재이며 우리의 뇌에는 선택하면 이루어지는 법칙(BOS, Brain Operating System)이 있음을 알게 되면 삶은 영원하며 고통이 아니라 창조하는 기쁨으로 설레게 될 것이다.

· 18 ·

한민족의 죽음
철학

인류 문화의 원형을 담은 이야기는 크게 두 가지가 있다. 하나는 에덴동산의 이야기이고 다른 하나는 마고성麻姑城의 이야기이다. 에덴동산 이야기를 모르는 사람은 없을 것이다. 에덴동산의 이야기에는 인간이 하느님의 축복으로 태어났으나 하느님은 선악과라는 금기를 만들어 인간의 순종을 시험한다. 에덴의 이야기는 축복과 저주라는 양날의 칼로 이루어져 있다. 카인과 아벨의 이야기가 그렇고, 이삭과 이스마엘의 이야기가 그렇다. 에덴의 이야기에서 하느님은 축복과 저주로 인간을 다스리는 모습으로 표현되어 있다. 하느님의 뜻을 따르고 하느님께 영광을 돌리면 축복해 주고, 하느님의 명령을 거역하면 저주를 내리는 이분법이 끊임없이 되풀이되는 것이 에덴의 역사다.

반면에 마고麻姑는 지구 영혼의 이름이다. 사람에게 몸과 에너지와 영혼이 있듯이 지구에도 몸과 에너지와 영혼이 있다. 마고성의 이야기는 신라시대 학자인 박제상이 쓴 부도지符都誌라는 책에 전해 내려온다. 이 책에는 모든 이들이 깨달음에 이르러 완전한 평화와 조화를 이루며 살았던 이상적인 공동체가 나오는데, 그 공동체의 이름이 바로 마고성이다. 마고성에서 거주했던 이들은 현재 우리와 같은 육체를 가졌다고는 보기 어렵고, 신과 합일을 이루어 신성이 살아 있었던 신인이다. 그들은 품성이 조화롭고 따뜻했으며 순수하고 맑았다. 그들은 에너지 차원에서 하늘과 땅과 하나였기 때문에 유한한 육체의 한계를 넘어 무한한 생명을 누리며 살았다.

마고성의 이야기에는 축복도 저주도 없다. 천사도 악마도 없다. 에덴동산의 이야기에 길든 사람들은 꼭 천사와 악마가 나와야 재미있다고 말한다. 축복과 저주가 나와야만 긴장하고 귀를 기울인다. 세상에는 늘 좋은 것과 나쁜 것이 있다고 생각한다. 이러한 이원론적 세계관이 지난 2천년 동안 인류 역사를 이끌어 왔던 것이 엄연한 사실이다.

마고성의 이야기는 이원론이 아닌 삼원론을 바탕으로 하고 있다. 이원론은 음과 양, 밝음과 어둠, 선과 악으로 세상을 나누지만 삼원론은 그 무엇보다 조화를 중요하게 여긴다. 천지인, 하늘과 땅과 사람이 하나로 만나는 것이 삼원론의 핵심이다. 삼원론은 성공과 승리보다는 완성을 이야기한다. 신은 축복과 저주로 인간의 의식을 지배하고 인간은 신의 축복을 더 받기 위해 서로 경쟁하는 것이 아니라, 신과 인간이 합일을 이룬다. 마고성 이야기에서 신은 "나랑 맞먹어서는 안 된다"고 말하는 것이 아니라 "부디 나와 맞먹을지어다, 그리하여 깨달을지어다"라고 말한다.

에덴동산의 역사는 진리를 잃어버린 후의 이야기다. 마고성 이야기는 근원으로 올라가면 하늘·땅·사람의 삼원이 있다. 에덴의 이야기는 불완전하기 때문에 올바른 관점으로 복원되어야 한다. 예수님이 오신 것도 그 불완전성을 극복하고 자신과 같이 완전해질 수 있다는 것을 몸소 보여주시기 위해서였다. 에덴동산의 이야기에서 서양 문화권이 나왔고 마고성의 이야기에서 동양 문화권이 나왔다고 본다. 에덴동산 이야기에서 야훼신과 알라신이 나왔고 유대교, 기독교, 천주교, 이슬람교가 나왔으며, 현재 전 세계 인구의 절반가량이 에덴의 이야기에서 나온 정신과 문화로 살아가고 있다.

동양 문화권은 마고성의 이야기에 뿌리를 두고 있으며 신성과 하나 되는 신인합일의 문화를 이루고 있다. 고대 한국의 신선도를 비롯하여 선교, 도교, 불교, 유교, 인도철학, 더 나아가서는 인디언의 생명존중 사상까지 모두 마고성의 이야기에 근원을 둔 것이다. 본성, 신성, 불성, 마음자리는 모두 신인합일의 경지에 이른 상태를 일컫는 말이다. 에덴동산의 이야기로부터 아담과 이브, 카인과 아벨, 노아, 아브라함, 이삭과 이스마엘이 나오듯이 마고성 이야기에는 마고에서부터 시작하여 황궁씨, 유인씨, 한인 7대, 한웅 18대, 단군 47대가 나온다. 에덴동산의 이야기가 역사적으로 증명되지 않았듯이 마고성의 이야기도 역사적으로 증명할 수 있는 것은 아니다. 하지만 마고성의 이야기에서 발견할 수 있는 최고의 가치는 그 속에 신인합일神人合一의 정신이 깃들어있다. 그리고 신인합일의 정신과 함께 타락한 본래의 신성을 회복하는 수련법이 나와 있는데 그것이 바로 고대 한민족의 전통수련법인 신선도神仙道라는 것이다.

죽음을 설명하기 위해 인류의 문화까지 거슬러 올라간 이유는 한민족에게는 신인합일이라는 심오한 철학이 있었다는 사실을 일깨워주기 위함이다. 우리나라 사람들은 본래 신이 어디에 따로 존재한다고 생각하지 않았다. 신은 만물에 깃들어 있고, 내 안에도 있으며, 신과 내가 일체를 이룰 수 있다는 인식이 보편적이었다. 신이 있고 인간이 있는 것이 아니라, 내 안의 신성이 깨어나면 나와 신이 하나가 된다는 인식이다. 그리고 누구나 태어나면 신선도라는 수련을 통하여 자신이 신과 같은 존재임을 깨닫고 자신을 포함한 모든 생명에 도움이 되는 삶을 살다가 본래 생명이 온 근원자리로 돌아가는 죽음의 철학이 있었다. 이러한 선도문화에 대해서는 신라의 석학이었으며 천부경天符經을 발견하고 해독하여 우리에게 전한 고운 최치원 선생의 난랑비 서문에 잘 나타나 있다. 서문의 일부를 옮겨 보면 다음과 같다.

우리나라에 현묘한 도가 있으니 이를 일러 풍류도라 한다.
國有玄妙之道 曰風流

이 가르침의 연원은 선사에 상세히 실려 있거니와, 근본적으로 유·불·선 3교를 이미 자체 내에 지니어 모든 생명이 가까이 하면 저절로 감화된다.
說教之源 備祥仙史 實乃包含三教 接化群生

들어와서는 부모에 효도하고 나아가서는 나라에 충성하니, 이는 노사구(공자)의 가르침과 같다.
且如 人則孝於家 出則忠於國 魯司寇之旨也

하염없는 일에 머무르고 말없이 가르침을 행하는 것은 주주사(노자)의 가르침과 같다.
處無爲之事 行不言之敎 周柱史之宗也

모든 악한 일을 짓지 않고 모든 선한 일을 받들어 실행함은 축건태자(석가)의 가르침과 같다.

諸惡莫作 諸善奉行쯘乾太子之化也

선생은 이 비문에서 유·불·선 3교는 인류 시원의 이 가르침인 풍류도에서부터 갈라져 나가 제2의 고등종교로 발전한 것이며 유·불·선의 사상을 포괄하고 그 모체가 된 철학이 우리 한민족에게 예로부터 있었다는 점을 명확히 적어서 전했던 것이다. 여기서 말하는 풍류도는 신선도를 말한다.

이렇듯 우리에게는 인간의 수성을 극복하고 신성을 발현하여 삶을 완성으로 안내하는 철학과 수행법으로써 선도라는 지도가 있었다. 이러한 가르침은 고조선의 홍익인간과 이화세계라는 건국이념으로 발전하였고 홍익인간이라는 이념은 광복 후 대한민국의 교육법에까지 명문화되기에 이른 것이다. 교육기본법 2조에는 이렇게 씌여있다.

"교육은 홍익인간의 이념 아래 모든 국민으로 하여금 인격을 도야하고 자주적 생활능력과 민주시민으로서 필요한 자질을 갖추게 하여 인간다운 삶을 영위하게 하고 민주국가의 발전과 인류 공영의 이상을 실현하는 데 이바지하게 함을 목적으로 한다."

사람 안에 하늘과 땅이 들어와 있다는 천지인 철학은 깨닫지 않고서는 터득할 수 없는 철학이다. 어찌 이 자그마한 육체에 저 끝을 알 수 없는 하늘과 지구가 들어와 있다는 말인가? 천지인 철학은 지구상에 존재하는 모든 철학, 사상, 종교의 뿌리라고 해도 과언이 아닐 것이다. 예수께서 원수를 사랑하라고 하신 말씀이나 부처의 자비, 공자의 인仁 또한 하늘과 땅과 사람이 하나라는 뜻과 다르지 않기 때문이다. 결국, 우주 만물은 하나라는 우리 선조들의 가르침은 신인합일의 철학임과 동시에 인간이면 누구나 신성을 지닌 신과 같은 존재임을 뜻한다.

부처가 세상으로 돌아온 이유는 인류를 향한 진정한 사랑이 있었기 때문이다. 예수는 자신이 죽으리라는 것을 알면서도 사람들 곁으로 돌아와 자신의 깨달음을 사람들과 나누는 일을 했다. 그들은 길을 잃고 헤매는 사람들에게 옳은 길을 보여주기 위해 대중 속으로 들어갔다. 그리하여 인간은 육체로만 한정된 존재가 아니라 영원불멸할 수 있다는 진리를 부활을 통하여 우리에게 증명한 것이다.

인간이 곧 신이라는 철학을 가진 우리 민족은 태어나면 하늘과 땅 사이에 존재하는 모든 생명에 도움을 주는 삶을 살다가 죽으면 근원 자리로 돌아간다는 천화의 철학이 있었다. 우리의 말 속에는 죽음에 대해 뒈졌다, 죽었다, 돌아가셨다, 서거, 붕어라는 다양한 표현들이 있다. 주변에 도움이 되지 않는 사람이 죽었을 경우에 "잘 뒈졌다"라고 하는데 이 말은 저속한 말이 결코 아니고, "원래의 상태로 되어졌다"라는 의미이다. 일반적으로 사용하는 죽었다는 말을 높여서 "돌아가셨다", 임금이 죽었을 때는 "붕어하셨다"라고 하였다. 그리고 마지막으로 '천화'라는 말이 있는데 우리의 생명이 왔던 근원 자리로 돌아갔다는 뜻이다. 이렇듯 한민족은 죽음에 대한 다양한 말들을 사용하고 있다. 천화는 애벌레가 나비가 되는 과정에 비유한다.

어린 시절 지켜본 장례 모습은 관 속에 먼저 칠성판을 놓고 그 위에 시신을 뉘었다. 고대 돌무덤을 살펴보면 상석에 일곱 개의 별자리를 뜻하는 구멍이 새겨져 있다. 일곱 개의 구멍은 북두칠성을 뜻하는데, 한민족은 천손이며 북두칠성으로부터 왔다고 믿었다. 이렇듯 선조들은 우리의 생명이 어디서 와서 무엇을 하고 어디로 갈 것인지에 대한 명확한 인생 설계도를 갖고 있었다. 인간이 육체로 한정된 존재가 아니라 신성을 가졌으니 살아서는 홍익을 실천하고 죽어서는 육신을 벗고 자신이 왔던 근원 자리로 돌아가는 것이 삶의 목적이었던 것이다.

1970년대 당시 최고 흥행기록을 수립한 '별들의 고향'이란 영화가 있었는데 약간은 진부하고 통속적인 스토리임에도 불구하고 누적 관객 46만 4천을 돌파할 정도로 대중의 큰 호응을 받았다. 지금의 관객수로 환산하면 누적관객 1,500만 명과 맞먹을 것이다. 아마도 '별들의 고향'이라는 타이틀이 관객들의 내면에 자리 잡고 있던 근원자리에 대한 그리움을 자극하였기 때문일 것이다.

한민족의 천지인 사상과 궤를 같이하는 또 다른 동양 사상의 하나는 《도덕경》으로 불리는 노자 철학이다. 노자는 근본인 자연으로 돌아가야 한다고 하였는데 여기서 자연이란 산천과 같은 대상으로서의 자연이 아니라 천지인의 근원적 질서를 말한다. 그는 "사람은 땅을 본받고, 땅은 하늘을 본받고, 하늘은 도를 본받는다. 그리고 도는 자연을 본받는다"라고 하면서 인위적인 것에서 벗어나 나아가는 것(進)보다 되돌아갈 것(歸)을 강조하였다. 그러면서 "도라고 부를 수 있는 도는 참된 도가 아니며, 이름 붙일 수 있는 이름은 참된 이름이 아니다. 무無는 천지의 시작을 일컫는 것이고, 유有는 만물의 어미를 일컫는 것이다"라고 하였다. 자연스러운 것일지라도 우리가 이름을 붙이는 순간 인간의 지배하에 들어온다는 것이다. 사실 문자는 인위적인 약속과 다름이 아니기 때문이다. 언어의 한계를 넘어선 노자는 "언어로 표현한다는 것은 마치 그릇으로 바닷물을 뜨면 그것은 더는 바다가 아닌 것과 같다"고 하였다. 그러나 서양 문화의 영향으로 인하여 언어로 설명이 되지 않으면 받아들이지 않는 우리의 편협함은 모든 것을 논리적으로 설명할 것을 요구하고 있다.

우리나라는 단군조선 이후 점차 중심 철학을 잃고 방황하다가 결국 일제의 식민지 지배를 받으며 우리 것을 모두 잃어버리게 되었다. 하늘과 땅과 사람이 하나라는 철학을 중심으로 삶의 목적이 세상을 이롭게 한다는 홍익사상은 자취를 감추게 된 것이다. 일제의 지배로부터 광복은 되었으나 우리의 힘으로 이룬 게 아니었다. 국론과 국토가 분열된 상태에서 남한 만의 정권 수립은 또 다른 비극을 불러오고야 말았다. 6.25 동란으로 인해 같은 민족끼리 서로 죽이고 죽는 전쟁으로 말미암아 국토는 폐허가 되고 많은 사람이 하루하루를 연명하기에 급급하게 되었다.

이런 상황에서 배고픔을 극복하고 잘살아 보자는 의지는 우리를 불과 반세기만의 세계에서 유례가 없는 경제성장을 이루어 선진국의 대열에 합류시키는 동기가 되었다. 산업화 과정에서 젊은 이들은 고향을 떠나 대거 도시로 몰려들었고, 대가족은 해체되어 핵가족화되었으며 농경사회에서 흔히 볼 수 있었던 이웃사촌과 같은 공동체의 개념은 급속히 사라져버렸다. 대가족 내에서 서로 의지하고 어려울 때는 도움을 청할 수 있는 이웃을 가짐으로써 자연스러운 복지 환경에서의 삶이 붕괴되어 버린 것이다. 이제는 가족과도 떨어져서 혼자서 살아갈 수밖에 없는 불안함으로 인해 삶을 타인과의 공존으로 보기보다는 생존 자체를 경쟁으로 보게 되었다. 그리고 모든 가치의 기준이 얼마나 부를 많이 축적하였는가로 판단하게 됨에 따라 남보다 더 잘사는 것이 삶의 목적이 되어 버렸다.

인간은 자연의 모습을 닮았으며 모든 생명은 서로 연결된 존재라는 높은 의식으로 구성원 모두의 행복이 공동의 선이었던 민족이 이제는 타인뿐만 아니라 자연과도 분리되어 버린 것이다. 우리 할머니들은 부엌에서 쓰고 난 개숫물이 뜨거울 때는 행여 하수구에 사는 지렁이가 죽을까 봐 꼭 식혀서 버렸다. 가을날 주렁 주렁 탐스럽게 달린 감을 다 따지 않고 긴긴 겨울을 날 까치를 생각해서 남겨 두었으며, 가족들과 야외로 소풍을 가면 싸 온 음식 모퉁이를 떼어 "고시래!"라고 소리치며 들판에 던지는 것도 배고픈 들짐승을 배려함이었다.

이렇듯 우리 선조들은 모든 생명이 나와 다르지 않다는 생명존중 사상을 갖고 있었다. 더욱 최근의 연구를 통해 동물조차도 인간과 비슷한 감정이 있고 도구를 만들어서 사용할 줄 알며 서로 소통을 하기 위해 그들만의 언어를 사용하고 있다는 사실이 연구를 통해 밝혀지고 있다. 침팬지 연구로 유명한 제인 구달[18]은 침팬지들은 연민과 이타심과 사랑의 능력을 갖추고 있고 풀줄기를 이용하여 땅속 개미집으로부터 흰개미를 유인해 끌어내기도 한다고 하였다.

생물학 교수인 콘 슬로보치코프[19] 박사는 다람쥣과에 속하는 개 쥐(Prairie dog)라는 설치류는 그들 서식지에 포식자가 나타나면 지상 포식자인지 공중 포식자인지를 구분하여 경고 울음을 다르게 동료들에게 보낸다고 한다. 심지어 사람이 입은 옷 색상에

---

18) Dame Jane Morris Goodall(1934~). 영국 동물학자로 40년을 케냐에서 야생 침팬지와 함께 살아 온 침팬지 행동 연구 분야에 대한 최고 권위자다. 저서로는 《내 친구 야생 침팬지》《무지한 킬러들》《인간의 그늘 아래서》《곰비와 함께한 40년》《희망의 씨앗》등 다수가 있다.

19) Con Slobodchikoff. 미국 북 애리조나 대학 생물학 교수. 동물들의 언어가 구두 소통의 정교한 형태로 이루어져 있다는 연구결과 발표. 저서로는 《Concepts of Species》《Prairie Dogs》등과 다수의 공저가 있다.

따라 다른 신호를 보낸다고 하는 사실은 그들만의 세련된 언어 시스템을 갖고 있다는 것을 의미한다.

동물이 인간보다 열등하다고 여기고 마치 그들의 생살여탈권이 인간의 천부적인 권리인 것처럼 휘두르는 데에는 인간의 무지가 한몫을 하고 있다. 만물의 영장이라고는 하지만 보고 만져지는 것만이 진실이라는 믿음은 동물이나 식물들끼리 이루어지는 의사소통을 이해할 수 있는 감각이 없다. 자신 이외의 모든 것들과 분리되어 있고, 삶에는 끝이 있다는 믿음은 우리를 필연적으로 불안하게 만든다. 그리고 그 불안함을 달래기 위해 물질에 대한 집요한 욕망과 집착이 탄생하게 된 것이다.

> 죽음은 불멸과의 결혼식이다.
> 죽음이란 이 지상에서 우리의 목적을 성취하는 것이다.
> • 디팩 쵸프라[20] •

• 19 •

생명은
사라지지 않는다

우리는 죽음이 끝이라고 믿는다. 태어나고 살다가 죽음으로 한 많은 생을 마감한다고 생각한다. 과연 한 번의 생으로 우리의 생명은 끝이 나는 것일까? 고대에는 환생을 당연한 것으로 받아들였다. 심리학자 카를 구스타프 융은 "환생이라는 것은 인류가 태초부터 지녀 온 확신 중에서도 특히 중요하게 여겨져야 할 신념이다"라고 했다. 영혼이 환생한다는 믿음은 동, 서양을 막론하고 세계 각 민족과 종족 속에 면면히 이어져 내려왔다. 각자의 내면에 있는 신성의 빛을 되찾아 근원 자리로 돌아갈 때까지 인간의 영혼은 몇 번이고 육체로 다시 태어나 세상의 경험을 통해서 배우면서 궁극적인 깨달음에 이른다고 하였다. 그리고 우리가 매번 지상으로 되돌아와 인간으로 육화하는 것은 우리 스스로가 개인적인 선택 때문에 그렇게 한다는 것이다. 그 어떤 존재도 우리에게 이 지구상으로 돌아가라고 강요하지는 않는다. 우리가 죽음이라는 과정에서 저세상으로 간 영혼은 자기가 인간으로 마지막으로 태어나 있는 동안 못 다 이룬 것이 무엇인지를 깨닫게 된다. 그리하여 그것들을 마저 이루기 위해 다시 지구로 돌아가기를 선택하게 된다는 것이다. 육신의 몸을 가지고 이곳에 태어날 때마다 다시 망각의 베일이 드리워지게 되고, 덫에 걸린 것처럼 단절된 느낌을 가지게 되어 또다시 완전한 환상 속에 빠져들고 마는 것이다.

고대인도의 치유과학인 아유루베다와 현대의학을 접목한 심신의학(mind-body medicine)이라는 독특한 분야를 개척한 디팩 초프라는 죽음의 순간에 어떤 일이 일어나든, 죽음 역시 탄생과 마찬가지로 기적이라고 부를 만한 가치가 있다고 하였다. 우리의 의식이 확장되어 만약 우리가 시간과 공간을 초월하는 소중한 존재라는 사실을 깨닫는다면, 인간의 정체성은 죽음을 포함하는 데

---

20)　　Deepak Chopra(1947~) 하버드 대학원 의학 박사. 심신상관의학과 인간의 잠재력 분야에서 세계적으로 유명한 의학자이자 영적 지도자이다. 저서로는 《죽음 이후의 삶》《제3의 예수》《슈퍼 유전자》《완전한 삶》등, 다수가 있다.

까지 확장될 것이다. 그리고 죽음은 다음과 같은 기적적인 일을 완성한다고 보았다.

◎ 죽음은 물리적 시간을 무한의 시간으로 바꾼다.

◎ 죽음은 공간의 경계를 무한으로 확장한다.

◎ 죽음은 생명의 근원을 보여준다.

◎ 죽음은 다섯 가지 감각기관이 닿을 수 없는 곳까지라도 이해할 수 있는 지혜를 가르쳐준다.

◎ 죽음은 창조를 불러오고 숨어있는 진실을 밝히고 드러내어 우리에게 보여준다.

예수는 인간의 의식을 밝혀주기 위해 지구에 왔으나 무지한 인간들은 그를 죄인으로 몰아 결국 죽음에 이르도록 하였다. 죽은 이후 부활함으로써 생명의 무한함을 몸소 보여 주었으나 타락한 인간에게는 그저 공허한 메아리가 되었다. 진정한 예수의 가르침을 전해야 할 기독교는 세속화되고 대형교회는 재벌기업들과 같이 자식에게 대물림까지 하는 실정이다. 만약 우리가 수없이 다시 태어날 수 있고, 각 생마다 그것이 성장의 기회라는 것을 알고 있다면, 반복되는 지상에서의 이 짧은 생애에서 얼마나 큰 진보를 이루었겠는가? 인간을 몸과 마음으로 확연히 구분 지은 17세기 초 데카르트 시대에는 만질 수 없는 마음과 영혼은 교회의 영역이었다. 그리고 교회는 몸과 같은 물질의 영역은 과학의 책임으로 미뤘다. 물질 차원에서 연구를 계속한 과학은 눈부신 발전을 이루어 양자물리학이라는 보이지 않는 세계까지 탐구를 계속하고 있으나 영혼을 구원해야 할 교회는 오히려 물질화되어가고 있는 것이다.

인간의 물질적인 측면이 중요하고 따라서 죽을 수밖에 없는 존재일 뿐이라는 무력감은 인간의 한계성에 대한 학습된 결과다. 우리는 자신에 대해 알고 있다고 하지만 사실은 살아오면서 학습받은 것이다. 우리는 태어나자마자 왜곡된 사회 시스템에 의해 길들어져 왔다. 우리에게는 무엇을 믿고 무엇을 믿지 말아야 할지 선택할 기회조차 없었다. 심지어 우리 이름까지도 우리가 선택한 것이 아니다. 정보를 축적하는 유일한 방법은 거기에 동의하는 것이다.

신념을 갖는다는 것은 무조건 믿는다는 말이다. 어린아이들은 사람이 개나 고양이 혹은 다른 동물을 길들이는 것과 똑같은 방식으로 길들여진다. 길들여지는 과정에서 아이들은 타고난 자연스러운 기질을 모조리 잃어버린다. 아이들이 반항한다는 것은 곧 자신의 자유를 지키고 싶다는 말이다.

영화 《쇼생크 탈출》에서 종신형을 받고 감옥에서 40년을 복역하던 모건 프리먼(레드 역)이 이런 말을 한다.

"이 철책은 웃기지. 처음엔 싫지만 차츰 익숙해지지. 그리고 세월이 지나면 벗어날 수 없어. 그게 '길들여진다'는 거야."

사람들은 모두 진리와 정의, 그리고 아름다움을 찾고 있다. 우리가 끊임없이 진리를 찾아 헤매는 이유는 우리 마음속에 축적된 거짓말만 믿기 때문이다. 이미 우리 안에 모든 것이 다 있는데도 우리는 끊임없이 그것들을 찾아 헤맨다. 인간이 가장 두려워하는 것은 살아 있다는 사실이다. 흔히들 그것을 죽음이라고 생각하기 쉬우나 사실은 그렇지 않다. 우리의 가장 큰 두려움은 위험을 무릅쓰고 살아서 자신의 참모습을 발견하는 것이다. 우리는 다른 사람들에게 인정받고 사랑받고 싶다는 욕구를 가지고 있으나 정작 자기 자신은 인정도 사랑도 하지 못한다.

이제는 이러한 잘못된 양육 시스템에서 벗어나야 한다. 그리고 자신이 누구인지 어떠한 가치를 가진 존재인지 깨달아야 한다. 우리는 육체로 한정된 왜소한 존재가 아니다. 저 파란 하늘과 지구와 함께 호흡하고 있는 영원한 생명이다. 그리고 우리를 창조한 근원으로부터 조건 없는 사랑을 받고 있는 하늘 사람이다. 내가 창조하지도 않고 단지 기르기만 하는 애완동물도 아프면 애처로운데 수많은 인간이 두려움과 고통 속에서 살아가는 모습을 보는 창조주 입장에서는 얼마나 안타깝겠는가? 자동차 생산자가 일부러 결함을 지닌 자동차를 만들지 않듯이, 신도 자신의 피조물이 실패하도록 고의로 창조하지는 않았을 것이다.

지금은 우리가 원하기만 하면 얼마든지 기존 관념을 깨뜨릴 수 있는 다양한 정보들로 넘쳐나는 세상이다. 양자물리학, 양자의

학, 신생물학 등은 기존 우리가 갖고 있던 자신과 세계를 바라보는 관점을 크게 변화시키고 있다. 원자보다 더 작은 차원을 연구하는 양자물리학은 우주 만물은 우리가 상상하기 힘든 방식으로 상호 연결되어 있음을 밝혀주고 있다. 물질과 시간처럼 우리가 구체적이고 실질적인 것이라고 여기는 것들도 사실은 우리의 지각을 통해 경험될 때만 현실인 것처럼 보이는 일련의 상관관계에 지나지 않는다는 것이다. 질병의 원인을 육체에서만 찾는 현대의학과는 달리 양자파동이라든지 인간의 죽음을 애벌레에서 나비가 탄생하는 것과 같다는 신생물학 등은 우리가 가진 기존 관념을 바꿀 수 있는 놀랄만한 정보들을 담고 있다.

미국의 생명공학 기업 어드밴스드 셀 테크놀로지사의 최고 책임자이자 의학박사 겸 과학자인 로버트 란자 박사는 바이오센트리즘(생물중심주의) 이론을 소개하면서 "죽음은 존재하지 않는다"라는 과학이론을 발표하였다. 그는 이렇게 썼다.

"대부분의 인간은 눈에 보이는 육체만을 생각하고 육체가 죽기 때문에 인간은 죽는다. 양자물리학과 다중 우주론을 근거로 수많은 우주가 존재하며 지금 일어나고 있는 모든 일이 다른 우주에서도 일어날 수 있다. 여러 우주 중 한 곳에서 어떤 일이 일어나든지 상관없이 수많은 우주가 동시에 존재하고 있기 때문이다."

사람이 사망한 후에도 두뇌에 사라지지 않는 20와트의 에너지가 있는데 이 에너지는 '내가 누구지?'라는 느낌이 들게 한다고 한다. 바이오센트리즘에 따르면 공간과 시간은 우리가 생각하는 것처럼 딱딱한 물질이 아니다. 허공에 손을 흔들었을 때 잡히는 게 없듯이 시간도 마찬가지다. 사람이 지금 보거나 경험하는 모든 것이 정신 속에서 정보가 빙빙 도는 것과 다름이 없으며, 공간과 시간은 모든 것을 묶어놓는 단순한 도구일 뿐이라는 것이다. 따라서 시간과 공간이 존재하지 않는 곳에서 죽음이란 것은 존재할 수 없다는 것이다. 란자 박사는 "불멸이라는 것은 시간 속에서 끝이 없이 영원히 존재한다는 의미보다는 시간 밖에서 함께 거주한다는 것을 뜻한다"고 말했다. 이 내용은 2013년 11월 9일 미국과학 전문지 사이언스데일리에 소개됐다.

《죽음 이후의 삶》으로 유명한 디팩 초프라도 자신의 책에서 "죽음은 불멸不滅과의 결혼식이다"라고 주장하였다.

이제 우리는 자신이 몸이라는 한정된 자아개념으로부터 탈피하여 에너지와 영적인 차원으로까지 확장되는 체험이 필요하다. 지식을 넘어서 자신을 비롯한 모든 생명이 서로 연결된 하나임을 느껴야 한다. 그럴 때 우리의 생명은 영원하며 자신이 이 광활한 우주에 버려진 외톨이라는 두려움에서 벗어날 수 있을 것이다.

우리는 지구인이다. 지구인은 지구를 나와 내 가족처럼 아끼고 사랑하는 사람이다. 우리를 길러준 지구 어머니가 아프다. 삶의 터전인 지구를 살리기 위해서는 자신이 바로 지구를 관리하기 위해 온 생명임을 깨달아야 한다. 우리는 지구를 아름답게 가

꾸기 위해 이 곳에 온 생명들이다. 자신의 목적을 발견하기 위한 감각회복과 더불어 지구인 정신이 들불처럼 퍼져나가야 한다. 현재 지구에 거주하는 70억 지구인 중 1억 명 만이라도 이런 목적을 갖고 생활한다면 지구의 운명이 바뀔 것이다. 왜냐하면 우리들이 살고있는 아름다운 지구는 부주의한 인간에 의해 파괴되어서는 안 될 소중한 자산이기 때문이다.

> 당신들의 시대가 끝나가고 있다.
> 새로운 시대가 이미 도래 하였으며, 그것은 빛의 시대, 신의 시대다.
> • 람타 •

• 20 •

애벌레,
나비가 되다

지구가 인간의 방종에 의해 병이 깊어 짐에 따라 우주 차원에서 지구를 구하기 위해 의식이 높은 아이들이 태어나고 있다. 1975년부터 종래의 인류와는 다른 유형의 아이들이 태어나고 있는데 이들의 아우라aura가 인디고블루의 색을 띠거나 수정의 프리즘과 같은 색상을 보여 '인디고indigo' 혹은 '크리스털 아이들'이라고 한다. 이 아이들은 영안靈眼이 열려있어 에너지와 영적인 존재를 보고 소통이 가능하다. 또한, 지구의 내부는 우리가 들은 바와 같이 용암으로 가득 차 있는 것이 아니라 비어있고 지상보다 더 많은 대륙이 있으며 우리와는 차원이 다른 생명체가 존재한다. 지금으로부터 약 일만 이천 년 전에 태평양과 대서양에 각각 존재했으며 현재의 우리보다 앞선 문명을 누렸던 레무리아와 아틀란티스 대륙이 있었다. 특히 레무리아는 지구상의 모든 주민이 자기들 어머니의 나라로 여기고 있었다. 이 두 대륙은 지구에 존속해야 할 문명들을 어떻게 관리할 것인가에 대한 이견으로 말미암아 야기된 핵전쟁으로 인해 단 하룻밤 만에 바닷속으로 가라앉게 되었다.

본래 지구는 두 겹의 얼음층이 감싸고 있어서 바람도 거의 없고 4계절이 없는 온화한 기후였다고 한다. 그러나 핵전쟁은 이들 얼음층을 부숴버림으로써 지구 전체가 물에 잠기는 홍수를 불러왔으며 이로 인해 지구의 대기권이 태양의 방사선에 노출되면서 인간의 수명이 짧아졌고 정상적인 2.5~3m의 키가 지금의 수준으로 작아진 것이다. 성경에서 말하는 노아의 대홍수는 이 사건을 묘사한 것이라고 한다.

최근 이 대륙에 대한 유물이 발견되면서 세인들의 관심을 증폭시키고 있다. 두 대륙이 바닷속으로 가라앉을 때 지저세계로 이주한 4차원의 생명 그리고 인디고 아이들은 지구와 지구생명체들이 안전하게 변화할 수 있도록 우리를 돕고 있다. 지구에 사는 인류 중 최소한 1억1천만 명이 지구를 돕기 위해 다른 별로부터 왔고, 1954년 한해에만도 100만 명이 새롭게 왔다. 이뿐만 아니라 지구의 대변혁을 순조롭게 이행시키기 위해 우리 태양계 주변에는 1,000만대의 우주선이 떠 있는 등, 지구 역사상 이렇게 전 우주적 차원에서 지원을 받은 적이 없다고 한다. 지구를 구하고 의식이 일정 수준에 이르는 인류를 3차원에서 곧바로 5차원으로 상승시키기 위해 전 우주적 노력을 기울이고 있다.

이들의 말에 따르면 광활한 우주에는 우리가 알고 있는 총 190만 개의 행성으로 구성된 태양계를 포함하여 12개의 다른 태양계의 우주가 있다고 한다. 태양은 뜨거운 불덩어리가 아니라 태양에서 오는 양극 파장이 음극 파장의 지구 대기에 부딪혀 중간에서 열과 빛이 발생한다는 것이다. 3차원에 속한 지구의 과학 수준이 이런 4차원 이상의 현상을 밝히기에는 아직 미숙하며 앞으로 지구는 3차원에서 5차원으로의 변화를 겪게 될 것이라고 한다. 지구의 커다란 변화에 동조할 수 있는 인간은 지구와 함께 차원이 상승하여 우리가 상상할 수 없을 정도의 더없는 행복 속에서 불로장생을 누릴 수 있지만, 의식이 일정 수준에 이르지 못한 사람들은 지구를 떠나 자신의 수준에 맞는 우주 속의 다른 행성에서 삶을 계속하게 될 것이다.

이러한 변화는 범지구적으로 일어나고 있는데 그중 하나가 한국과학기술연구원 책임연구원이었던 김재수 공학박사가 말하는 지구 자기장의 변화다. 그는 지난 30여 년간의 우리 태양계는 거대한 변화가 진행되고 있으며 주목할 만한 것은 현재 지구 자기장이 급속히 감소하고 있다는 것이다. 이러한 변화로 인해 조만간 지구의 자극(N극, S극)의 역전 가능성이 매우 커지고 있다고 하였다. 또 다른 주요한 변화는 지구의 심장박동이라고 할 수 있는 슈만 공명주파수가 지난 1952년 독일의 물리학자 슈만이 처음 발견된 이후 7.83Hz로 일정하게 유지되던 것이 10여 년 전부터 최근까지 지속해서 상승하여 현재에는 11Hz대에 머물고 있다고 한다.

이러한 변화는 지구상에 존재하는 인류를 포함한 생명체에 세 가지의 큰 영향을 미치게 된다.

첫째, 지구 자극의 역전은 현재 지구를 태양의 강력한 우주방사선으로부터 보호하고 있는 밴앨런대(Van, Allen belt)의 약화를 뜻하며 생태계의 보호막인 밴앨런대가 사라지면 지구상의 모든 생물은 불가피하게 치명적인 손상을 입게 될 것이다.

둘째, 지축변화 전후에는 사상 초유의 대규모 지진과 해일, 쓰나미, 화산폭발 등 어쩔 수 없는 대재앙을 수반할 것으로 예측된다.

셋째, 지구 공명주파수의 상승은 약간의 의식 집중 상태에서도 지구와 공명을 할 수 있게 되어 적극적이고 긍정적인 사고는 자신의 현실을 창조하는 능력을 극대화하게 된다는 것이다.

창조의 시작은 상상으로부터 비롯된다. 그리고 인간의 뇌는 의식이 들어오는 고도로 특수화된 형상이다. 인간의 뇌에는 약 1,000억 개의 뉴런이라는 신경세포가 있는데, 이는 은하계에 있는 별들의 숫자를 합친 것과 같다. 은하계는 대우주의 뇌로 볼 수 있다. 의식이 자신의 표현을 위해 지구에서 가장 복잡한 형상인 뇌를 창조한 것이다. 인간의 뇌 속에 있는 뇌하수체와 송과체는 지구적 변화를 받아들이는 데 중요한 역할을 한다. 뇌의 마지막 신비의 영역인 송과체(pineal gland)는 솔방울 모양의 내분비선으로 기를 느끼게 되면 활성화되기 시작한다. 수면 중에 멜라토닌이라는 호르몬을 생산하여 손상된 세포를 재생하고 노화를 억제하며 항암작용을 한다. 송과체는 인간의 직관을 담당하는 기관으로서 텔레파시를 통해 의사소통하는 기관이기도 하며 돌고래들도 이 송과체를 사용하여 서로 의사소통을 한다.

새로운 변화에 적응하기 위해서는 차크라를 열고 우주의 에너지와 연결하는 것이 중요한 데 이를 돕는 것이 명상이다. 매일 명상은 우리 모두 본래의 근원 자리에 자신을 연결하는 것이다. 그리고 꿈조차도 인간에게 영감을 주고 무의식 속에 우리의 실제 모습을 상기시키기 위해 주어진다. 우리의 뇌가 상상과 현실을 구분하지 못한다는 것은 자신이 원하는 것이 현실이 될 수 있음을 의미한다. 그래서 나는 강의를 할 때마다 이렇게 말하곤 한다.

"우리의 뇌가 현실과 상상을 구분하지 못하는 이유는, 원하는 것은 무엇이든 창조할 수 있는 뇌를 우리에게 주고 원하는 삶을 마음껏 즐기라는 창조주의 선물이다."

우리에겐 시간이 얼마 남지 않았다. 이제 우리는 선택을 해야 하는 갈림길에 서 있다. 남보다 더 많은 물질을 추구하려는 욕망으로 얼룩진 삶을 살다가 변화에 적응하지 못하고 자신의 수준에 맞는 행성에서 다시 태어나든지 아니면 지금과 같이 전 우주가 나서서 도울 때 의식을 밝혀 변화에 순응할 것인지를 결정해야 한다.

나는 지구 어머니와 함께 변화하기로 했다. 그러기 위해 뇌를 잘 활용할 수 있는 뇌교육을 전하여 모두가 자신이 누구인지, 삶의 목적이 무엇인지 깨닫도록 돕고 싶다. 의식이 밝아지는 과정을 번데기에서 나비가 되는 과정에 비유한다. 우리 안에는 나비가 될 수 있는 유전자가 있다는 것이다. 신생물학자 부르스 립튼은 애벌레와 나비는 정확히 같은 DNA를 지니고 있으며 이 유전자는 자신을 열고 우주의 신호를 받아들일 때 나비로 깨어나게 된다고 한다. 애벌레는 나비가 될 수밖에 없는 운명이지만 인류의 진화가 과연 성공할 것인지는 정해져 있지 않다는 것이다.

우리가 가진 영혼완성의 유전자가 깨어나기 위해서는 높은 의식의 우주 정보를 수신할 수 있는 우리의 뇌가 깨어나야 한다. 이는 뇌의 가치를 알고 뇌를 잘 활용할 수 있는 교육법으로 뇌교육이 탄생하게 된 이유이기도 하다.

제4장

진정한 삶의 의미를 찾아서

> 어떤 대상을 제대로 본다는 것은 그 안에 사는 것이다.
> • 래리 도시

• 21 •

보물은
내 안에 있다

친구들과 헤어져 서울행 기차에 몸을 실었다. 창에 기대어 어둑어둑한 밖을 보니 서글픈 마음에 가슴이 먹먹해져 왔다. 이제 내가 자란 고향과 친구들을 뒤로 하고 아는 사람이라고는 없는 서울로 떠나가는 길이다. 성공하면 반드시 다시 내려와 고향에서 살리라고 다짐을 하며 주먹을 꼭 쥐었다. 당시에는 고향만한 곳은 그 어디에도 없을 것 같았다. 그렇게 시작한 서울생활, 지낼 곳이 없어 아버지가 부탁해 놓은 친척 집에 신세를 지게 되었다.

어렵사리 공채를 통해 입사한 대기업이었지만 고졸인 나에게는 하숙비조차 되지 않는 급여로 인해 임시 거처를 친척집으로 택하게 된 것이었다. 그러다가 같은 직장 동료와 자취를 하며 부천으로, 다시 중학교 친구가 있는 인천으로 옮겨 다닐 때였다. 가끔 본사에 들를 때마다 같은 부서에 새로 입사한 여직원이 유난히 나의 눈길을 끌었다. 평소 진한 화장을 한 여자를 내켜하지 않던 나에게 긴 생머리에 꾸미지 않은 그녀의 모습은 신선하게 다가왔다. 처음엔 그렇게 몇 번 지나쳤다. 그러다 단 둘이 만나는 계기가 왔는데, 한번은 그녀가 내가 출장을 나가 있던 현장으로 상급자의 심부름을 온 것이었다.

초겨울이었는데 일을 다 보고나니 저녁 식사 시간이 되었다. 현장 앞에 위치한 하숙집에서 저녁을 같이 먹는데 아주머니가 밥을 한 그릇 수북이 담아왔다. 여성이 먹기에는 과하다 싶었는데 웬걸, 그녀는 그 많은 밥을 깨끗이 비우는 것이 아닌가! 그 때는 밥을 맛나게 잘 먹는 모습을 보면 어른들이 "거 참, 복 받겠다"라고 칭찬을 하던 때였다. 물론 우리 둘 다 20대 초였으니 당연히 건강했겠지만, 밥 먹는 모습을 보면서 나는 그녀가 몸과 마음이 건강하겠다는 느낌을 받았다.

배웅을 하면서 성탄절 이브에 친구들과 모임이 있는데 같이 갈 수 있느냐고 제안을 하자 그녀가 뜻밖에도 순순히 그러겠다고 응해 주었다. 이렇게 첫 만남이 시작되었고 우리 둘은 그때부터 데이트하는 관계로 발전하였다. 객지에서 외로울 때여서 시간만 나면 만났다. 돌이켜 보면 주머니 사정이 넉넉지 않기도 했지만 된 장찌개, 냄비 우동을 먹으면서도 우린 즐겁기만 했었다. 그렇게 거듭된 만남으로 이제는 안보면 보고 싶을 지경이 되었을 때 즈음에 아버지가 지병으로 돌아가셨다. 아버지께 드리려고 면도기를 사서 포장까지 해 두었는데 연애하느라 바빠서 결국 전해드리지도 못했다. 아버지가 떠나고 나니 동생들 부양까지 나의 부담으로 돌아왔고, 이젠 이 짐을 나눠질 만한 인생의 동반자가 필요하다는 생각이 들었다.

그러나 지금 상대는 나랑 비교했을 때 경제적인 차이로 인해 그런 관계로까지 발전하기는 어려울 것만 같았다. 아쉽긴 하지만 정리를 해야겠다고 마음을 정하고 "이젠 그만 만나자"라고 일방적인 통보를 했다. 내 생각엔 그런 말을 들으면 여자의 자존심 때문에 쉽게 관계가 끝날 것으로 예상을 했는데, 그녀의 반응은 오히려 정반대였다. 헤어지자는 나의 말에 "그러면 친구로라도 계속 만나자"라고 하는 게 아닌가. 이성 간에 친구라니? 가당치가 않게 느껴졌지만 나 역시도 속마음은 계속 사귀고 싶었다. 그렇게해서 우리는 결국 결혼에 이르게 되었다. 훗날 알게 되었지만 아내는 그 때 끝내자는 나의 말에 오히려 오기가 생겨 나와 더더욱 헤어질 수 없었노라고 했다.

결혼까지 골인하기에는 많은 장애가 있었다. 부모가 되어보니 그 때 결혼을 반대하신 장모의 마음을 이해할 수 있었다. 아무것도 가진 게 없는 8남매 맏이에게 어느 부모가 애지중지 키운 딸을 주려고 하겠는가? 장인은 나를 만난 이후 호의적으로 돌아 섰지만 장모는 인사차 방문해서 절을 하고 있는 나를 앞에 두고 돌아 앉았다.

우여곡절 끝에 결혼을 하고 사글세방에서 시작한 신혼시절, 방바닥 틈을 비집고 올라온 연탄가스로 인해 둘 다 죽을 뻔 했던 일도 있었다. 그래도 행복한 시절이었다. 가을이 되니 농사를 짓던 처가에서 막 추수한 햅쌀을 보내 주었다. 자식을 사랑하는 부모의 순수한 마음이었는데 "처자식 굶기는 줄 아나? 그런 도움 없이도 내가 잘 사는 모습을 보여 주겠다!"라는 오기가 생겨 받은 그대로 다시 돌려보낸 적이 있었다. 그땐 술이라도 취해 들어오면 다음 날 고기를 저민 죽을 쑤어 주고 추울라치면 세숫대야에 찬물과 따뜻한 물을 적당히 섞어 주곤 했던 기억이 떠오른다.

여자는 결혼을 할 땐 자신을 다 던진다고 한다. 그러나 나는 너무나 외로웠고 혼자 짊어지기에는 무거운 짐을 지고 있었다. 그 짐을 아내에게 떠 넘기려고만 했지 내가 희생하려고 들지는 않았다. 가정을 꾸린다는 것은 자기희생을 전제로 커다란 책임감이 뒤 따른다는 사실을 몰랐던 것이다. 결혼 그 자체가 문제의 해결책이 될 것이라는 나의 착각은 훗날 나의 삶을 벼랑 끝으로 내 몰게 된다. 현실은 인정해야 하고 문제는 원인을 제거해야 해결되는 것이지 도피한다고 사라지는 것이 아니다. 외로움은 결혼을 하고 자식을 가진다고 줄어 들지도 않고 삶의 고통 역시도 피하려고 한다고 해서 사라지는 것이 아니다.

　결혼하고 행복했던 시절도 잠시, 또다시 나의 방황이 시작되었다. 아내는 이틀이 멀다하고 술에 취해 들어오는 나를 어떻게든 집에 붙들어 두려고 술을 사다 놓기도 하였고 퇴근 시간이면 사택 앞에서 내가 올 때까지 기다리기도 했다. 나는 그래도 아내를 거들떠보지도 않았다. 나에게 실망한 아내는 사다 놓은 술을 몽땅 하수구에 버린 적도 있었다. 그런다고 바뀔 내가 아니었다. 나의 내면에 웅크리고 있던 두려움이 너무나 크고 깊어 그 어떤 자극에도 꿈쩍하지 않았다. 그러던 나에게 아내는 해외라도 나갔다 오면 어떻겠냐고 하였다. 그렇게 시작된 15년의 해외 근무, 그리고 30년간 결혼 생활은 나에게 240만 원이라고 찍힌 통장만을 남긴 채 끝나버렸다. 이렇게 나의 에고를 충족시키고자 시작한 관계는 예정된 대로 파국을 맞고야 말았던 것이다.

　우리의 에고는 좌뇌에서 비롯된다. 모든 것을 감성적이기 보다는 논리적으로 받아들인다. 그리고 세상과 나는 분리된 것으로 인식하고는 생존을 두려워한다. 대니얼 시겔[21]은 《마음을 여는 기술》에서 좌뇌는 우뇌보다 늦게 발달하는데 논리, 읽고 쓰는 언

---

21)　Daniel J. Siegel(1957~) UCLA 정신과 임상교수. 신경과학과 아동발달 분야 전문가로서 '마인드 사이트'라는 심리치료 기법을 창시하였다. 저서로는 《마음을 여는 기술》《내 아이를 위한 브레인 코칭》 등이 있다.

어, 직선적 사고를 책임진다고 한다. 우뇌는 모두가 연결된 가능성이 충만한 세상으로 보지만 좌뇌는 세계가 분리되어 보인다는 것이다. 그리고는 고통스러운 느낌을 타인에게 투사해서 상대방을 증오하는 방법을 쓴다고 한다.

30년 결혼 생활 중 15년을 해외 근무를 했었는데 남은 것은 겨우 240만 원이 전부였으니 그런 현실을 마주한 나는 형언할 수 없는 증오심과 괴로움으로 인해 어찌할 바를 몰랐다. 만일 당사자인 아내가 옆에 있었다면 어떤 일을 저지를지 나 자신도 장담할 수 없는 상태였다. 가끔 뉴스에서 극단적인 선택을 하는 사람들을 보면서 이런 생각을 하곤 했었다.

"그럴 용기가 있으면 살지 왜 스스로 목숨을 끊나?"

그러나 그런 생각은 내가 그러한 처지가 되어보지 않고는 함부로 말 할 수 없다는 사실을 깨닫게 되었다.

억울하게 사상범으로 몰려 종신형을 선고 받고 20년이나 복역한 신영복 교수는 감방이 비좁아서 바로 눕지도 못하고 서로 등을 맞대며 모로 누워야 겨우 잘 수 있었다고 한다. 여름이면 찜통 같은 더위에 가까이 붙어 잘 수밖에 없는 옆 사람이 그렇게 미울 수가 없었고 그러면서도 자살을 하지 않은 이유는 한 줌의 햇빛 때문이었다고 한다. 겨울이면 창을 통해 들어와서는 따스하게 어루만져 주는 햇볕에 위안을 받은 것이다.

나에게 그런 햇빛의 역할을 한 것은 단학수련이었다. 명상을 하면서 점차 나의 고통은 치유되어 갔고 원망 보다는 용서할 수 있는 힘을 길러 주었다. 몸에 나타난 병의 원인을 알기 위해서는 유능한 의사로부터 종합진단을 받아야 한다. 마음 깊이 감춰진 병의 원인을 알려면 자신의 내면을 탐색해 보아야 한다. 분주한 뇌파가 고요히 가라앉은 이완상태에서 에너지를 통해 우리의 의식이 무의식에 저장된 정보에 접근하게 되면 그 정보들이 온 몸의 세포를 통해 느껴지면서 방출이 되며 정화가 일어난다. 이렇게 한 번 직면하고 느끼면서 정화된 정보는 두 번 다시 나의 삶에 영향을 미치지 못한다. 또한 명상은 자신 안에 있는 보물을 발견해 가는 과정이다.

누군가가 길을 걷다 황금덩어리를 발견했다고 치자. 그러나 그것이 황금이라는 것을 알아야 비로소 그 가치를 인식 할 수 있고 두 번 다시 만나기 힘든 횡재라는 줄 알게 될 것이다. 우리의 뇌도 이와 같다. 나의 뇌가 우주의 정보를 수신하는 안테나와 같아서 질문을 던지면 그 질문에 대한 답을 찾아낸다는 것을 알아야 뇌의 소중함을 알고 활용할 수 있는 것이다.

나는 보물이 저 밖에 있는 줄만 알았다. 가진 것도 없고 능력도 부족하며 사랑조차 온전하게 받아 본 적이 없어 사랑을 몰랐다. 삶이 온통 열등감과 두려움 뿐이었다. 가장이 자신에 대한 긍지와 자부심을 잃었으니 그로인해 가족들이 받았을 고통이 얼마나 컸겠는가. 자신의 힘으로 깨어나지 못하는 나에게 가해진 엄청난 고통은 나로 하여금 변화를 선택하지 않을 수가 없게 만들었다. 곧 죽을 것만 같은 고통에서 벗어나기 위해 할 수 없이 선택한 명상은 내게 최고의 선물이자 보물이 된 것이다. 그 보물은 인간으로 태어날 때 천부적으로 주어진 것이었으며 사용할지 말지에 대한 선택권까지 나에게 있었다.

이제 나는 그 보물을 지금 이 순간에도 사용하고 있다. 바로 이 글을 쓰는 것이다. 시각이 막 12시를 넘기고 있다. 한쪽 모니터로는 한국 가수들이 북한에서 공연한 영상을 보며 다른 모니터로는 내가 쓴 글을 읽어 보고있다. 이렇듯 우리 뇌는 두 가지 일을 동시에 해 낼 수 있을 정도로 대단한 능력을 갖고 있다. 뇌는 인간이면 누구나 다 갖고 있으니 뇌가 보물임을 알고 활용법을 익히게 되면 인생이 고통이 아니라 축복임을 누구나 체험할 수가 있다는 말이다.

영혼은 생각만으로는 접근할 수 없다. 기를 느낄 수 있어야만 만날 수 있는 것이다. 반면에 누구든지 한 번이라도 이 영혼의 소리를 듣게 되면 그 여운은 평생을 가게 된다. 영혼 차원에서 우리는 하나다. 따라서 영혼은 모든 생명을 이롭게 하고자 하는 목표를 제시하며, 그런 홍익의 목적을 위해서 뇌를 사용할 때 뇌가 가진 능력을 100% 활용할 수 있게 된다. 이러한 안전장치는 뇌의 무한한 잠재력을 오용함으로써 일어날 수 있는 재앙을 방지하고자 하는 창조주의 배려일 것이다. 영혼이 원하는 바를 선택하면 뇌가 그것을 이루기 위한 방법을 찾기 시작한다.

이 모든 과정에서 가장 핵심이 되는 것이 기氣다. 그래서 기를 터득하지 못하면 인연이 없다는 것이다. 21세기 마지막 남은 미지의 세계인 뇌, 뇌의 가치를 발견하는 것이 나를 살리고 민족을 살리고 더 나아가 인류를 살리게 될 것이다. 너무 거창한가? 그렇다면 당신은 몸이 전부이고 몸을 위해 큰 집에서 고급 자가용을 굴리며 배부르게 먹고 살다가 허망하게 떠나는 삶이 진정 행복하다고 생각하는가? 정년퇴직 후 40~50년을 딱히 하는 일 없이 산다면 그건 시간 낭비일 뿐만 아니라 차라리 고통스러울 뿐이다.

미국 로체스터 의대에서 성인 7,000명을 대상으로 '성년기의 사망률을 예측하는 삶의 목적'이라는 주제로 14년 동안 연구를 했다. 대상자 중 약 9%가 사망을 했는데 이들은 생존자보다 삶의 목적과 긍정적인 관계 정도가 낮았다고 한다. 꿈을 갖고 살면 장생에도 도움이 될 뿐만 아니라 긍정적인 관계를 형성하고 긍정적 감성과 같은 심리적 건강에도 도움이 된다는 것이다.

자신 안에 보물이 있다는 것, 그것을 발견하고 활용하여 꿈을 이루며 살아간다는 것, 이것이야 말로 만물의 영장으로서 누릴 수 있는 최고의 축복임에 틀림없다.

> 인간에게 한계 따위는 없다.
> 단지 우리가 있다고 믿을 뿐이다.
>
> • 레이디 가가[22] •

무대공포증 극복기

우리의 삶이 수많은 고통의 연속이어서 죽지 못해 살아내는 과정이라고 한다면 이러한 삶의 원리를 깨달은 선각자들은 왜 그것을 축복이라고 하였을까? 만일 삶이 고통이 아니라 축복이라면 어떻게 하면 우리도 선각자들처럼 인생을 즐길 수가 있을까? 여기에 대한 해답은 바로 우리의 뇌 안에 있다. 우리가 살아가기 위

---

22)   Lady GaGa. 1986년 미국 태생으로 전 세계에서 단 20명만 입학한다는 명문학교에서 피아노 재능을 닦은 후, 2008년 첫 데뷔앨범 「The Fame」을 발표하여 전세계 1,500만 장의 힛트를 기록한 천재 뮤지션으로 2010년 포브스 선정 '세계에서 가장 영향력 있는 100인' 중 7위에 오른 바 있다.

해 필요한 모든 활동이 뇌로부터 비롯된다. 우리가 현실이라고 하는 것은 사실 미각, 후각, 촉각, 시각, 청각이라는 다섯 가지 감각을 통하여 뇌로 입력된 신호를 뇌가 재해석한 결과일 뿐이다. 사과를 눈으로 보면 눈동자를 통해 뇌로 들어온 사과의 모습이 시각세포가 있는 뇌의 망막에 맺히고, 시각 신경은 이 상을 대뇌에 전기신호로 전달하여 뇌는 사과라고 판단한다. 이 과정에 우리가 미처 인식하지는 못하지만, 사과라는 판단에는 이미 뇌 속에 기억된 과거의 사과에 대한 모양과 맛 그리고 그에 따른 기억들이 한꺼번에 동원된다. 만일 한 번도 사과를 본 적이 없는 사람은 눈앞의 사과를 사과로 알지 못한다.

선각자들은 우리와 별반 다를 것 없는 삶이었지만 삶에 대한 해석을 다르게 한 사람들이다. 그럼으로써 그들은 삶에는 어떤 목적이 있음을 깨닫고 자신의 삶을 통해 우리에게 많은 가르침을 주고 있다.

이렇듯 세상을 보는 관점이 변하기 위해서는 해석의 주체로서의 자신을 자각해야 한다. 보이고 해석되는 대로 수동적으로 끌려갈 것이 아니라 자신이 의도하는 대로 주도적으로 해석해야 한다. 그러기 위해서는 자신이 지각의 주체이고 그 중심에 뇌가 있음을 알아야 한다.

우리의 조상들은 이미 세상만사가 뇌의 작용이며 신神조차 이미 우리의 뇌 속에 내려와 있음을 밝히고 있다. 한민족의 3대 경전 중 하나인 삼일신고三一神誥의 신에 대한 가르침인 신훈神訓을 보면 "성기원도聲氣願禱하면 절친견絶親見이니 자성구자自性求子하라 강재이뇌降在爾腦시니라"라는 내용이 있다. 이 의미는 "언어나 생각을 통해 하느님을 찾는다고 해서 그 모습이 보이는 것이 아니다. 자신의 진실한 마음을 통해 하느님을 찾아라. 그리하면 너의 머릿속에 이미 내려와 계시리라"는 뜻이다. 우리의 의식이 밝아져서 삶에 대해 새로운 해석을 하기 위해서는 현재의 자기인식이 변해야 한다. 그러기 위해서는 두 가지 길이 있다. 하나는 스스로 변화를 선택하는 길이고, 다른 하나는 고집스럽게 지키려고 애쓰는 관념이 깨어질 수밖에 없는 고통을 겪는 것이다.

곧 죽을 것만 같은 두려움 끝에 살기 위한 발버둥으로 수행을 시작하기로 하였지만, 처음에는 나 자신도 반신반의하였다. 친구로부터 권유가 있긴 했으나 돌다리도 두드려 보고 건널 정도로 안전제일주의자였던 나는 명상센터에서 상담을 받으면서도 우선 6개월만 해보기로 하였다. 호흡과 명상을 하기 위해서는 굳었던 몸을 풀고 이완시키는 체조를 하는데 그동안 한 번도 사용해 본적이 없는 근육들을 당기고 밀고 때로는 짜주는 동작으로 땀이 배어나올 정도였다. 호흡에 집중하면서 명상으로 들어가는 과정을 며칠 간을 따라 해 보니, 그 과정 모두가 나를 위한 맞춤식 훈련 같았다. 속으로 어쩌면 나를 위해서 창안된 프로그램 같다는 착각이 일어날 정도였다.

그러다가 명상을 배운지 불과 5개월이 채 안 되었을 때, 내가 직접 명상지도를 할 기회가 주어졌다. 정확하게 말하면 센터장의 강요에 의해 마지못해 하게 되었는데, 가르쳐야 할 대상은 내가 사는 동네에 위치한 파출소 순경 예닐곱 명이었다. 그동안 살아오면서 여러 사람들 앞에 서 본 적이라고는 술자리에서 노래를 부를 때뿐이었다. 그것조차도 내 차례가 오기 전에 일부러 술을 마셔서 몽롱한 상태에서나 마이크를 잡고 노래를 부를 수 있었던 소심한 나로서는 남을 지도한다는 것은 상상조차 할 수 없는 일이었다. 여러 차례 권유를 뿌리치다가 더는 피할 도리가 없어 하기로 결심을 하였다.

막상 하기로 약속은 하였으나 남을 가르친다는 것이 여전히 부담스럽기만 하여 시작하기로 한 전날 메모지에 어떤 동작을 할 것인지 깨알같이 적기도 하였다. 드디어 첫날, 어색함을 무릅쓰고 지도를 시작했는데 시간이 흐를수록 자연스러워졌다. 그런데 수련 중간에 그동안 잘 느껴지지 않았던 에너지가 온몸이 마치 감전이라도 된 듯 전율과 함께 크게 느껴지는 것이었다. 그뿐만이 아니었다. 난생처음으로 타인을 지도했다는 것이 얼마나 즐겁고 신이 나던지 어린아이처럼 깡충깡충 뛸 정도였다. 돌아오는 길에 공원에 앉아 있는 할머니 어깨를 주물러 드리는 등, 들뜬 기분이 쉽게 가라앉지 않았다. 홍익의 즐거움을 그때 비로소 체험하게 된 것이다.

그리고 얼마 후, 수행하는 20여 명이 모여 5박 6일 간 백두산 명상여행을 떠나게 되었다. 평소 말로 설명은 할 수 없지만, 백두산에 대해 끌림이 있어 한 번은 다녀와야겠다는 생각은 갖고 있었으나 시간을 내지 못하고 있다가 어렵사리 기회가 온 것이다.

내일은 백두산을 오르기 위해 산 아래 숙소에 여장을 풀고 쉬는데 웬일인지 아랫배가 살살 아프기 시작하더니 설사가 시작되었다. 아픈 배를 움켜쥐고 한 시간이 멀다고 화장실을 들락거렸다. 음식은커녕 물이라도 먹으면 바로 화장실을 달려가야 하니 아무것도 먹을 수가 없었다. 밤새 화장실을 들락날락했더니 그야말로 기진맥진 상태였다. 도대체 어찌 된 일이란 말인가? 음식으로 인한 배탈이라면 다들 멀쩡한데 나만 그럴 리 없을 터였다. 첫날은 차로 백두산을 오르지만 둘째 날은 걸어서 올라가기로 예정이 되어 있었었다.

이튿날, 꼬박 이틀을 먹지도 못한 데다가 잠도 제대로 못 자 얼굴이 횅한 상태에서 아침부터 백두산 정상을 향한 이동이 시작되었다. 이러다 설사라도 나오면 어떡하나 하는 걱정에 마음을 졸이면서 그래도 여기까지 와서 천지를 못 보고 갈 수 없다는 생각에 길을 나섰다. 본격적인 등산을 앞두고 백두산 아래 모여서 장백폭포를 배경으로 한 사람씩 돌아가면서 사진을 찍으며 모두 들뜬 상태였다. 이런 상태로는 도저히 정상까지 걸어서 올라가지 못하겠다는 생각에 천지를 보는 것은 포기하려고 마음을 먹었다. 그랬더니 내 안에서 "포기하면 안 돼!" 라는 소리와 함께 "천지를 오르는 것이 오늘 나의 비전이다!"라는 말이 들렸다. 비전이라고 마음을 다시 먹는 순간 어디서 힘이 나오는지도 모르게 갑자기 힘이 나며 천지는 반드시 올라가야 한다는 의지로 나타났다. 주저앉아 있던 나는 벌떡 일어나서 일행들을 따라 걸음을 재촉하였다.

가을인 데다 고산지대라서 찬바람과 함께 뿌려대는 비를 맞으며 세 시간 남짓 걸어서 올라가는데 정상이 가까워지자 점차 아프던 배는 잠잠해지면서 비상사태는 겨우 면했다. 물조차 마시질 못했으니 뱃속이 완전히 비어서 그런가 보았다. 배가 아프지 않으니 이제는 날씨 걱정이다. 높이 올라올수록 날씨는 더욱 흐리고 구름이 끼어 과연 천지를 볼 수 있을까 하는 의구심마저 들 정도였다. 먼저 명상여행을 다녀온 사람들 말에 따르면 1년 중 한 달만 천지를 볼 수 있을 정도로 날씨가 변덕스럽긴 하지만 명상여행을 가면 날씨가 맑아지면서 천지를 볼 수 있다는 것이다. 그러나 이렇게 구름이 끼고 비까지 뿌린다면 여의치 않을 것만 같았다.

드디어 정상에 올랐다. 그런데 구름이 점차 걷히는 게 아닌가! 금세 천지를 뒤덮은 구름이 감쪽같이 사라지고 나더니 사진으로만 보아왔던 천지가 제 모습을 드러냈다. 인솔자는 아무리 구름이 짙게 낀 날일지라도 명상여행 팀을 데려왔을 때는 한 번도 천지를 못 보고 돌아간 적이 없었다고 한다. 논리적인 좌뇌형 사람들에게는 이런 현상을 이해시키기란 쉽지 않을 것이다. 인솔자가 안내하는 대로 명상을 하기로 하고 각자 흩어져서 편안한 곳에 자리를 잡고 명상에 들어갔다. 나는 배탈도 다 나은 데다가 평소와 보고 싶었던 천지를 기어코 보았다는 안도감에 기도를 올려야겠다고 생각하곤 마음속으로 원하는 것들을 이루게 해달라는 기원을 올렸다.

막 내가 원하는 것들에 대한 기도가 끝나기가 무섭게 "네가 원하는 것은 모두 이루어졌다!"라는 소리가 들린다. 어허? 이건 또 뭔가? 나는 내가 원하는 것들을 이루게 해달라고 지금 기도를 올리는 데 이미 이루어졌다니? 그리곤 곧이어 이런 생각이 들면서 저절로 숙연해지는 것이었다.

"그렇구나. 현상계에서는 보이지 않으나 높은 의식인 신명계에서는 이미 모든 것이 이루어져 있구나. 내가 물조차 먹지도 못하고 배앓이를 하며 설사로 속을 다 비운 것이 결국, 나의 집착을 다 내려놓고 올라오라는 뜻이었구나."

가까스로 올랐던 백두산 천지에서 받은 "내가 원하는 것은 이미 다 이루어졌다"는 메시지는 내가 힘들고 어려울 때마다 커다란 힘과 용기가 되고 있다. 명상이 깊어짐에 따라 무의식에 깊숙이 각인되어 나를 괴롭히던 부정적인 생각들이 정화되었고 엄두가 나지 않았던 푸시업 1,500개를 해냄으로써 점차 자신감이 커지기 시작하였다. 그러던 차에 우리 민족 고유의 역사와 철학을 접하는 기회가 생기게 되었다. 태어나서 처음으로 이 민족이 한반도 끝에 대롱대롱 매달린 가련한 신세가 아니라 이천 년이 넘는 장구한 세월을 저 광활한 만주벌판을 무대로 조화와 상생의 철학으로 대륙을 경영하였던 역사를 만나면서 나의 국가관과 인생관이 송두리째 변하게 되었다.

평소 기회가 되면 이민이나 가야겠다는 생각을 갖고 있었던 나로서는 지금으로부터 5천여 년 전에 세계 유래가 없는 생명존중 사상으로 국가를 세우고 2천여 년을 통치했다는 사실이 충격으로 다가온 것이다. 자신감을 회복해 가던 중에 만난 민족의 정신은 나에게 국가와 민족의 뿌리에 대한 자긍심과 함께 앞으로 여생을 민족의 철학을 전하는 일을 해야겠다는 각오를 하게 만들었다. 인생의 목표가 생긴 것이다. 남 앞에 서는 것이 그리도 두려웠던 내가 본격적으로 강사 활동을 하겠다고 선택을 하게 된 것이다.

드디어 기회가 왔다. 난생처음으로 강의를 하게 된 것이다. 그러나 스스로 선택을 한 일이었지만 일정이 잡혔다는 소식을 듣는 순간 가슴이 철렁 내려앉는 기분이었다. 마음 한구석에서는 "괜히 강의한다고 해서 이런 두려움을 자초하는 건 아닌가?"라는 후회도 일어났다. 차라리 강의를 할 수 없는 상황이라도 생겼으면

하는 바람까지 슬그머니 올라왔다. 선임 강사로부터 넘겨받은 자료와 조언을 기초로 혼자서 강의하는 모습을 상상하며 여러 차례 리허설을 하면서 준비를 하였다.

40여 명이 나의 강의를 듣기 위해 모였고 걱정했던 것과는 달리 처음 5분은 긴장이 되었으나 별 탈 없이 잘 마무리가 되었다. 그런데 강의를 들은 분들이 십시일반 기부금을 모아주는 게 아닌가. 어렵사리 시도한 첫 강의에 기부금까지 받게 되면서 나의 도전은 순탄대로를 달리게 되었다. 이런 고무적인 경험은 나에게 더욱 적극적인 강사 활동을 하는 동기를 제공하였고, 스스로 가장 큰 장애라고 생각했던 무대공포증을 극복하면서 마냥 즐겁고 행복하기만 하였다.

그 이후 수십 차례 전국을 돌며 강의를 하게 되었고 그러면서 내가 장애로 생각했던 강의 활동을 오히려 내가 좋아하고 또한 잘 할 수 있는 장점 중의 하나임을 발견하였다. 만일 내가 새로운 도전을 하지 않았더라면 내 안에 어떤 가능성이 숨어 있는지 몰랐을 것이다. 이러한 경험을 통하여 자신의 한계를 극복하는 과정이 비록 두렵긴 하지만 두려움 못지않게 즐거움 또한 크다는 것을 깨닫게 되었다. 그리고 이후부터는 성장에 필요하다고 생각이 되면 주저하지 않고 선택하게 되었다. 비록 해보지 않았던 일일지라도 기회가 주어지면 선 듯 행동하는 나의 모습을 발견하게 된 것이다. 학업을 계속하게 된 것도, 자격증을 취득한 것도 이러한 자신감에서 비롯된 것이다.

주변 사람들로 부터 "60이 넘어서 공부하는데 힘들지 않으세요?"라는 질문을 가끔 받곤 한다. 하지만 자신이 좋아하는 일을 하게 되면 집중력이 높아지고 능률이 오를 뿐만 아니라 지치지도 않는다. 그리고 하나씩 계획한 것들을 이루어 가는 과정에서 느끼는 성취감은 삶을 점점 더 열정적으로 살아갈 수 있는 동기가 된다. 몸으로 부딪히면서 경험을 통한 자각은 뼛속까지 각인이 되어 잊어버리고 싶어도 잊어버릴 수 없는 온전한 앎이 된다. 알고 나면 보이는 세상은 두려운 곳이 아니라 자신이 가진 능력을 시험해 볼 수 있는 놀이터와 같다. 어린아이들처럼 잘 놀다가 세상을 떠날 때가 되면 가족들을 모아놓고 이런 말을 해야하지 않겠는가?

"지구에 와서 잘 놀다간다. 훗날 다시 만나자."

> 우리는 똑같은 강물에 두 번 발을 담글 수 없다.
> 왜냐하면 강물은 계속 흐르기 때문이다.
> • 헤라클리투스 •

• 23 •

흑백과
컬러의 차이

우리 모두는 지금 이 순간에도 많은 생각을 한다. 아직 일어나지도 않은 일을 떠올리기도 하고 이미 지나간 일임에도 다시 불러내서 당시의 느낌을 되살려 내기도 한다. 이러한 생각은 자신을 기쁘게 하기보다는 오히려 불안하고 초조하게 만든다. 생각도 에너지를 필요로 한다. 생각을 많이 하면 그만큼 내가 사용할 수 있는 에너지가 줄어든다는 말이다. 우리의 마음은 무의식적으로 무엇인가를 만들기를 좋아한다. 그래야 자신이 뭔가가 된 듯한 느낌이 들 수 있기 때문이다.

그런데 우리가 정말로 주의해야 할 것은 자신의 마음을 어떻게 쓰고 있는가에 대한 통찰이다. 무의식적인 소망도 소망이고 부정적인 기대도 기대이기 때문이다. 자신이 무슨 생각을 하고 있는지 알아챌 수 있어야 한다. 늘 병에 걸리지 않았으면 좋겠다고 생각하는 사람은 병을 불러들인다. 늘 돈이 없다고 푸념하는 사람은 가난을 끌어들인다. 생각은 그 생각에 맞는 감정을 만들어 내기 때문에 가난을 떠올리면 가난을 느끼게 되고 가난한 사람이 되는 것이다. 우리가 가장 오랫동안, 자주, 많이 생각하는 것을 우리는 주로 체험하게 된다. 그래서 삶은 우리의 생각대로 되어가는 것이다. 그러므로 중요한 사실 하나는 자신이 무슨 생각을 하고 있는지 알아챌 수 있어야 한다는것이다.

살면서 경험하는 감정 중 가장 자주 느끼는 감정이 두려움이다. 사실 이 두려움은 미래에 초점을 맞추고 살기 때문에 생겨나는 것이고, 지금 이 순간에는 아무런 문제가 없으므로 두려움이란 존재하지 않는다. 지금 이 순간에 자신을 관찰할 수 있으면 원하지 않는 것들은 알아채고 그냥 떨쳐내면 된다. 손에 뜨거운 것을 쥐고 있다면 머뭇거리지 말고 그냥 털어버리면 되는 것이다. 우리의 뇌는 지금이 아닌 곳에서 일어나는 어떤 것을 경험하거나 생각하거나 느낄 수 없다. 모든 생각과 감정은 지금 이 순간에 일어나는 것이다. 지금의 상황이 좋지 않아 벗어나고 싶다면 지금 자신이 할 수 있는 한 가지 일에 집중하자. 지금의 나는 결국 그동안 매 순간 내가 생각하고 행동함으로써 만들어져 온 존재이다. 지나간 삶이 아무리 아름답고 행복하게 보여도 지금의 자신보다 위대하지는 않다. 지금 이 순간이 과거 어느 때보다 가장 위대하다. 왜냐하면 우리는 지금까지 살아온 모든 삶을 통해 축적된 지식과 경험의 결정체이기 때문이다.

과거는 이미 지나가 버렸다. 그리고 미래는 아직 오지 않았다. 이 순간만이 나의 삶을 만들게 될 것이다. 에고에게는 현재 이 순간이 존재하지 않는다. 과거와 미래만을 중요하게 여길 뿐이다. 에고는 항상 과거에 집착하고 과거를 살아 있게 하려고 한다. 과거가 없으면 자신이 누구인지를 알 수 없기 때문이다. 에고는 또한 자신을 미래에 투사함으로써 계속적인 생존을 보장받으려 하고 거기에서 어떤 해방이나 만족감을 얻으려고 한다. 과거의 눈을 통해서 세상을 보기 때문에 현재를 제대로 파악할 수가 없다.

이 순간 말고는 어떤 순간도 존재하지 않는다. 어제와 내일은 당신의 상상이 빚어낸 허구이고, 정신이 지어낸 구조물이다. 현대인이 겪는 질병의 가장 큰 원인으로 지목되는 스트레스는 여기 있으면서 거기 있기를 바라기 때문에 생긴다고 한다. 미래를 기대하지 않고 현재에 저항하지 않으면서도 얼마든지 부지런히 움직이고 일하고 뛸 수 있다. 뭔가를 걱정하고 만일 그렇게 되면 어쩌나 하는 생각은 미래 상황을 상상하면서 두려움을 만들어 내는 마음과 동화되어 있는 것이다. 그러한 미래 상황과 맞서 싸울 방법은 없다. 왜냐하면, 그것은 존재하지 않기 때문이다.

우리는 생각과 의식을 혼동하기도 하는데 사실 생각과 의식은 같지 않다. 생각은 의식의 작은 일부분에 불과하다. 생각은 의식 없이 존재할 수 없지만, 의식은 생각이 필요하지 않다. 우리의 생명이 유지되고 있는 것은 생각을 통해서가 아니다. 생각보다 훨씬 위대한 지성이 있기 때문이다. 그렇지 않다면 그 작고 눈에 보이지도 않는 인간의 DNA가 어떻게 600쪽 분량의 책 100권 정도를 채울 수 있는 정보를 담을 수가 있겠는가? 우리는 이러한 우주를 생각으로 다 이해할 수 없다. 우리에게 필요한 것은 이런 위대한 지성이 인간을 통하여 생명현상을 창조하고 있음을 아는 것이다. 생각이 정지되었을 때만 그 본질을 알 수 있다. 지금 이 순간에 충만하고 강렬하게 집중하고 있을 때만이 진정한 존재 상태를 느낄 수 있다.

이 순간을 느끼기 위해서는 생각이 그쳐져야 한다. 외부로 향한 의식을 내면으로 돌려 오감에 따른 생각과 감정에 동요되지 않는 과정을 가리켜 지감止感이라고 한다. 지금 현재라는 시간에, 나의 몸이라는 공간에 의식을 집중하는 것이다. 지감은 신체의 한 부분에 의식을 집중해 에너지를 느낌으로써 다른 부분의 감각과 생각을 끊는 방법이다. 지감을 통하여 자신의 몸에 흐르는 미묘한 에너지를 느끼게 되면 오감을 넘어선 육감이 깨어난다. 육감이 깨어나기 시작하면 삶의 모든 것들이 다르게 보이기 시작한다. 길가에 핀 들꽃의 색깔과 오밀조밀하게 어우러진 꽃잎들이 아름다움과 함께 금방이라도 말을 걸어올 것 같은 살아있는 생명체로 다가온다. 발밑에 개미들이 행여 밟힐까 봐 조심스럽게 걷고 지저귀는 새 소리도 예전과는 달리 선명한 아름다움으로 들린다. 나를 둘러싼 자연과 교감이 시작되는 것이다. 비유하자면 흑백텔레비전을 보다가 컬러텔레비전을 보는 느낌이다. 과거와 같은 시공간을 살지만 그만큼 삶이 풍성해진다.

살아가면서 겪는 다양한 어려움은 바다의 표면에서 일어나는 거친 풍랑처럼 우리를 혼란스럽게 한다. 그러나 심해로 들어가면 표면보다 더 고요하고 명료한 것처럼 마음이 차분하게 가라앉게 되면 해결책도 더 잘 보인다. 세상일은 우리가 바라는 대로 일어나지 않는 것처럼 보인다. 하지만 우리의 영혼은 이 순간 자신이 해야 할 최선을 선택한다고 한다. 다만 우리의 의식이 아직 영혼을 느낄 수 있는 수준에 이르지 못했기 때문에 눈치를 채지 못할 뿐이다. 우리는 모두 목적이 있어서 지구에 왔다. 자신이 못다 한 공부를 위해 온 것이다. 그러니 부딪히는 모든 것들이 공부라고 생각하자. 학점을 이수하지 못하면 졸업을 못 하는 것과 같이 우리도 우리가 목적한 바를 이루지 못하면 근원 자리로 돌아갈 수가 없다.

가장 잘 사는 방법은 이 순간을 사는 것이다. 이 모든 일이 나에게 일어나는 데에는 영혼의 의도가 있음을 알자. 그리고 수용하고 근원에 내맡기며 이 순간을 살자. 이 시간 말고는 어떤 시간도 존재하지 않으며, 이 순간 말고는 어떤 순간도 존재하지 않는다. 존재하는 것은 지금뿐이다. 어제와 내일은 상상이 빚어낸 허구이다. 지금 이 순간이 존재하는 모든 것이라는 것을 깨달을 때, 우리는 매 순간 영혼이 자신의 성장을 위해 이전에는 결코 하지 않았던 새로운 경험을 받아들이며 살아갈 수 있을 것이다. 하루에 한 번만 살자.

예수께서는 "나의 뜻대로 마옵시고 아버지 뜻대로 하소서"라고 하였다. 그러니 결과는 하늘에 맡기고 이 순간을 살자. 이승헌 총장은 우리에게 이렇게 권고했다.

"언제고 돌아갈 곳 영원한 허공이 있으니 두려워하거나 근심하지 말라. 더불어 꾸는 아름다운 꿈, 생명붙이들을 다시 보는 기쁨이 있으니 권태로워하거나 허망해하지도 말라. 존재의 뿌리를 허공에 두고, 가슴에는 찬란한 비전을 품고 영원한 지금을 의연히 살라. 우리에게 주어진 삶이 아무리 불공평하게 생각되더라도 자연의 섭리를 믿고 매 순간 최선을 다해 살아간다면 평화로운 삶을 마감할 수 있을 것이다."

삶을 살아가는 방식에는 오직 두 가지가 있을 뿐이다.
하나는 기적이 없다고 믿는 것이고,
다른 하나는 모든 것이 기적이라고 생각하고 살아가는 것이다.
· 알버트 아인슈타인 ·

· 24 ·

평범함을 위대하게
바꿀 수 있는 비밀

낙수가 바위를 뚫고 시냇물이 모여서 강물을 이룬다. 비록 작
고 힘없는 물방울이지만 수 없는 부딪침으로 단단한 바위를 깨
고, 보잘것없는 개울물이 하나둘 모이면 누구도 거스를 수 없이
힘차게 흐르는 강물이 된다. 물방울이나 개울물은 자신이 바위를
뚫을 수 있을지, 거대한 강물이 될 수 있을지를 고민하지 않는다.
지금은 유명인이 되어 모두의 부러움을 사는 사람들도 사실은 남
모르는 노력을 꾸준히 해 왔고 그런 노력들이 모여서 지금의 그
들을 만든 것이다. 그들은 일시적으로 원하는 것을 자신이 궁극

적으로 원하는 것과 바꾸지 않았기 때문에 목표를 이룰 수 있었다. 한 번 마음먹은 것은 어떠한 어려움이 닥쳐도 기어이 해내고야 말겠다는 확고한 의지를 가진 것이다.

우리의 뇌는 성인 몸무게의 2%에 불과하지만 20%가 넘는 에너지를 사용한다. 그래서 뇌는 효율을 중요시한다. 될 수 있는 대로 적은 에너지를 사용하여 일을 해내기 위해 습관을 만들어 낸다. 반복되는 생각과 행동은 뇌 속에 정보가 이동하는 길을 만들어 다음에는 힘 안 들이고 자동으로 재생이 되는 것이다. 이미 난 길을 따라가는 대신 새로운 길을 개척하려 하면 저항이 따라온다.

영국 런던대 필리파 랠리[23] 교수팀은 사람의 뇌는 충분히 반복돼 시냅스가 형성되지 않은 것에는 저항을 일으키는데, 그 이유는 아직 그 행동을 입력해 놓을 기억세포가 만들어지지 않았기 때문이라고 주장하였다. 그는 또 새로운 행동이 습관화되는 데는 최소 21일이 걸린다고 주장했다. 실제 심리 치유 프로그램을 진행할 때도 한 단계는 3주 단위로 진행된다. 그러나 3주는 뇌에 습관을 각인시키는 단계일 뿐이다. 이 습관을 완전히 몸에 배게 하려면 66일을 더 이어나가야 한다.

2009년 유럽 심리학저널에서는 특정한 행동을 매일 같은 시간에 행동하도록 한 결과, 습관이 몸에 배기까지 걸린 시간은 평균

---

23) Philippa Lally. 영국 런던대학 심리학 교수. 새로운 습관을 만들기 위해서는 66일이 필요하다는 연구로 유명하다(European Journal of Social Psychology, 2009).

12주였다. 새로운 습관을 완전히 자기 것으로 만들려면 총 3개월 정도가 걸린다는 얘기다. 새로운 습관을 만들기 위해서는 시간이 필요한데 우리가 흔히들 얘기하는 '작심삼일'은 이 저항에 항복한 것이다. 변화에는 저항이 따른다. 그러나 이렇게 살아서는 안 되겠다는 위기감과 변화에 대한 간절함만 있다면 누구든지 자신만의 새로운 길을 개척할 수 있을 것이다. 처음에는 "내가 해낼 수 있을까?"하는 의심도 들지만, 꾸준히 하다 보면 어느새 자신이 이미 원하던 모습이 되어 있음을 발견할 수 있을 것이다. 스페인 속담에 "습관은 처음에 거미줄에 지나지 않지만 결국에는 쇠줄이 된다"는 말이 있다.

꿈을 발견하기까지 나의 전반기 50년은 말 그대로 고통의 연속이었다. 가정형편이 어려워 일찌감치 사회에 진출하고자 공업고등학교를 졸업하고 첫 직장에 근무하자 곧 아버지가 돌아가셨다. 졸지에 행상을 하는 세 번째 어머니와 일곱 동생을 둔 가장이 된 것이다. 친동생이 둘, 배다른 동생이 다섯이었다. 당시엔 소실 小室을 두는 경우가 드물었는데 아버지 덕분에 나는 어머니를 세 분이나 모시는 영광(?)을 받았다. 나와 동생 둘을 낳은 어머니가 가정을 돌 볼 수 없는 상황이 되자 재혼을 하셨다. 재혼한 두 번째 어머니로부터 아들, 딸, 둘을 얻으시고 세 번째 어머니로부터 딸만 셋을 더 얻어 모두 8남매가 된 것이다.

삶이란 자신의 의도와는 다르게 풀린다는 걸 여실히 증명해 주는 경우가 나의 아버지의 경우인 것 같다. 집안 어른들의 말씀에 따르면, 아버지는 열혈남아셨다. 할아버지께서 친할머니가 계신데도 불구하고 작은할머니를 맞이한다는 것에 분개하여 새롭게 장만한 안방 가구들을 부숴버리고 강보에 싸인 나와 어머니를 데리고 부산으로 내려오셨다고 한다. 그리고는 인연을 끊고 할아버지가 돌아가셨을 때조차도 고향인 이천에는 그림자도 얼씬 않으셨다. 그랬던 분이 새어머니를 두 분이나 맞이하셨으니 인생은 참 아이러니라 할 수밖에 없다.

물려받은 재산은커녕 가족의 생계까지 책임져야 했으나 나의 부담이 얼마나 컸을까. 더욱이 고향을 떠난 객지 생활은 나에게 외로움을 더해 주었고 고독감을 달래기 위해 서둘러 한 결혼 생활은 순조로울 수가 없었다. 술이 유일한 탈출구였다. 술을 시작하면 완전히 취해서 의식을 잃을 때라야 끝이 났다. 오죽하면 술자리에서 내 옆자리는 모두가 꺼리는 자리가 되었다. 계속 마시라고 권하는 바람에 누구도 앉으려 하지 않았기 때문이다. 과도한 음주로 인해 장출혈까지 일으켰던 내가 이제는 나의 체험을 나누기 위해 책을 쓰고 있는 것이다.

삶의 벼랑 끝에서 발견한 나의 장점이 있다. 바로 "한번 시작하면 끝까지 한다"는 것이다. 한 번 해야겠다고 선택한 것은 어떤 유혹이 있어도 끝까지 해내고야 마는 초지일관하는 자세는 내 안에 잠자고 있던 가능성을 하나씩 깨워내고 있다. 삶의 목적이 인간완성임을 잊지 않기 위해 시작한 절수행은 10년을 넘기고 있지만, 아직 하루도 걸러본 적이 없다. 이제는 습관이 되어 매일 103배 절을 끝내고서야 잠자리에 든다. 절을 하면 그날 하루 동안 일어난 부정적인 기억들이 힐링이 되고 문득 놓치고 있던 중요한 일들이 떠오르기도 한다. 생각이 떠오를 때마다 메모를 하는 습관도 생겼다.

변화하고자 하는 절박한 심정으로 시작한 1000배 절수행으로 인해 엄지발톱이 살을 파고들어 곪기까지 하였으나 절뚝거리면서도 중간에 포기하지 않고 무려 10시간에 걸쳐 1000배를 해내면서 49일을 꾸준히 해보기도 하였다. 물구나무를 서서 50걸음을 걷는 테스트에 도전했을 때에는 거꾸로 서는 두려움을 이겨내고 결국 13개월 만에 성공하였다. 매일 두세 시간씩 거듭되는 훈련으로 인해 손목이 부어올라도 붕대를 감고 연습을 계속했다. 한쪽 발로 바닥을 차고 올라갔다가 무서워서 다시 내려오는 동작을 반복하다 보니 발바닥엔 못이 박혔다.

아무리 연습을 해도 늘지 않아 포기를 할까 하고 망설인 적도 있었고, 키가 작았으면 더 수월할 것 같아 키가 큰 것에 대해 원망도 했었다. 이렇게 생소한 것들을 하나씩 선택하고 행동으로 옮기면서 몸으로 체득한 습관들은 나에게 자신을 믿고 당당하게 앞으로 나아갈 수 있는 커다란 원동력이 되었다. 50대 후반에 시작한 공부에서도 이런 나의 근성은 유감없이 발휘되었고 지금도 목표를 정하면 거침없이 나아가고 있는 힘이 되고 있다.

　사람들은 변화를 바라면서도 또 한편으로는 변화를 두려워한다. 이대로 가면 지금 향하고 있는 곳이 바로 도착점이 될 것을 알고 있지만 변화하지 않아도 될 이유를 찾으면서 위안을 받는다. 건강을 위해 운동을 결심하고, 젊은이들에게 뒤처지지 않으려고 컴퓨터를 배우는 등의 자기계발을 해야겠다고 마음을 먹지만 그 결심은 편안함을 추구하는 본능에 쉽게 굴복하고 예전으로 다시 돌아간다. 이러기를 되풀이 하다 보면 이 나이에 무엇을 하겠느냐거나, 자신이 끈기가 부족하다는 말로 자위하면서 더는 도전조차 하지 않는다. 그러면서 자신이 변하는 대신 가족과 주변 사람들에게 변화를 요구한다. 나의 못난 모습이 타인에게 투사되어 혈기 왕성하던 시절에는 그냥 넘어가던 사소한 일도 이제는 거슬리기 시작하는 것이다.

　나 하나가 변하면 온 우주가 변한다고 한다. 변화는 생각으로 오지 않는다. 몸으로 체험해야 진정한 변화가 시작된다. 건강해지고 싶으면 운동화 끈을 동여매고 매일 집을 나서야 한다. 비가 오나 눈이 오나 변화가 몸으로 느껴질 때까지 해야 자신에 대해 믿음이 생긴다.

　이승헌 총장은 젊은 시절 대학 입학시험에 낙방하고 무력감에서 벗어나기 위해 새벽이면 비가와도 꾸준히 1시간씩 달리기를

100일간 하고 나서야 자신감이 생겼다고 한다. 몸은 우리가 원하는 것을 이룰 수 있는 도구이기도 하다. 잘 먹이고 쉬게 해 주는 것도 중요하지만 우리의 꿈을 위해 몸을 활용하자. 어차피 때가 되면 몸은 자연으로 반납해야만 할 테니까.

책을 써야겠다고 마음을 먹고 4시에 일어나기 시작한 게 벌써 반 년 넘게 계속되고 있다. 하루도 빠짐없이 정시면 일어나서 책을 쓴다. 이렇게 내 안에는 한 번 결심하면 끝까지 해내는 끈기와 저력이 있음을 발견한 것이다. 꿈을 이루는 그 자체도 성취감을 가져다주지만, 그 꿈을 향해 나아가는 과정에서 주어지는 만족감이야말로 나에게 멈추지 않고 나아갈 수 있는 동기를 제공한다. 내 안에 잠자고 있던 힘을 발견함으로써 삶은 더는 외롭거나 두려운 것이 아니라 얼마든지 멋진 경험이 될 수가 있음을 스스로 증명해 나가고 있는 것이다.

인간이면 누구에게나 지구에 온 소명이 있다고 한다. 모든 사람은 소명을 갖고 태어나는데 우리가 해야 할 일은 소명이 무엇인지 알아내고 거기에 매달리는 것이다. 소명은 직업 이상의 의미가 있는 것이며 삶의 의미이기도 하다. 나는 소명을 찾았다. 민족과 인류를 위하는 길이 나의 소명임을 알게 된 것이다. 영혼의 고향을 떠나온 이후 일만여 년을 떠돌다 이제야 내가 무엇을 하려고 지구에 왔었는지를 깨닫게 되었다.

비유를 말하자면, 심부름을 하러 집을 나설 때 어머니로부터

한 눈 팔지 말고 곧장 집으로 돌아오라는 당부를 들었지만 봄날 길가에 핀 꽃들과 날아다니는 나비를 살펴 보느라 까마득하게 잊어버린 것이다. 이제야 오랜 잠에서 깨어났다. 몸을 통해 한계 너머에 있는 소명을 발견함으로써 나는 스스로에게 설득 당한다. 소명이 있는 사람에게는 삶은 고통이 아니라 행복한 여정이다. 매 순간 자신이 옳은 방향으로 변화하고 있음을 알기에 즐겁게 갈 수 있다. 지금 내가 하는 이 일을 앞으로 일 년, 십 년 그리고 삼십 년을 한다면 그것은 이미 평범할 수 없는 위대한 일이 될 것이기 때문이다.

100세를 바라보는 나이에도 뇌교육에 관한 글을 써서 책을 내고 강연을 하고 다닌다면 정말 멋지지 않겠는가?

> 진정으로 산다는 것은 자신의 강점과 약점 모두를 아는 것이다.
> • 맥스웰 말츠[24] •

• 25 •

HSP 12단:
물구나무서서 50보 걷기

스승께서 제자들의 건강을 위해 새로운 체력단련법을 내려 주셨는데 다름 아닌 물구나무를 서서 걷는 것이었다. HSP(Health, Smile, Peace) 12단이라는 이 수련법은 1단으로부터 12단까지 12단계가 있는데 매달 한 단계씩 승단시험을 치른다. 남자는 50걸음을 걸어야 하고 여성은 36걸음을 거꾸로 서서 걸어야 HSP 12단

---

24) Maxwell Maltz(1889~1975) 미국 성형외과의사. 성형수술 환자들을 대상으로 얼굴이 바뀌면 삶이 변화한다는 연구 결과를 발표했다. 저서로는 《정신 두뇌학》《새로운 미래-새로운 얼굴》등이 있다.

을 통과하게 되는 것이다. 통과를 못 하면 더는 제자가 아니라고 할 정도로 모두가 참여해야 하는 수행이었다.

물구나무를 서서 걷다니! 도저히 해낼 것 같지 않았으나 피할 방법이 없어 매달 한 단계씩 연습해서 통과해 나아갔다. 우리의 뇌는 위험하다고 판단되면 안전을 확보하기 위해 두려움이라는 감정을 일으킨다. 생전 해보지 않은 물구나무서기는 그야말로 위험한 동작 그 자체였다. 옆에서 도와주던 동료가 조금만 더 발을 넘겨보라고 수차례 얘길 하지만 간발의 차이로 인해 다시 원위치로 돌아오곤 해서 앞으로 나아가는 건 불가능해 보였다. 특히 연습하다가 두어 번 바닥에 자빠지고 나니 내장까지 충격이 전해져와 다시 도전할 엄두가 나지 않았다. 매일 저녁에는 홀로 2~3시간씩 연습을 했다. 6개월을 그렇게 하고 나니 양쪽 손목은 부어올랐고 수 없이 바닥을 차고 올라서는 바람에 발바닥에는 굳은살과 못이 박일 정도였다.

드디어 결전의 날이 다가왔다. 매달 한 단계씩 통과하고 이번이 꼭 1년이 되는 12번째 테스트여서 오늘 12단을 통과하게 되면 1년의 대장정이 마무리되는 것이었다. 모두 지켜보는 가운데 내 차례가 왔다. 첫 번째 시도에는 십여 걸음, 다시 두 번째 도전해서 걷는 데 옆에서 숫자를 세어주는데 내가 그걸 '쉰'이라고 착각해서 그만 내려오고 말았다. 오늘 이 순간을 위해서 꼬박 반 년을 연습했는데 막상 실패하고 나니 허탈감에 온 몸의 기운이 쭉 빠져 버렸다. 아쉽긴 하지만 하는 수 없이 다음 달에 도전하기로 하고 한 달을 더 연습하게 되었다.

13개월째 테스트하는 날은 비장함마저 들 정도였다. 몇 차례 시도했음에도 50걸음을 채우지 못하고 내려오기를 반복했다. 지켜보던 동료들도 오늘은 어렵겠다고 생각하던 차에 누군가 마지막으로 한 번만 더 해보라고 용기를 북돋워 주었다. 마지막으로 한 번만 더 해 보자고 다짐하고는 양 손바닥을 장판 위에 가지런히 하고는 심호흡을 한 후 허공으로 발을 차올렸다. 한 걸음, 두 걸음, 50걸음을 다 걷는데 어찌 그리 멀게만 느껴지는지…. 아무튼 50걸음을 무사히 걸었다. 주변에서 지켜보던 동료들의 감동 어린 축하를 받으면 13개월의 긴 훈련이 끝났다는 안도감과 함께 드디어 12단을 통과했다는 뿌듯함에 나도 몰래 미소가 지어졌다.

그 날 퇴근해서 샤워를 한 후 잠자리에 누었는데 그제야 두 다리가 쭉 퍼지며 기분 좋은 평화로움이 밀려왔다. 그러니까 그동안은 잠자리에 누었어도 목표를 이루어야 한다는 생각 때문에 몸이 계속 긴장 상태에 있었던 것이다.

근 반년을 하루 2~3시간씩 혼자서 하는 훈련은 자신과의 처절한 싸움이었다. 손목이 부으면 붕대를 하고, 수 없이 바닥을 차고 오르는 동작으로 인해 발바닥에는 못이 박혔으며 10여 걸음을 걷기 시작해서는 두려움을 이겨내려고 일부러 비닐장판보다는 대리석 위에서 연습했다. 너무나 어렵게 통과한 12단의 경험으로 인해 다른 사람들이 힘들어하는 모습을 보면 도와주게 되었다. 1년 동안 저녁이면 교육장을 지키면서 훈련하려고 오는 사범들에게 조언도 해주고 다리를 붙잡아도 주며 직접 시범도 보이는 등 아낌없는 도움을 주었다. 때로는 지역별로 출장을 다니면서 지도를 하였고 온라인으로도 격려를 아끼지 않았다. 그러한 노력 덕분에 이듬해에는 HSP 12단 양성에 기여한 공로로 훈장까지 받은 것이다.

물구나무서서 걷는 동작은 팔 힘만으로는 되지 않는다. 허리와 하체의 힘이 뒷받침되어야 하고, 무엇보다도 우리의 생명을 보호하기 위한 본능적인 두려움을 넘어서야 한다. 두려움은 생명을 지켜주는 파수꾼의 역할을 하는 긍정적인 측면이 있지만, 남들 앞에 섰을 때 느껴지는 무대 공포증이나 자신이 해 본 적이 없는 새로운 일에 도전할 때 일어나는 망설임과 같은 부정적인 감정을 일으키기도 한다. HSP 12단은 나에게 하면 된다는 자신감과 함께 내가 원하는 것이면 무엇이든 선택할 수 있는 용기를 갖게 해 주었다.

그리고 나에게 어려울 때마다 힘이 되어준 또 다른 것은 새벽 등산이다. 일기장을 뒤적거려 찾아낸 날짜가 2009년 2월 6일이다. 벌써 10년이란 세월이 흘렀다니 내 눈을 의심하게 된다. 산을 좋아한다는 직장 동료와 매일 새벽 뒷산을 오르자고 약속을 하고는 아직 어둠이 가시지 않은 새벽을 손전등으로 헤쳐 가며 산행을 시작한 날이다. 추구하는 이상과 어찌할 수 없는 현실과의 거리감으로 인해 무력감을 느껴왔던 나에게는 같은 취미를 가진 동료와 등산을 한다는 것이 그 당시에는 탈출구처럼 느껴져서 마음에 위안이 되었다.

첫날 다녀오니 몸과 마음이 가벼워지고 자신의 약속을 지켰다는 뿌듯함으로 종일 활기차고 즐겁기까지 하였다. 다음 날은 일어나는 것이 피곤하였으나 늦으면 서로 모닝콜을 주고받으며 꾸준히 산에 올랐다. 한 달이 지나자 이젠 등산을 안 하면 오히려 몸이 무겁고 피곤해서 부자연스러워지기까지 하였다.

2년쯤 지났을 즈음, 그날도 여느 날과 다름없이 산을 오르고 있는데 갑자기 이런 생각이 떠오르는 것이었다.

"무엇을 하는 것이 중요한 게 아니라 어떤 마음으로 하느냐가 중요한 것이다."

분명 나의 내면에서 들린 소리이긴 한 데 그 생각이 떠오르자마자 가슴 한구석에서 나를 괴롭히던 답답함이 한순간에 빠져나가며 현실에 대한 통찰이 생기는 것이었다.

"그렇구나! 내가 비록 나사를 하나 조일지라도 정성을 다한다면 내 영혼이 느껴질 것이고, 일상에서 영혼을 느끼며 사는 삶이야말로 영적 성장에 이르는 지름길이구나."

그동안 주어진 업무를 성실히 하면서 수행도 게을리 하지 않아 주변으로부터도 인정을 받고 있었지만 내 머릿속을 떠나지 않던 고민이 있었다. 내가 수행을 하는 이유는 민족과 인류를 위해 살아야 한다는 가슴의 울림 때문이었는데 여전히 하는 일은 전기 기술자의 역할을 벗어나지 못하고 있음에 대한 자괴감 때문에 괴로웠었다. 생각 같아선 세상을 향해 이 민족의 웅대한 철학을 마음껏 외치고 다니고 싶었으나 환경이 여의치 않음에 대한 나름의 불만이었다. 나를 괴롭히던 문제에 대한 답을 찾게 되자 비로소 안도감이 들며 일상에 평화가 찾아왔다.

그런 후에도 새벽 등산은 계속되었다. 매번 느끼는 것이지만 산을 다녀오고 나면 온종일 기분이 좋고 무엇이든 하고자 하는 열정이 생기는 바람에 하루라도 빠지는 날은 몸이 무겁고 기운도 침체되어 눈이 오거나 유난히 추운 겨울에도 꾸준히 등산을 하게 되었다.

산행을 시작한 동료중 한 명은 그때의 인연으로 말미암아 지금은 수양딸이 되었고 같은 비전을 가진 동지로서 친딸 보다 더욱 가까운 사이가 되었다. 산행이 계속되던 어느 날, 내가 찰떡같이 믿고 있던 지인에 대한 음해성 얘기를 다른 사람의 입을 통해 듣게 되었다. 평소 지인에 대한 나의 신뢰가 깊었으나 헐뜯는 얘기를 들은 직후부터는 분별이 생기는 것이었다. 그 날도 여느 날과 같이 등산을 하는데, 이런 소리가 들렸다.

"네가 영적 성장을 원하거든 성장에 도움이 되는 정보만 선택해라."

그렇구나! 이제껏 나는 나에게 별반 도움이 되지 않는 정보를 붙들고는 힘들어 하지 않았던가. 그냥 흘러가게 놔두면 될 것을 괜스레 붙잡고는 힘들어하는 자신을 보는 순간, 어느새 불편했던 감정은 사라져 버리고 지인에 대한 나의 감정은 예전과 다름없는 온전한 상태로 복원되었다.

이렇듯 새벽 등산은 내가 어려울 때마다 도움을 주었다. 지금도 계속하고 있는 산행은 이제는 나의 일과가 되었다. 새벽에 일어나니 시간을 유용하게 사용할 수 있고 건강을 유지해 주며 정상에서 큰소리로 비전을 외치고 나면 목표에 대한 열정이 살아나고 발성 훈련이 되어 강의에도 도움이 되고 있다. 그리고 풀리지 않는 고민이 있으면 해답까지 제공하는 새벽 등산이야말로 나를 살리는 동력이 되고 있다.

한 번 시작하면 끝까지 해내고야 마는 나의 고집스러움은 내가 발견한 내 인생 최고의 보물이다.

120회
생일을 위하여

우리는 태어난 날을 기리기 위해 생일을 기억한다. 그리곤 매
년 그날이 오면 케이크를 자르고 외식을 하며 선물을 주고 받는
일로 생일을 기념한다. 사춘기에는 나이를 빨리 먹어 하루속히
어른이 되었으면 하고 기다린다. 어른이 되면 무엇이든지 하고
싶은대로 할 수 있을 것만 같아서이다. 어쩌다 나처럼 사회에 일
찍 진출하게 되면 일부러 자신의 나이를 실제 보다 몇 살 더 얹어
말하곤 하기도 한다. 어른이 되고 나면 한동안 나이에 대한 관심
이 줄어들다가 중년으로 접어들게 되면 하나둘 늘어나는 흰 머리

카락, 잔주름과 은퇴에 따른 부담감으로 나이를 먹는 것이 그다지 반겨지지 않는다. 중년에 접어들면서 변화가 눈에 띄기 시작한다. 피부는 탄력을 잃고 주름이 늘기 시작하면서 검버섯도 생긴다. 시력도 예전 같지 않으며 가끔 물건을 어디에다 두었는지 기억이 잘 나지 않는다.

이런 자신의 모습에서 세월의 흔적을 발견하곤 "아! 이젠 늙어 가는구나"라고 생각한다. 자신이 늙어 가고 있음을 눈치 챈 우리는 매일 거울을 볼 때마다 점차 늙어간다고 생각하고, 물건을 두고 어디에다 두었는지 깜박 잊을 때마다 또 늙는다고 생각한다. 오랜만에 만난 친구의 모습을 보며 늙는다고 생각하고 아는 사람들이 하나둘씩 세상을 떠나는 모습을 보며 늙는다는 생각을 한다. 이렇게 자신이 늙어 간다는 사실을 시시때때로, 그리고 기회가 있을 때 마다 자신에게 잊지 않도록 각인시키는 데 늙지 않을 도리가 있겠는가!

노화에 대한 우리의 생각을 바꿀 수 있을 만한 과학적 연구결과가 속속 발표되고 있다. 그동안 우리는 나이가 먹으면 뇌도 같이 늙는다고 알고 있었다. 그러나 새로운 연구결과에 따르면 우리의 뇌는 매일 10만여 개의 세포가 죽어 가지만 주변 환경으로부터 여러 가지 자극을 받으면 빠른 속도로 신경망을 재구성한다는 것이다. 이러한 기능을 신경가소성이라고 부르는데 뇌세포는 평생 새롭게 생성되며 사용하지 않으면 사라진다는 것이 신경과학계의 정설이다.

뇌졸중으로 좌뇌가 마비되는 질환으로부터 회복된 뇌과학자 질 테일러 박사는 자신의 경험을 통하여, 우리 인간의 뇌는 외부 자극을 기반으로 세포의 연결 구조를 바꾸는 탁월한 능력이 있는데 이런 뇌의 가소성이 잃어버린 기능을 되찾게 하는 기본적인 힘이 된다고 하였다. 오히려 나이가 들면서 뇌 기능이 떨어진다고 느끼는 이유는 뇌보다는 정신이 노화했기 때문이다. 정신의 노화란 탐구심과 호기심을 잃어 더는 새로운 정보에 관심을 두지 않고, 오래된 습관들 속에만 머물려고 하는 것이다.

실제로 우리 몸을 구성하고 있는 세포보다 더 작은 전자 차원에서는 관찰자의 의도에 따라 전자가 파장으로 또는 물질로 변화된다고 하니 우리가 시간의 흐름을 어떻게 해석하고 받아들이느냐에 따라 신체에 영향을 미치게 될 것이다. 양자물리학자인 프레드 앨런 울프 박사는 에너지로 가득한 우주 공간을 신의 마음이라고 하면서 우주를 구성하는 입자인 전자는 관찰자가 어떤 의도를 품고 바라보느냐에 따라 입자가 되기도 하고, 파동이 되기도 하여 신이 부리는 요술이라고 하였다. 눈앞의 현실을 창조하는 수많은 길 중 어느 한 길을 선택하게 되면 그 길을 따라 현실이 창조되는 것이며, 그때 배제된 나머지 길에 놓인 현상은 현실이 아니라는 것이다.

나의 경우에도 점차 명상이 깊어지면서 내 안에 있던 상처들이 하나씩 치유되어 갔다. 외로움, 두려움, 불안, 피해의식 등등, 그 동안 무던히도 나를 괴롭혔던 것들이 하나씩 떨어져 나갔다. 마음이 가벼워지니 몸도 점차 가벼워져서 걸음까지도 경쾌해졌다. 언제든지 나를 둘러싸고 있는 기운을 느낄 수 있어 이 우주에 절대적인 힘이 있음을 직감적으로 느끼게 되었다.

집중할수록 커지는 기운으로 인해 내가 우주로부터 한없는 사랑을 받고 있음에 감사하게 되었고, 그 사랑에 보답하는 것이 내 삶의 목적임을 깨닫기 시작했다. 일상에서 오는 부딪힘은 곧바로 에너지의 불균형을 초래하고 불편한 느낌으로 다가오기 때문에 자신의 감정 상태를 바라보고 조절할 수 있는 힘이 커졌다. 이런 기분 좋은 변화들은 삶에 활력을 불어넣어 주고 60이 넘은 나이지만 나 스스로가 40대인 것처럼 느껴지니 주위에서도 모두 나를 부러워한다.

노스캐롤라이나주립대학교 토머스 헤스[25] 박사팀은 60~82세 노인들을 대상으로 기억력 테스트를 했다. 자신의 나이와 기억력을 부정적으로 생각하는 사람들과 그렇지 않은 사람들의 점수를 비교한 결과, 부정적인 태도를 가진 사람들의 테스트 결과가 낮게 나왔다. 즉, "나는 나이가 들어서 기억력이 좋지 않다"거나 "내가 노인이기 때문에 기억력이 나쁠 것이고 이 때문에 사람들이

---

25) Thomas M. Hess 노스캐롤라이나주립대학교 심리학교수. Adult Development Project를 수행하고 있으며 저서로는 《Aging and Cognition》《Social cognition and aging》이 있다.

나를 무시한다"와 같은 부정적인 생각이 실제로 기억력을 나쁘게 만든다는 것이다. 현대과학이 밝혀낸 가설들이 모두 사실임이 입증된 것이다. 이렇듯 "생각이 현실을 창조한다"는 연구결과는 우리가 신뢰해도 좋을만한 참 진리이다.

수동적으로 노화를 현실로써 받아들이는 대신 적극적으로 자신의 의지를 통해 젊은이들 못지않게 노후를 멋지게 살고 있거나 과거에 그렇게 살았던 사람들의 예를 찾아보자면 끝이 없을 정도이다.

프랑스 사이클 선수로 105세에 세계기록을 경신한 로베르 마르샹의 예가 그렇다. 그가 본격적으로 사이클링을 시작한 것은 67세였다. 그리고 38년 뒤 2017년 1월에는 한 시간에 22킬로미터를 완주하여 세계기록을 갱신하였다. 2년에 걸쳐 그의 최대 산소 흡입량, 심박 수, 심장과 폐의 건강 정도를 측정한 결과, 그는 자신의 나이보다 무려 55세나 젊은 50세의 유산소 능력을 가진 것으로 밝혀졌다. 더욱 놀라운 점은 최대산소 흡입량이 지난 2년간 13%가 증가했다는 사실이다.

미켈란젤로는 80세가 넘어 최고 작품을 만들었으며, 괴테도 80세가 넘어 《파우스트》를 썼다. 에디슨은 90세가 넘어서도 연구를 계속했으며, 피카소는 75세 이후에 미술계를 재패했다. 프랭크 로이드 라이트는 90세가 넘어서도 여전히 창조적인 건축가로 지목받았으며, 버나드 쇼는 90세에도 희곡을 창작하는 데 여념이 없었다고 한다. 그러니 나이가 들었다고 자신을 스스로 포기하지 말자. 지금 시작해도 늦지 않았다.

여기에 온라인에 올라와 많은 사람들에게 알려진 어느 95세 노인의 수기를 소개하고자 한다.

나는 젊었을 때
정말 열심히 일했습니다.
그 결과
나는 실력을 인정받았고 존경을 받았습니다.
그 덕에 65세 때 당당히 은퇴를 할 수 있었죠.

그런 지금 95번째 생일에
얼마나 후회의 눈물을 흘렸는지 모릅니다.
내 65년의 생애는 자랑스럽고 떳떳했지만
이후 30년의 삶은 부끄럽고 후회되고 비통한 삶이었습니다.

나는 퇴직 후 이제 다 살았다. 남은 인생은 그냥 덤이다
그런 생각으로 그저 고통 없이 죽기만을 기다렸습니다.
덧없고 희망이 없는 삶… 그런 삶을 무려 30년이나 살았습니다.
30년의 시간은 지금 내 나이 95세로 보면…
3분의 1에 해당하는 기나긴 시간입니다.

만일 내가 퇴직을 할 때 앞으로 30년을 더 살 수 있다고 생각했다면
난 정말 그렇게 살지는 않았을 것입니다
그때 나 스스로가 늙었다고, 뭔가를 시작하기엔 늦었다고
생각했던 것이 큰 잘못이었습니다

나는 지금 95세지만 정신이 또렷합니다.
앞으로 10년, 20년을 더 살지 모릅니다.
이제 나는
하고 싶었던 어학공부를 시작하려 합니다.
그 이유는 단 한 가지…

10년 후 맞이하게 될 105번째 생일날!
95세 때 왜 아무것도 시작하지 않았는지
후회하지 않기 위해서입니다.

바로 호서대학교 설립자이신 강석규 선생님이 남긴 글이다. 이 글을 남기신 선생님은 영어공부를 하시다가 2015년 9월에 103세로 돌아가셨다.

100세 시대를 넘어 120세 시대를 사는 우리는 어쩌면 살아온 날보다 앞으로 살아야 할 날이 더 많을 수도 있다. 무엇을 선택하고 이룰 수 있는 충분한 시간이 있다는 것이다. 그러니 자신이 늙

었다는 생각과 그로 인해 새로운 일을 시작하기에는 늦었다는 생각에서 벗어나야 한다. 요즘은 나이를 더 먹었다고 대접받는 시대도 아니지 않은가? 체력이 떨어진다고 느껴지면 운동을 하고 잘 잊는다면 메모 습관을 들이면 된다. TV 시청 대신 책을 읽고 작은 일일지라도 새로운 무언가에 도전하는 변화는 자신을 기분 좋게 만들어 젊게 살 수 있는 동기를 부여하게 될 것이다.

> 만일 신께서 양들을 좋은 곳으로 인도하신다면
> 인간에게도 그렇게 하시겠지.
> **· 파울로 코엘료 ·**

· 27 ·

주인으로 살 것인가,
노예로 살 것인가?

용산역에 약속이 있어 사무실을 나섰다. 낯선 사람을 만나는 일은 한편으로는 궁금증을 자아내어 흥분이 되기도 하지만, 상대방을 모르기 때문에 생기는 불안감이 공존한다. 밤새 내리던 비가 멈추고 뺨을 스치는 바람결에는 비 냄새가 묻어나는 상쾌한 아침이었다.

승강장에서 기차를 기다리는데 마침 도착한 기차는 KTX다. 나는 무궁화를 예약했는데 KTX라니? 주변을 두리번거리다가 승무원을 발견하고 용인행 무궁화는 어디서 타느냐고 물었더니 거친 말투로 자신을 따라오라며 맞은편 승강장으로 안내를 한다. 하마터면 엉뚱한 승강장에서 기다리다 정작 기차를 놓칠 뻔하였다.

기차에 올라타서 자리를 찾는데 외국인이 승차권을 보여주며 이 기차가 맞느냐고 물어본다. 그렇다고 하고는 내 자리에 앉아 가지고 있던 책을 꺼내 읽는데 글자가 눈에 들어오질 않는다. 창밖과 스마트폰을 번갈아 보는 둥 마는 둥 하다가 시계를 보니 도착시각이 거의 다 되었다. 스피커를 통해 이제 곧 열차의 목적지인 용산역에 도착한다는 안내 방송이 들려왔다.

약속 시각이 남아 천천히 걸음을 떼고는 4층을 찾는데 아무리 두리번거려보아도 4층은 없다. 어찌 된 일인가 하고 안내 부스에 가서 "용산역 4층에서 만나기로 약속을 했는데 어디로 가야 하나요?"하고 물었더니 "여기는 영등포역인데요"라고 하는 게 아닌가. 순간 어이가 없었다. 분명 용산역이라고 내렸는데 영등포역이라니?

처음 낯선 사람과의 약속에 늦을 것을 생각하니 마음이 급해졌다. 뛰다시피 용산행 전철 승강장을 찾아갔다. 안내 전광판에는 용산행 전차가 구로에서 대기하고 있다고 나온다. 시간은 흐르는데 나의 조바심은 아랑곳하지 않고 여전히 꼼짝을 않는다. 난생처음 겪는 일에 황당함이 더해져 도대체 무엇이 잘못된 것인지 자신에게 반문해 본다. 분명히 용산이라는 안내 방송을 들은 것 같은데. 그리고 나에게 이 기차가 맞느냐고 물어보던 외국인도 같이 내리려고 출입구에 있었는데 어찌 된 일인지 마치 도깨비에게 홀린 것만 같은 느낌이었다.

　약속 시각에 좀 늦었지만, 아무튼 만나서 일을 보고 사무실로 들어오는 길이었다. 날씨는 잔뜩 흐리고 운전을 하는데 웬일인지 편안하지가 않다. 시야가 어둡고 명확하게 보이지 않으며 실제 사물과의 거리보다 훨씬 멀어 보인다. 속으로 "웬일이지?, 열차 안에서 스마트폰을 보았더니 눈의 초점이 안 맞는가?"하는 생각이 들었다.

　사무실 입구에 세워진 출입용 차단기를 막 통과하여 좌측으로 핸들을 꺾는데 갑자기 부지직하는 소리와 함께 충격이 느껴져 차를 멈췄다. 아뿔싸! 나오려는 차가 내 차를 들이받은 것이다! 그때는 내가 피해자라는 생각이었다. 왜냐하면, 상대편 차를 내가 보지 못했기 때문이다. 차 밖으로 나오려니 문이 열리지 않는다. 조수석 쪽으로 나와 보니 운전석부터 뒷좌석까지 옆이 흉물스럽게 긁히면서 보호대까지 떨어져 나갔다. 산 지 2년밖에 안 된 차가 망가진 모습을 보며 드디어 일어날 일이 일어났다는 생각이 들었다.

　보험처리야 하지만 멀쩡한 새 차를 이렇게 망가뜨렸다는 생각에 슬그머니 화도 나고 좀 더 조심했어야지 하는 후회도 일었지만, 한편으로는 더 큰 사고를 당하지 않아 다행이라고 위로를 했다. 그런데 보험을 처리하는 과정에서 알게 된 사실은 내가 가해

자라는 것이었다. 상대방 차는 정지해있었고 내가 들이받은 것이다. 상대방에게 물어보지도 않고 쌍방과실로 판단하고 보험사에 각자 처리하기로 했다고 통보를 했는데 다음 날 내가 가해자라는 것이 밝혀지고 나서 느끼는 낭패감이란, 정말 황당하기 짝이 없었다. 내 차는 물론이고 상대방 차량에 대한 수리비, 자기 부담금, 그리고 보험료 할증까지 더해졌다.

씁쓸한 마음에 곰곰이 생각해 보니 이번 일은 나의 의식상태를 점검해 볼 기회가 되었다. 좋은 책을 읽고 감명을 받아 만나는 사람들에게 앵무새처럼 그 말을 되뇌긴 하지만 막상 어려움이 닥치면 언제 그랬느냐는 듯이 평정을 잃는 경우가 있으니 말이다.

얼마 전 읽었던 《호오포노포노의 비밀》에는 이런 말이 있다.

"내 인생의 모든 것은 내 인생 안에 있기 때문에 내 인생은 전적으로 나의 책임이다. 내 인생을 전적으로 책임진다는 것은 보고 듣고 맛보고 만지고 경험하는 모든 것이 내 책임이라는 말이다."

예를 들면, 나는 교통법규를 지키며 운전을 하고 있는데 누군가 교통신호를 어기고 내 차를 들이받는 사고를 일으켰다고 하더라도, 사고현장에 내가 있었다는 것은 전적으로 나의 책임이라는 말이다.

우리가 하는 불평을 살펴보면 대부분 이미 자신이 가진 것에 대한 것이다. 배우자, 자식, 직장 상사 등, 우리는 주변 환경으로부터 못마땅한 것들을 애써 찾아내곤 그것들에 낙인을 찍고 반복적으로 불평을 한다. 배우자가 없어서 외로운 사람, 자식을 갖게 되길 애타게 기다리지만 임신이 안 되는 사람, 직장이 없어 아침에 눈을 뜨면 갈 곳이 없는 사람들이 부지기수 일텐데 말이다. 자신이 이미 가진 것에 대한 불만이 있는 사람에게 이 세상을 다 준들 그 불만이 사그라지겠는가? 오히려 가진 것이 많아질수록 더 많은 불평 거리가 생기지 않을까? 우리 모두가 삶 속에서 일어나는 모든 일이 자신의 책임이라는 주인의식을 가질 때 비로소 인생의 주인으로서의 삶이 시작될 것이다.

뇌는 입력되는 정보에 따라 반응을 달리한다. 생각이 일어날 때 뇌에서는 신경전달물질을 분비하는데 이 신경전달물질에 따라 감정이 다르게 나타나기 때문이다. 그러니 환경의 지배를 받는 노예로 살 것인가, 아니면 인생의 주인으로 살 것인가는 결국 뇌를 어떻게 사용하느냐에 달린 것이다.

그래서 나는 이런 다짐을 했다.

"그래 이만하길 다행이다. 다친 사람도 없고 보험으로 해결할 수 있었으니 얼마나 다행스런 일인가. 앞으로는 핸들을 잡으면 주변을 잘 살피고 안전운전 하자. 인생의 주인으로서 120회 생일을 위하여!"

• 28 •

불 끄고
잘 시간이야

<스며드는 것>

간장이 쏟아지는 옹기그릇 속에서

엄마 꽃게는 가슴에 알들을 품고 어쩔 줄 모릅니다.

어둠 같은 검은 간장에 묻혀 가면서

더 이상 가슴에 품은 알들을 지킬 수 없게 된 엄마 꽃게가

최후로 알들에게 하는 말입니다.

"저녁이야, 불 끄고 잘 시간이야."

앞에서 소개한 시는 안도현 시인의 '스며드는 것'이라는 시다.

이 시를 읽으면 머리가 아닌 가슴으로부터의 느낌이 있다. 그 저 미각을 즐기기 위해 먹었던 꽃게였지만 시인은 그것들도 우리 와 같은 생명이라는 시각에서 바라본 것이다. 이 시를 읽고 나서 부터는 간장게장을 선뜻 입으로 가져가기가 망설여졌다.

최근의 언론보도에 따르면 한국은 전 세계에서 1회용컵 사용 량 1위, 플라스틱 사용량 1위라는 불명예를 기록하였다고 한다. 실례로, 한국인은 비닐봉지를 연간 420개나 사용하는데 반해, 핀 란드인은 단 4개만 사용하는 것으로 조사되었다.

2017년 6월 가디언지는 영국 플리머스대 연구팀의 보고서를 인용해 영국에서 잡힌 해산물의 1/3에서 플라스틱 조각들이 검 출됐다고 전했다. 2016년 총 4,800억의 플라스틱 용기가 판매됨 으로써 영국의 앨런 맥아더 재단은 2050년까지 바다에 물고기보 다 플라스틱 양이 더 많아질 것이라고 경고했다.

바다는 플라스틱으로 몸살을 앓고 있고 하늘 또한 오염이 심각 하여 1년 중 많은 날을 외출할 때 마스크를 써야 할 정도로 악화 되고 있다. 산업이 발달하고 인구가 증가하면서 공장이나 자동차 에서 내 뿜는 가스는 대기를 심하게 오염시키고 있다. 세계보건

---

26) Peter Senge(1947~) 미국 매사추세츠공과대학 교수. 학습조직 이론의 창시자이자 경영혁신 분야의 선구주자로 꼽힌다. 저서로는 《피터 센게의 제5경영》《그린 경영》《학습하는 조직》 등이 있다.

기구는 세계 인구의 92%가 한도를 초과하는 오염된 대기 속에 살고 있다고 한다. 대기오염은 뇌졸중, 심장질환, 폐암 등 여러 가지 질병에 영향을 미치며 이로 인해 지구상의 9명 중 1명이 사망하고 있다고 하였다. 코넬대 생태 농업과학 데이비드 피멘탈 교수 팀은 인구 증가, 영양실조 및 다양한 환경오염이 인간 질병에 미치는 영향에 대한 120개 이상의 논문을 연구한 결과, 전 세계 사망률의 40%는 수질, 공기 그리고 토양 오염으로 인한 것이라고 발표했다.

우리가 딛고 살아가는 이 지구는 이미 되돌릴 수 없을 정도로 망가져 가고 있다. 지구는 인간에게 모든 것을 주고 키워 주었지만, 오히려 인간은 지구를 병들고 죽어가게 만들고 있는 중이다. 지구는 살아있는 생명체다. 나무숲이 지구의 폐이고 석유가 지구의 혈액이다. 지구의 광물들과 보석들 역시 지구의 에너지 체계를 이루는 일부인 것이다. 우리가 지구에 온 목적이 지구를 관리하기 위해서였는데 오히려 지구를 파괴하고 있으니 이 얼마나 어처구니없는 일인가. 우리가 사는 집이 오염되면 그 안에서 살아가는 사람도 건강할 수 없다.

지구온난화의 주범으로 화석연료 의존성이 지적되고 있다. 과다한 육식 문명 또한 지구 환경오염에 큰 책임이 있다는 주장이 설득력을 얻고 있다. 그러나 우리는 육식이 환경과 관계가 있다는 걸 잘 모른다. 햄버거에 필요한 소고기를 얻기 위해 소를 키우고 소를 키우기 위해 목초지를 조성하고 목초지 조성을 위한 산림 훼손으로 인해 지구의 온도가 올라간다는 것이다. 소고기 100g, 햄버거 하나를 만들기 위해 열대우림 1.5평이 목초지로 바뀌며 이로 인해 매년 남한 땅 크기의 산림이 사라진다고 한다. 그리고 우리가 1인분의 고기와 우유를 얻으려면 소에게 22인분의 곡식을 먹여야 하는데 이는 지구에서 생산되는 곡물의 1/3을 소가 먹어 치운다는 뜻이다. 지구상에는 기아로 매년 6천만 명이 죽어간다는 데도 말이다.

먹거리에 대한 경고도 잇따르고 있다. GMO로 알려진 유전자 변형 식품은 이미 우리의 식탁을 점령한 지 오래다. 한국인들에게 GMO의 문제를 일깨우기 위한 책 《한국의 GMO 재앙을 보고 통곡한다》의 저자인 재미교포 오로지 돌세네는 한국이 GMO를 수입하기 시작한 1990년부터 질병 증가율이 세계에서 가장 높은 점은 우연의 일치가 아니라고 한다. 한국은 자폐증 증가율 세계 1위, 대장암 발병률 세계 1위, 암 증가율 세계 1위, 치매 증가율 세계 1위, 선천 기형아 6.92%, 아토피피부염 환자 600만 명, 아동 4명 중 1명이 정서장애를 겪는다고 한다.

이러한 현상에 대해 전 농림부 김성훈 장관은 우리 국민소비자들은 매일 살기 위해 먹는 것이 아니라, 자칫 병들기 위해 먹는 것은 아닌가 하는 생각이 들기도 한다고 했다. 영국의 동물학자 제인 구달은 "우리 인류는 GMO로 인하여 지금 땅을 독살하고,

동물을 독살하고, 우리 자신들을 독살하고 있다"는 주장을 하며 GMO에 대한 경각심을 일깨우고 있다.

프랑스 깡Caen대학 연구팀은 2012년 9월 미국의 저명한 과학 학술지《식품화학독성학》에 GMO 유해성 논문을 발표했다. GMO 옥수수를 200마리 쥐에게 2년 동안 먹였더니 3/4인 150마리에서 종양이 발생하였다고 한다. 이런 부작용이 예상되는 GMO를 888만 톤을 수입하여 우리나라는 세계 1위 수입국이다. GMO 콩과 옥수수로 만든 식용유, 간장, 된장, 고추장, 올리고당, 물엿, 맥주, 빵, 음료, 아이스크림 등은 우리도 모르는 사이 식탁을 점령하고 있다. 이런 우리나라와는 달리 형제의 나라라고 하는 터키는 이미 GMO 식품의 반입을 법으로 금지하고 있어 2012년 터키로 수출했던 국산 라면 13톤이 전량 폐기되기도 하였다.

이처럼 인간의 정신이 과학과 물질의 발달 속도를 못 따라가다 보니 지금처럼 환경도 망가지고 사람도 망가지는 딱한 지경이 되었다. 우리가 서로 분리된 개체라는 믿음이 남이야 어떻게 되든 나만 잘 살면 된다는 이기주의의 인간을 양산한 것이다. 이로 인해 피해는 고스란히 자신에게로 돌아오고 있다.

과거 우리는 어울려 사는 공동체 의식이 강했다. '이웃사촌'이라는 말이 있을 정도로 서로 돕고 의지하며 살았다. 그리고 우리가 사용하는 언어 속에도 그러한 문화가 남아있는데 '우리 엄마', '우리 집사람', '우리 동네' 등이 그러하다. 어릴 적 기억엔 이웃에

경조사가 있으면 마치 나의 일인 양 서로 도왔고, 음식도 서로 나눠 먹는 등 가족 같은 관계를 유지했다. 그러나 산업화로 인해 인구가 도시로 집중되면서 핵가족화되었고 가난에서 벗어나고자 하는 몸부림이 이제는 이웃을 나와 비교하고 경쟁상대로까지 보게 되었다. 정작 가난은 벗어났으나 자신 말고는 모두가 남이라는 생각은 우리를 공동체로부터 분리함으로써 두렵고 불안에 빠지게 만든다. 자신의 생명을 유지하는 데만도 이토록 영웅적인 노력이 요구되는데, 환경을 생각하고 세상을 구할 여력이 어디에 있단 말인가?

환경과 지구를 느끼기 위해서는 감각이 깨어나야 한다. 세상을 변화시키려고 나서기 전에 먼저 자신의 내면을 들여다보고 자신을 변화시켜야만 한다. 그러면 우리는 자신의 신념을 바꿈으로써 실제로 세상을 바꿔놓을 수 있을 것이다. 웨스트민스터 사원에 묻힌 어느 주교는 이런 말을 남겼다고 한다.

"내가 젊고 자유로워서 무한한 상상력을 가졌을 때, 나는 세상을 변화시키겠다는 꿈을 가졌었다. 좀 더 나이가 들고 지혜를 얻었을 때 나는 세상이 변하지 않으리라는 걸 알았다. 그래서 나는 내가 살고 있는 나라를 변화시키겠다고 결심했다. 그러나 그것 역시 불가능한 일이었다. 황혼의 나이가 되었을 때는 마지막 시도로, 가장 가까운 내 가족을 변화시키겠다고 마음을 정했다. 그러나 아무도 달라지지 않았다. 이제 죽음을 맞이하는 자리에서 나는 깨닫는다. 내가 나 자신을 먼저 변화시켰더라면, 그것을 보고 내 가족이 변화되었을 것을. 또한 그것에 용기를 얻어 내 나라를 더 좋은 곳으로 바꿀 수 있었을 것을. 누가 아는가, 그러면 세상까지도 변화되었을지!"

인생에서 진정 원하는 바를 이루지 못했다면, 그 이유는 목표가 너무 원대하거나 자신의 참모습을 발견하지 못했기 때문이다. 지구가 변화하고 있다. 앞으로 더 많은 기상변화로 인해 지진, 해일 등의 자연재해가 급증할 것이라고 한다. 지구가 더는 인간들의 학대를 견뎌낼 수 없으며, 이제는 망가진 자신의 몸으로 인해 계속해서 인류에게 봉사할 수가 없게 되었기 때문이다. 그리고 우리가 기억해야 할 점은 아름다운 별 지구는 인간의 방종으로 사라지기에는 너무나 소중한 우주의 자산이라는 것이다.

지구도 살기 위한 몸부림을 치고 있다. 자연재해가 발생하는 것은 지구 스스로 살기 위한 정화작용이라는 것이다. 지구가 다시 자신을 추스르고 생기를 되찾기 위해서는 인류의 도움이 절실하게 필요하다. 자신의 특정 국가나 인종이나 종교를 넘어서 우리가 모두 지구의 자녀임을 이해하고 지구가 건강을 회복할 수 있도록 돕는 것이 지구 어머니에 대한 보은이 아니겠는가!

나의 스승이신 이승헌 총장은 삶의 의미를 찾기 위해 목숨을 던진 끝에 깨달음을 얻고 처음에는 "모든 의문이 풀리고 고민과 번뇌가 사라질 줄 알았다"고 한다. 그러나 깨달음이 끝이 아니었다. 깨닫고 난 후 하늘은 두 가지 지구의 모습을 보여 주었다. 하나는 완전한 암흑 속에서 모든 생명이 소멸해 버린 죽음의 지구였고, 다른 하나는 인류의 의식이 진화하여 서로의 영혼을 사랑하고 축복하는 아름다운 지구의 모습이었다.

스승은 두 번째를 선택하였다. 당신의 깨달음이 바르다면 그 깨달음은 전달될 것이고 실현될 것이며 인류의 미래를 아름다운 쪽으로 바꾸는 데 도움이 될 것이라고 믿었다. 지난 38년간은 오직 하늘과의 약속을 지키기 위한 걸음이었다. 그러나 세상을 살리겠다는 그 뜻을 이해하는 사람은 많지 않다. 오히려 그 뜻을 왜곡하고 가는 길을 방해하기도 하였다. 모든 것이 시작도 끝도 없는 하나임을 깨달은 사람에게 세상에서 얻을 것이 무엇이 있겠는가? 오직 당신의 깨달음을 실현하는 길뿐일 것이다.

깨달은 스승을 만난 행운으로 인해 나도 깨닫게 되었다. 나의 영혼으로부터 들려온 그 깨달음의 소리를 피할 수 있는 능력은 나에게는 없는 것 같다. 오로지 실천하는 길이 내가 할 수 있는 유일한 길임을 안다. '민족과 인류를 위하여'라는 내면으로부터의 울림은 나의 존재 이유다. 사람들은 늙어감에 따라 건강 걱정, 금전 걱정 등 노후에 대해 걱정을 한다. 당장 내일 아침에 눈이 안 떠질지도 모르는데 아직 오지 않은 미래를 걱정한들 무슨 소용이 있겠는가. 차라리 내일을 위해 오늘을 잘사는 것이 현명할 것이다. 나는 이런 생각으로 자신을 스스로 위로한다.

"하늘이 원하는 대로 살겠다는데 걱정할 게 무엇인가?"

이 세상에 테러를 저지르기 위해 한 줌밖에 안 되는 무리가 무슨 짓을 했는지 보라! 비록 소수의 무리이지만 만일 그런 사람들조차도 이 세상에 평화와 사랑과 기쁨을 가져오는 일에 헌신하고자 한다면, 이 세상이 어떻게 바뀔지 상상이 되지 않는가?

우리가 일상에서 사용하는 종이컵 하나 줄이고 비닐봉지 대신 종이를 사용하는 것부터가 지구를 살리는 일이다. 이 시점에서 세계적인 대문호 궤테의 아래와 같은 경구를 음미해 보는 것도 큰 의미가 있을 것이다.

"모두가 자기 문 앞을 쓸게 한다면 세상이 깨끗해질 것이다."

뇌를 활용하면 운명이 바뀐다

> 그 비밀은 지금까지 존재했고,
> 지금도 존재하며, 앞으로도 존재할 모든 문제의 답이다.
> • 에머슨 •

선택하면
이루어진다

살아가면서 우리는 선택을 한다. 무엇을 먹을 것인지, 어떤 일을 하고 주말에는 누구와 어디를 갈 것인지 선택을 한다. 일상에서 일어나는 사소한 일에서부터 직업과 배우자를 고르는 중요한 일까지 우리는 매 순간 선택을 한다. 그러한 선택들이 모여서 현재 우리의 모습을 만들었다. 때로는 떠밀려서 어쩔 수 없이 하게 된 행동일지라도 결국 내가 선택한 것이다. 막연한 상상과는 달리 명확한 목적과 방향을 지닌 선택 이면에는 보이지 않는 힘이 작용한다.

"선택하면 이루어진다"라는 말 속에는 현대 물리학이 발견해 낸 심오한 원리가 숨겨져 있다. 양자물리학에서는 자신의 눈 앞에 펼쳐지는 많은 길 중에 어느 한 길을 선택하게 되면 그 길을 따라 현실이 창조되는 것이며, 그때 배제된 나머지 길에 놓인 현상은 현실이 아니라고 설명하고 있다. 선택하면 이루어지는 원리는 신경생리학적 연구 결과와도 일치한다. 우리의 뇌는 어떤 정보가 입력되는지에 따라 각기 다른 신체 반응을 나타낸다. 입력된 정보에 따라 그 정보에 상응하는 신경전달물질을 분비하게 되고 그로 인하여 우리의 몸이 반응하는 것이다.

2006년 책과 영화로 발표되어 경이적인 성공을 거둔 《시크릿》의 핵심이 끌어당김의 법칙에 대한 것이었다. 끌어당김의 법칙은 우주는 상품진열장 같은 곳이고, 우리는 그곳으로부터 자신이 원하는 것은 무엇이든 자신에게로 끌어당길 수 있다고 말한다. 우주 공간은 에너지로 가득 차 있으며 시간과 공간, 몸과 마음, 의식과 생각까지도 모두 에너지 상태로 존재한다. 이 에너지는 그물망처럼 촘촘하게 연결되어 있다. 분리된 것처럼 보이는 정신과 물질도 근본적으로는 하나라고 할 수 있다. 에너지는 물질이 정보의 내용대로 조직화하도록, 바꾸어 말하면, 정보가 물질을 통해 자신을 스스로 현실화하도록 해 주는 힘이다.

이러한 원리는 우리 몸에서도 마찬가지이다. DNA에 기록된 유전정보대로 물질을 조직화하는 과정이 필요한데, 이것이 바로 기라고 부르는 생명 에너지의 작용이다. 우리는 누구나 예외없이 몸과 마음이 충분히 이완되고 그러면서도 명료하게 깨어 있을 때, 자신의 몸을 감싸고 있는 에너지장을 느낄 수 있다.

마음心은 에너지氣를 생성하므로 모든 에너지는 마음의 표현이다. 우리 몸속에 에너지가 응축되면 이것은 몸속 생명력의 표현인 피血가 된다. 피는 몸과 물질을 만드는 생명력이다. 이는 돋보기로 햇빛을 모으는 과정에 비유될 수 있다. 돋보기를 이리저리 움직이면 햇빛은 분산된다. 그러나 돋보기를 고정하고 정확히 초점을 맞추어 빛 에너지를 모으면 그 빛은 어느 순간 불을 일으킬 정도로 강해진다.

우리의 생각도 이와 같다. 카메라가 흔들리면 사진이 흐리게 나오듯 분산되고 산만한 생각은 약한 에너지가 되지만, 생각을 한곳에 집중하면 강한 에너지가 된다. 이처럼 물리학, 의학, 신경생리학적 연구결과들이 선택하면 이루어진다는 사실을 뒷받침해 주고 있다.

그렇다면 어떤 선택을 해야 중간에 포기하지 않고 끝까지 집중해서 현실화시킬 수 있을까? 그 비결은 자신의 가슴에서 나오는 소리에 귀를 기울이고 그 내면의 소리를 끌어내는 것이다. 명상으로 생각이 끊어지고 고요해지면 우리의 영혼이 말을 걸기 시작한다. 영혼으로부터 울려 나오는 소리는 가슴 떨림으로 다가오는데 세포 하나하나가 그 소리에 공명하게 되어 한 번 듣게 되면 영원히 잊히지 않는다. 나는 그 소리를 들었다. 분명한 소리였다.

"민족과 인류를 위하여!"

수많은 날을 원인 모를 두려움과 불안 속을 방황한 끝에 드디어 내 삶의 목적을 찾았다. 나를 천 길 낭떠러지로 몰고 가서 곧 죽을 것만 같았던 고통이 오히려 나를 깨워내기 위한 하늘의 선물이었던 것이다.

그 이후 나는 나의 모든 것을 걸고 이 민족의 중심철학을 전하기로 결심하였다. 선조들이 이루고자 했던 홍익인간弘益人間, 이화세계理化世界가 나의 삶의 목적이 되었다. 내가 지금 여기 존재할 수 있는 것은 수많은 고난 속에서 살아남은 조상들이 있었기에 가능한 것이다. 47대 고열가 단군을 끝으로 고조선이 국가 경영을 마친 이후 중심철학을 잃은 우리 민족은 뿔뿔이 흩어졌다. 같은 뿌리임에도 불구하고 개인적인 원한을 갚기 위해 신라는 외세를 끌어들여 백제와 고구려를 멸망시키는 일까지 서슴지 않았다. 병자호란, 임진왜란 또 다시 일제 36년과 6.25 한국전쟁 등등, 얼마나 많은 사람이 죽어갔으며 사라졌는가. 살아남은 자들의 고통 또한 말로 표현하기 어려울 정도였다. 그러나 우리는 온갖 수난 속에서도 살아남았다. 광활한 대륙을 포기하고 한반도로 내려와 그것도 반으로 나뉘면서도 끝까지 살아남은 것이다.

우리가 살아남아 세계에 보란 듯이 경제 대국으로 성장할 수 있었던 것은 무엇보다도 우리의 혈관을 타고 흐르는 선조들의 철학이 있었기 때문이다. 우리의 가슴 속에 잠재하고 있는 한민족이라는 집단 무의식 속에는 홍익철학으로 인류가 하나 되는 세상의 염원이 담겨 있는 것이다. 나는 선조들이 이루지 못한 이 뜻을 온전히 이루는 것을 나의 사명으로 받아들였다. 나를 이 세상에 내보내기 위해 나의 조상들은 갖은 고초를 견디어 냈는데 그런 노고를 모른 척해서야 어찌 양심을 가진 인간이라 할 수 있겠는가!

나를 먹이고 키워준 지구를 위해 한민족의 중심철학을 세상에 널리 알려 이 민족이 인류의 정신지도국으로 우뚝 서는 것이 나의 꿈이요 비전이다. 이렇게 비전을 세우고 나니 매 순간 무엇을 해야 할지 알게 되었다. 그리고 무엇보다 매사를 즐기면서 열정적으로 하게 되니 내가 선택한 것들이 하나씩 현실화되고 있다.

아직도 무엇을 선택할지 망설이는 독자들이 있다면 자신과 대화하는 시간을 가질 것을 권한다. 효과적인 방법 중에는 명상이 있다. 방법에 집착하기보다는 그냥 자연스럽게 혼자만의 조용한 장소와 하루 20분 정도의 시간만 있으면 된다. 명상에 들어가기 전 가벼운 뇌체조로 근육의 긴장을 풀어주면 뇌파를 안정시키는데 도움이 된다. 생각이 떠오르면 그냥 흘러가도록 내버려 두라. 우리가 붙잡지 않는 생각은 곧바로 사라질 것이다. 그러나 너무 조바심은 내지 말자. 그냥 모든 것을 자연에 맡기기만 하면 자연이 알아서 한다. 처음에는 호흡에 집중하고 들이쉬고 내쉬는 숨에 집중하다 보면 저절로 마음이 가라앉고 평화로워진다.

내가 원하는 것을 창조할 수 있는 힘이 내 안에 있다는 사실을 알고 마음을 가라앉히고 조용히 앉아 삶에서 원하는 것이 무엇인가에 대해 자신에게 질문을 해보자. 자신이 가고자 하는 목적지를 확정하지 못한 사람이 어떻게 그곳에 갈 방법을 생각해낼 수 있겠는가. 확실하게 선택하고 그 선택을 용기 있게 행동으로 옮기기 전에는 어떠한 변화도 기대할 수 없다. 우리가 하는 생각이 창조의 열쇠이다. 요즘 세상에는 선택해야 할 것들이 너무 많다고 불평하지만, 문제의 본질은 자신이 진정으로 원하는 것이 무엇인지를 모르는 것일 수도 있다. 자신이 궁극적으로 원하는 것과 일시적으로 원하는 것을 잘 모르기 때문에 대부분의 사람은 성공 대신에 실패를 경험한다.

우리가 뭔가를 "원한다"고 말하는 순간 우주는 "정말 그렇군"이라고 하면서 곧바로 응답하고 그 원하는 것을 체험하도록 해 준다. 선택으로 사는 삶은 인생의 주인으로 사는 삶이다. 우연으로 사는 삶은 환경의 지배를 받는 노예의 삶이다. 인생의 주인으로서의 삶을 원한다면 선택해야 한다. 우리가 선택하는 정보는 그 정보를 현실화하는 새로운 물질 현상들을 불러온다. 사실은 우리가 하는 모든 생각과 모든 행위가 정보의 생산이다. 정보를 생산함으로써 우리는 자기 삶의 조건들을 만들어 내고 있다. 정보를 생산하고 그 정보를 물질화하는 이 모든 과정을 가리켜 창조라고 한다. 그러니 우리는 결국 창조자인 셈이다.

　미래는 우리가 선택할 수 있다. 그리고 우리는 매 순간 선택을 통해 자신의 삶을 창조한다. 자신이 육체로 한정된 존재가 아님을 깨닫고 궁극적인 삶의 목적이 민족과 인류를 위한 삶이 될 때, 올바른 선택을 할 수 있을 것이다. 미래가 매력적인 것은 우리가 그 미래를 스스로 선택할 수 있다는 사실이다. 그렇지만 많은 사람들은 그 가치를 제대로 알지도 못한 채 생을 마감한다. 우리에게 본능적으로 주어진 창조성을 사용해보지도 못하고 지구를 떠나는 사람들이 거의 전부라고 해도 지나친 말이 아니다. 그러므로 우리 모두는 주인의식을 가져야 한다. 내가 우주의 주인이고 내가 삶의 주인이다.

• 30 •

상상할 수 있다면
존재한다

가만히 눈을 감고…
오래된 연못에 개구리가 물속으로 뛰어든다.
가벼운 물소리와 함께 잔물결이 퍼져나가고
햇빛은 반짝이고
물 밑을 자그마한 피라미들이 노닌다.
연꽃 그리고 물위에 떠 있는 연잎들…

이런 상상만으로도 마음이 평화로워지고 즐거워진다. 이렇듯 우리의 뇌는 상상이 현실인 것처럼 반응한다. 우주 속으로 인공위성을 보내고 사람을 닮은 인공지능을 개발해 온 인간의 뇌가 상상과 현실을 구분하지 못하다니!

우리는 단지 스크린에 비치는 영화를 보면서 마치 실제인 것처럼 울고 웃는다. 기쁜 일을 상상하면 뇌에서 세로토닌이라는 신경전달물질을 분비하여 즐거워지고, 기분이 나쁜 일을 상상하면 노르아드레날린을 분비하여 심장 맥박이 빨라지고 혈압이 올라가며 실제로 화가 난다. 상상을 통해 우리는 특정 신체 부위로 들어가는 혈류를 증가시킴으로써 산소와 영양소의 이용도를 늘리고 독소를 실어 나르며 세포에 영양을 공급할 수 있다.

더욱 적극적인 방법으로, 기쁜 상상을 하며 웃게 되면 뇌하수체에서 엔도르핀 등의 자연 진통제가 생성되고, 부신에서 통증과 염증을 낮게 하는 신비한 화학 물질이 나온다. 또한 스트레스 호르몬의 분비량이 줄어들고 심장 박동수가 높아져 혈액 순환이 좋아진다. 3~4분의 웃음으로도 맥박이 배로 증가하고 혈액에 더 많은 산소가 공급된다. 그뿐만 아니라 혈액과 위장, 어깨주위의 상체 근육이 운동한 것과 같은 효과를 얻게 된다.

이러한 웃음에 대한 효과는 우리가 상상하는 것 이상으로 크고 다양하다. 웃음의 효과에 대한 과학적 연구결과에 따르면 다음과 같은 효과가 있다고 한다.

① 5분의 웃음은 3시간의 스트레칭 효과가 있고

② 15초의 박장대소는 100m 달리기와 같다.

③ 웃을 때 몸의 약 650개의 근육 중 230개 이상의 근육이 움직이는 운동 효과가 있고

④ 뇌에서 베타엔돌핀의 분비를 촉진하여 기분을 좋게하고 통증을 완화한다.

⑤ 면역력을 증가시키고 고혈압이나 스트레스성 질병이 호전된다.

⑥ 동맥이 이완되어 혈액 순환이 잘 되고 혈압이 안정되므로 뇌졸중의 원인이 되는 순환계 질환이 예방된다.

⑦ 혈액에 더 많은 산소를 공급하고

⑧ 스트레스 호르몬인 코티졸의 분비량이 감소하며

⑨ 스트레스와 분노, 긴장이 완화되어 심장마비가 예방된다.

단순히 웃는 행위 하나만으로도 이렇게 놀라운 효과가 있으나 현실은 어떤가? 나이를 먹어감에 따라 점차 웃는 횟수는 줄어든다. 어린아이는 하루 평균 400회를 웃지만, 어른이 되고 나면 그 숫자는 15회로 급격히 줄어든다고 한다. 무엇보다도 "이렇게 웃음은 효과가 있으니 우리 모두 즐겁게 웃으며 삽시다!"라고 하면 대부분은 "웃을 게 있어야 웃지요"라고 한다. 아무 조건 없이 원하기만 하면 즉시 행복을 창조할 수 있음에도 누군가 혹은 다

른 무엇이 외부로부터 주어져야 웃겠다는 것이다. 이것은 삶을 살아가는 동안 자신이 주인임을 스스로 포기하고 환경의 노예가 되겠다는 말과 같다.

의학계 정설로 알려진 플라세보 효과는 상상의 힘을 나타내는 다른 표현이다. 하버드대 허버트 벤슨 박사 [27)]는 플라세보가 질병에 대해 90%까지 이로운 결과를 보인다고 말한다. 임상연구에 의하면 플라세보 처방은 우울증이나 궤양 같은 질병에도 60%까지 효험이 있다고 한다. 사마귀가 난 환자에게 의사가 마치 약물을 처방하듯이 염색 물감을 바르고 곧 사마귀가 사라질 것이라고 말하자 얼마 뒤에 정말 치료가 되었다는 실험 결과도 있다. 만일 플라세보 효과를 간단한 캡슐에 담은 약을 개발하는 회사가 있다면 독자 여러분은 주저없이 그 회사의 주식을 사도 좋을 것이다.

미래상은 예지능력이 있어 앞을 내다보는 것은 아니라 미래에 일어날 일을 정서적으로 실감나게 느낌으로써 미리 준비하는 것이다. 기우제를 지내고 있는 아메리카 원주민에게 물었다. 비를 원하는 기도를 올릴 때 무엇을 어떻게 하느냐고. 주술사는 이렇게 대답했다.

"난 비가 내리라고 기도하지 않아요. 난 비가 오는 풍경을 마음

---

27) Herbert Benson(1935~) 하버드 의과대학 심리의학과 교수. 질병의 약 80%는 '휴식반응'으로 치료될 수 있다고 주장하여 큰 반향을 일으켰다. 저서로는 《과학 명상법》《더 오래된 과학 믿음》등이 있다.

속에 그린답니다."

이 말은 주술가는 비가 내리는 느낌, 바로 그것을 진실인양 마음속에 그리며 기도한다는 말이다. 그는 빗방울이 몸에 떨어질 때의 시원한 느낌을 느꼈고, 맨발로 젖은 땅을 밟는 부드러운 느낌을 느낀다. 그는 비 냄새를 맡으며 비 내리는 옥수수 밭을 걷는 자신을 상상하며 기도를 드리는 것이다.

인간은 상상할 수 있는 능력을 갖춘 지구상의 유일한 생명체다. 그리고 이런 상상은 우리의 몸은 물론이고 미래까지 변화시키는 힘이 있다. 우리는 온종일 미래에 관해 가진 이미지와 신념에 따라 행동한다. 명확한 이미지를 갖고 있으면 일상의 수많은 결정과 행동이 그에 따라 이뤄질 수 있다. 그리고 일단 작은 긍정적인 변화가 일어나게 되면, 사람들은 낙관적으로 생각하게 되고, 더 많은 변화를 위해 도전할 수 있는 자신감을 얻게 된다. "네 소망하는 바, 네가 기뻐 뛸 그것에 둘러싸이라"라는 말은 소망하는 의도가 마치 이미 이루어진 것처럼 그것을 느낌으로, 몸으로 경험하는 것을 뜻한다. 이미 존재하는 경험을 마음속에서 만들어 내는 것은 결국 현실이 될 것이다. 이 때문에 사람들이 자신의 미래에 대하여 아름다운 꿈을 가지는 것은 설사 그것이 환상일지라도 대단히 중요한 일이다.

상상은 창조의 도구이며 우리가 뭔가를 상상할 수 있다면 그것은 이미 존재하고 있다. 그리고 이 세상은 흥미진진한 일들로 가득 차 있다. 상상력이 부족하고 게으르기 때문에 그걸 모르고 살아갈 뿐이다. 우리 몸의 세포들은 우리의 생각을 낱낱이 엿듣고 있으며, 그에 따라 끊임없이 변화한다. 마음속에서 상상하는 그림이나 이미지는 뇌의 변화를 가져오고 이러한 변화는 결국 현실이 된다.

누군가 미켈란젤로에게, 어떻게 피에타상이나 다비드상 같은 훌륭한 조각 작품들을 만들 수 있었느냐고 물었다. 그러자 미켈란젤로는 이미 조각상이 대리석 안에 있다고 상상하고, 필요 없는 부분을 깎아 내어 원래 존재하던 것을 꺼내 주었을 뿐이라고 대답했다. 무엇을 상상하든 인간의 마음은 그것을 성취할 수 있다. 현대 과학과 세계관으로 설명되지 않는 자연의 거대한 영역이 이제 막 자신을 스스로 펼쳐 보이려 하고 있다.

· 31 ·

시공을 넘어 작용하는 마음의 힘

모든 인간의 창작물은 생각에서부터 비롯된다. 예술가가 그려내는 그림에서부터 저 미지의 세계를 탐험하는 인공위성까지 인간이 생각으로 창조해 낸 작품들이다. 이러한 창조는 특별한 예술가나 과학자만이 하는 것은 아니다. 평범한 일반인들도 자기 삶의 조건들을 스스로 창조해낸다. "나는 생각한다. 고로 존재한다"라고 했던 데카르트처럼 인간은 생각을 통해 자신의 욕구를 창조해 낸다. 무엇을 먹을지 누구를 만날지 등등 일상 속에서 일어나는 무수히 많은 일을 우리는 생각으로 만들어 낸다. 모든 창조 활동의 배후에는 생각이 있다. 그리고 생각에는 숨어있는 힘이 있다. 지구상에 존재하는 부의 대부분을 소유하고 있는 특정 집단이 있다는 것이 그리 놀라운 일이 아니다.

오늘날 우리 모두는 온갖 광고와 오락물로 넘쳐나는 세상에서 눈과 귀가 현혹되어 이러한 생각의 힘을 제대로 알지 못한다. 사람들이 모든 것을 알고 현실을 창조하는 힘을 가지면 상업주의는 더 이상 지탱할 수 없게 된다. 그래서 이 사회에는 인간 내면에 존재하는 신성을 말살하고 개인의 고유한 생각을 없애려는 수많은 음모가 도사리고 있다. 모든 사람이 같은 생각을 하고, 같은 것을 믿고, 같은 제품을 사게 하여 같아 보이도록 만드는 것이다. 모든 사람이 똑같으면 통제하기가 쉬워지기 때문이다.

사회 구성원 대다수가 오로지 남들보다 잘 먹고 잘사는 것에만 몰두할 때 이 시스템은 효과를 발휘한다. 그리고 그것들에 길들어져 너무나 익숙해진 나머지 스스로 생각하는 것조차 꺼리며 다수가 가는 길을 따라간다. 세상 사람들이 생각하는 대로 생각하고, 세상 사람들이 사는 대로 살아간다. 대다수 사람은 생각하길 원치 않는다. 그들은 자신의 힘으로 생각할 필요가 없는 지도자를 뽑고, 그런 정부를 지지하고, 그런 종교를 받아들인다.

---

28) Earl Nightingale(1921~1989) 미국 라디오 진행자이며 자기개발 분야에 많은 업적을 이루었다. 명예의 라디오 전당에 입성 하였으며 저서로는 《사람은 생각대로 된다》《가장 낯선 비밀》 등이 있다.

"날 편하게 해 줘. 뭘 해야 할지 말해 달라고."

이제는 전 국민이 한대씩 가진 스마트 폰이 우리의 생각을 조종한다. 삶에 관한 모든 해답이 그 속에 들어있는 듯이 집착한다. 자신의 삶인데 남에게 모든 것을 맡기다니, 어쩌면 이런 직무유기도 없을 것이다.

하버드대 심리학 교수 앨렌 랭거 연구팀은 하루에 15개 룸을 청소하는 호텔 청소부 84명을 대상으로 청소의 운동효과에 대한 연구를 하였다. 청소부들 대다수는 과체중에 배가 나오고 고혈압을 호소하던 사람들이었다. 연구팀은 청소부들을 두 집단으로 구분하였다. 한 집단에게는 청소의 운동 효과에 대한 정보를 제공하였다. 15분당 시트 갈기는 40Kcal, 진공 청소는 50Kcal, 욕조 닦기는 60Kcal로써 15개 룸을 청소하는 데는 2시간 30분의 운동 효과가 있다고 설명을 하였다. 나머지 집단에게는 그런 설명이 없이 그냥 일만 하게 하였다.

1개월 후 효과는 놀라웠다. 운동 효과를 듣고 청소한 그룹은 체중, 혈압, 허리둘레, 지방이 감소하는 효과가 나타난 것이다. 무심코 일을 하거나 고역이라고 생각하고 청소한 그룹은 오히려 피로독소가 증가하였다고 한다. 이렇듯 일상적으로 하는 일 조차도 운동이라고 생각하면 실제로 운동과 같은 효과가 나타난다.

FBI 전문가인 클리브 백스터는 인간의 피부가 함유한 수분의 정도 변화를 측정해, 진술의 진위를 검사하던 거짓말 탐지기를 식물의 잎사귀에 연결하여 보았다. 15분 55초가 지났을 때, 실험자가 보고 있는 잎사귀를 불에 태우는 상상을 문득 하게 되었다. 물론 말로 표현한 것은 아니었다. 잎을 만지지도 않았고 기계를 건드리지도 않았다. 식물에 영향을 미칠 만한 것을 굳이 꼽자면, 실험자의 머릿속에 떠오른 이미지뿐이었다. 그런데 식물은 아주 엄청난 반응을 보였다. 그래프 폭이 종이 맨 윗부분에서 아랫부분까지 이어질 정도로 큰 변화를 보인 것이다.

다시 이번에는 두 화초를 보이지 않는 장소에 멀리 떨어뜨려 놓고, 한쪽 식물에 거짓말 탐지기를 설치하고, 다른 장소로 옮긴 식물에는 외형적 상처를 입혀보는 실험을 하였다. 거짓말 탐지기가 연결된 식물은 다른 식물이 상처를 입자 마치 자신이 상처를 입은 듯 그래프 상에서 큰 동요를 보여주었다.

이 실험이 보여주는 것과 같이 모든 생명은 서로 긴밀하게 연결되어 있고 생각을 통해 서로에게 영향을 미친다. 보이지 않는 생각이 시공간을 초월하여 즉각적인 힘을 미치는 것이다.

이렇게 멀리 떨어진 두 개체가 즉각적으로 서로의 상태에 영향을 미친다는 이론이 1964년 양자물리학자 존 스튜어트 벨[29]이 발표한 양자 얽힘이다. 이 이론은 양자이론 가운데에서도 기이

---

29) John Steward Bell(1928~1990) 아일랜드 양자물리학자. 임의의 국소적 숨은 변수이론은 양자역학과 같은 정도의 상관관계를 재현할 수 없다는 '벨의 정리Bell's Theorem'를 발표하여 아인슈타인의 양자역학에 대한 반론이 틀렸음을 증명한 것으로 유명하다.

한 특성으로 알려져 있다. 2015년 네덜란드 물리학자 로날드 헨슨 연구팀이 주도한 국제연구팀이 양자 얽힘 현상이 실제 존재한다는 것을 실험으로 입증한 바 있다. 이 실험을 과학저널 《사이언스》지는 2015년 최고의 과학적 성과 중의 하나로 선정했다. 이렇듯 우리가 볼 수 없고 만져지지 않아 무시하기 쉬운 우리의 생각조차 시간과 공간을 초월하여 나와 주변에 영향을 미치고 있는 것이다.

이처럼 사소한 생각조차도 측정 가능한 에너지나 진동을 방출한다. 방출된 에너지는 시간과 공간을 넘어선 의식의 에너지장 속에 영구히 기록된다. 우주에 존재했던 모든 것은 아직도 존재하며, 누구든지 언제 어디서나 그것들을 추적하고 식별해서 정체를 밝혀낼 수 있다. 긍정적, 건설적으로 생각하고 말하고 행동하는 훈련을 하면 할수록 강력한 에너지가 더 많이 발생하여 우리의 요구에 응하며, 그것이 실현될 수 있도록 구체화된다.

생각에 관한 중요한 사실은 생각이 실체가 없는 비물질 현상이 아니라 마음과 육체와 두뇌에 영향을 끼치는 전기화학적 현실이라는 것이다. 우리가 관심을 기울이는 생각, 하루 중 가장 많이 하는 생각, 잠에서 깨어나 제일 먼저 하는 생각, 자기 전에 하는 생각은 무엇이든 나와 우주에 영향을 미친다. 혼자 하는 내면의 대화 또한 우리의 감정에도 영향을 끼친다. 따라서 부정적인 생각은 부정적인 감정을 일으키고, 그 부정적 감정은 우리의 에너지를 고갈시키며 스트레스와 질병으로 이어지기도 한다.

한민족의 철학을 널리 전하는 것이 나의 진정한 삶의 목적임을 깨닫긴 하였으나 현실에서 해야 하는 일은 여전히 목적과는 거리가 멀었다. 지금 하는 이 일은 나의 목적과 다르기 때문에 진정으로 원하는 일을 찾아야 한다고 생각했다. 그러다 보니 현실에 대한 불만으로 인해 일로부터 보람을 찾을 수 없었고 이로 인해 마음 한구석은 항상 허전하였다. 그러다 어느 날 새벽 산행을 하는데 이런 생각이 불현듯 떠올랐다.

"무엇을 하느냐가 중요한 게 아니라 어떤 생각으로 살아가느냐가 중요하다."

그렇다. 아무리 사소한 일이라도 정성을 다하면 나의 혼이 알 것이고, 혼을 느끼며 사는 것이야말로 내가 진정으로 원하는 삶의 방식이었던 것이다. 비록 어떤 일을 하는가에 있어서는 선택의 여지가 없다 하더라도, 어떤 방법으로 그 일을 할 것인가에 대해서는 항상 선택의 여지가 있다는 뜻이다. 이렇듯 생각 하나 바꾸고 나니 보이는 세상은 전과 같지 않았다. 프랑스 소설가 폴 부르제는 이렇게 말했다.

"생각하는 대로 살아야 한다. 그렇지 않으면 머지않아 사는 대로 생각하게 될 것이다."

정보는 뇌의 양식이고 생각은 마음에 필요한 음식이다. 우리의 미래는 생각을 통해 만들어진다. 자신의 내일은 오늘 어떤 생각을 하는가에 달렸다. 생각의 힘을 키우기 위해서는 책을 많이 읽는 것도 좋은 방법이다. 잠자리에 들기 전 텔레비전을 보기 보다는 책을 읽자. TV와 같은 영상정보는 잠시 스쳐지나가고 말지만 종이책에 인쇄된 활자체 정보는 오래오래 기억된다. 그럼으로써 고귀한 생각을 마음에 품고 잠들자.

> 우리가 할 일은
> 남이 아직 보지 못한 것을 보기 위해 더 많이 노력하는 것이 아니라,
> 모든 사람이 보고 있으나 아직 생각하지 못한 것을 생각하는 것이다.
> · 쇼펜하우어 ·

· 32 ·

나이가 들수록 긍정적으로 변하는 뇌

평균수명이 길어지고 사회가 고령화되면서 노인 인구의 증가는 노인 자신뿐만 아니라 사회구성원들이 노인을 바라보는 인식에 영향을 미쳤다. 보건복지부의 '저출산 고령화에 대한 국민 인식조사' 결과에 의하면 국민의 92%가 심각하게 생각하고 있고, 89%가 본인에게 영향을 미칠 것이며, 87%가 향후 10년 이후 현재보다 더 심각해질 것으로 예상하였다. 산업화로 인한 도시화와 핵가족화는 개인주의 가치관을 강화하고 노인의 지식이나 지혜를 무용화함으로써 가정과 사회에서 노인 지위의 약화를 초래

하고 있다. 이러한 과정은 전통적인 경로사상에 변화를 가져오고 오히려 노인이 부담의 대상으로 전락하였다. 노인뿐만 아니라 사회 전반에 노화에 대한 불안감의 표출로 인하여 머리염색, 화장, 성형수술 등으로 젊게 보이고자 하는 안티에이징anti-aging 붐이 일어나고 있다. 젊음이 동경의 대상이자 부의 상징으로까지 나타나고 있다. 젊음이 경쟁력이 되는 현대사회에서는 외모뿐 아니라 행동까지 젊어지고자 하는 노력으로 인해 '샹그릴라 신드롬'이라는 유행어를 탄생시켰다.

'샹그릴라'는 1930년대 제임스 힐턴의 《잃어버린 지평선》이라는 소설 속에 처음 등장한 가공의 장소로 평생 늙지 않고 영원한 젊음을 누릴 수 있다는 꿈의 낙원이다. 영화로도 두 차례나 만들어진 바 있는 이 소설에는 이 세상 어디에도 존재하지 않을 것 같은 '이상향' 또는 '낙원'이 등장한다.

주인공 휴 콘웨이는 영국의 외교관으로 자신의 임무를 수행중에 비행기 사고로 미지의 땅에 불시착한다. 그곳이 바로 샹그릴라로 그곳에 사는 사람들은 문명 사회의 혼잡스러움도, 걱정도, 갈등도 없다. 아무리 세월이 흘러도 늙지도 않는다. 이 소설과 영화가 크게 히트한 후 샹그릴라는 이상향을 꿈꾸는 사람들의 동경의 대상이 되었다.

영원히 늙지 않고 젊음을 유지할 수만 있다면 좋겠지만 현실은 그렇지 못하다. 그렇다고 나이 드는 것을 부정적으로만 생각한다면 노년기가 길어진 이 시대를 사는 우리에게는 정말 고역이 아닐 수 없을 것이다. 나이를 먹을수록 긍정적인 부분을 찾아보고 의미를 부여함으로써 노년기의 삶이 질을 높일 수 있을 것이다.

사람의 뇌는 나이를 먹을수록 뉴런이 줄어들고, 외상으로부터 자신을 스스로 치유할 수 없으며, 새로운 뇌세포를 키울 수 있는 능력도 없어진다는 것이 거의 과학계의 정설이었다. 그러나 이제 우리는 위의 세 가지 가정 모두 틀렸다는 사실을 알고 있다. 뇌는 재탄생하고 자기치유를 하며 평생 새로운 연결을 통해 계속 성장이 가능하다.

디팩 초프라는 자신의 저서 《사람은 왜 늙는가》에서 많은 연구를 통해 혈압, 골밀도, 체온, 근육량, 근력, 성호르몬 수치, 청력, 면역반응 같은 이른바 노화의 생체지표가 노년 이후에도 향상된다는 사실이 계속 밝혀지고 있다고 하면서 노화가 역전이 가능하다고 다음과 같이 밝혔다.

① 노화는 역전시킬 수 있다.

② 노화 혹은 엔트로피는 신체에 독성물질이 쌓일수록 가속화된다. 독성을 없애면 생체 시계의 바늘이 젊음으로 방향을 트는 데 영향을 미칠 것이다.

③ 웨이트트레이닝을 포함한 육체 운동은 노화의 생체지표에 직접적인 영향을 미치며, 노화의 과정을 역전시킬 수도 있다.

④ 명상은 신체 나이를 낮춰준다.

⑤ 사랑은 가장 강력하고 잠재력 있는 치료 약이다.

우리의 피부는 한 달에 한 번씩 새롭게 교체되고, 위벽은 5일마다, 간은 6주마다, 골격은 3개월마다 새롭게 바뀐다. 육안으로는 언제나 똑같아 보이지만 실은 항상 변화하고 있는 셈이다. 한 해가 지날 즈음이 되면 우리 몸속 원자의 98%가 새것으로 교체되어 있을 것이다. 1년동안 우리 몸 안에서 일어나는 모든 변화 가운데 노화 현상이 차지하는 비율은 단 2%에 지나지 않는다. 바꾸어 말하면, 우리를 구성하고 있는 98%의 에너지와 지능은 노화의 영향을 받지 않는다고 한다. 노화는 긍정적으로 평가받아야 할 인생의 과정인 것이다.

뇌과학 연구에 따르면 우리의 뇌는 나이가 들수록 내측 전전두엽의 초기 활동이 줄어들면서 행복과 같은 긍정적인 감정을 더 잘 느끼게 된다. 또한, 내측전전두엽의 후기 활동이 많아지면서 공포와 같은 부정적인 감정은 완화된다(Williams 외 연구, 2006). 나이가 들면서 행복감이 늘어나는 것으로 밝혀진 것이다. 일부 연구들은 실제로 40대 중반을 인생에서 느끼는 행복감이 가장 낮은 시기로 지목했다.

긍정심리학자 마틴 셀리그만[30]은 자신의 저서 《긍정심리학》에서 이렇게 밝혔다.

"40개국의 성인 6만 명을 대상으로 조사한 연구자들은 행복을 세 가지 요소인 생활 만족도, 유쾌한 감정, 불쾌한 감정으로 나누었다. 생활 만족도는 나이가 들면서 조금씩 증가했으며, 유쾌한 감정은 조금씩 감소했고, 불쾌한 감정은 아무런 변화가 없었다. 사람이 나이가 들어감에 따라 크게 변하는 것은 정서의 강도인 것이다. '이 세상 최고 같다'라거나 '절망의 나락에서 헤어나지 못할 것 같다' 등의 극단적인 감정은 나이가 들고 세상 경험이 많아지면서 점차 사그라진다"고 하였다.

시카고 대학의 심리학자인 베르니스 노이가튼은 100세까지 건강한 노년을 누릴 것으로 기대되는 사람들의 유형에 대해 다음과 같이 다섯 가지 인지를 포함하는 '삶의 만족도'에 주목했다. 그는 의미와 목표에 대해 중요하게 생각한 것이다.

① 일상의 활동에서 기쁨을 얻는다.

② 자신의 삶이 의미 있다고 생각한다.

③ 중요한 목표를 다 성취했다고 느낀다.

④ 긍정적인 자아상을 지니고 자신을 가치 있는 존재로 생각한다.

⑤ 낙천적이다.

---

30) Martin E. P. Selligman(1942~) 미국 펜실베니아대학교 심리학과 교수. 긍정 심리학의 창시자로 누구나 희망에 찬 낙관주의자가 될 수 있는 '인지적 치료법'을 개발하였다. 저서로는《긍정심리학》《낙관성 학습》등 다수가 있다.

그리고 《행복의 조건》의 저자인 심리학자 조지 베일런트[31]는 정신건강에 주목하면서 오래 사는 사람들의 특징은 다음과 같다고 했다.

① 안정된 가정생활을 한다.

② 결혼생활이 만족스럽다.

③ 혼자 살 때가 거의 없다.

④ 인생 경험을 통하여 지속해서 성장해간다.

⑤ 장애가 될 만한 정신질환이 없다.

⑥ 알코올중독자가 아니다.

⑦ 만성질환이 적다.

언제 찾아올지 모르는 죽음을 앞둔 노년은 자신이 살아온 삶의 가치와 존재의 의미를 확인하고, 인정받고 싶은 욕구가 증대되는 시기이다. 자신의 지난 인생경험에 실패가 있다 할지라도 있는 그대로 수용하고, 자기 자신을 존중하는 마음을 가지는 것이 필요하다. 이것은 현재 생활에 만족하고 과거, 현재, 미래 간의 조화된 견해를 가짐으로써 자신의 전반적인 삶을 가치 있게 여기는 것을 의미한다. 인천상륙작전으로 우리 대한민국을 구원해 낸 명

---

31) George Vaillant(1934~) 미국 하버드 의대 정신과 의사이자 교수. 심리적 방어기제에 관한 오랜 연구를 통해 '성공적인 노화'와 '인간의 행복'에 관한 통찰로 이어졌다. 저서로는 《행복의 비밀》《성공적 삶의 심리학》등이 있다.

장 더글러스 맥아더 원수는 생전에 이런 말을 남겼다.

"사람은 일정한 햇수를 살았다고 해서 늙는 것이 아니라 이상을 버리기 때문에 늙는다. 해가 가면 얼굴에 주름이 생기지만 이상을 버리면 영혼이 늙는다. 걱정과 의심, 두려움과 절망은 우리가 죽음을 맞기 전에 우리에게서 천천히 기운을 빼앗아가며 먼지로 만들어버리는 작업이다."

감정이 일어나는 것은 자연스러운 일이지만 그 감정에 빠져서 끌려 다니는 것은 경계해야 한다. 부정적인 감정에 빠져 허우적거리다 보면 기운도 빠지고, 외롭고, 두려워지며 행복은 점점 멀어진다. 특히 나이 드는 것에 대한 부정적인 감정에 한 번 빠지면 우울하고 체념적인 생각들이 꼬리에 꼬리를 물고 올라온다. 힘이 없고, 몸이 아프고, 심심하고, 외롭고, 점점 늙어가고, 이러다 언제 죽을지도 모르고, 죽는 것이 두렵고 등등. 이러한 부정적인 감정들은 뇌 측면에서 보면 감정을 담당하는 대뇌변연계가 자동으로 활성화되는 반응일 뿐이다. 다행인 것은 이 프로그램은 최초의 자극으로부터 단지 90초 동안만 작동한다는 것이다. 그런데 90초가 지났는데도 여전히 화가 나 있다면, 그것은 그 프로그램이 계속 작동되도록 의식적으로 선택했기 때문이다.

누구에게나 역경은 있다. 그러나 실패할지도 모른다는 두려움 때문에 꿈을 포기한다면 몸도 마음도 함께 늙는다. 노인 인구가 급속히 증가하고 있는 이 시점에 노년의 시간을 어떻게 보내는가

가 미치는 영향이 실로 막대하다. 부정적으로 작용할 경우 개인
으로는 무기력하고 비생산적이고 의존적인 삶을 살게 되고, 사회
로는 큰 복지 부담이 될 수 있다. 신중년들이 자신의 가치를 발견
하고 꿈을 통해 가치를 실현하는 라이프스타일을 선택한다면 인
류 역사에 지금까지 없었던 새로운 문화와 지혜를 탄생시키는 데
기여할 수 있을 것이다.

· 33 ·

뇌를 잘 사용하는 한민족

무엇이든 상상할 수 있고 상상을 통해 체험할 수 있으며 체험한 것을 현실로 창조하는 힘이 인간의 뇌에 있다는 것은 21세기의 새로운 복음이다. 뇌는 인간의 모든 생각, 감정, 행동을 조절함으로써 인간을 인간답게 만드는 가장 중요한 역할을 한다. 그리고 죽음의 기준조차도 심장이 멈추는 것에서부터 뇌의 작동이

---

32) 단재 신채호(1880~1936) 일제강점기의 독립운동가이자 언론인으로 황성신문과 대한매일신보 등에서 활약하며 민족의식을 끌어올리는 데 힘썼다. 역사교육이 곧 독립운동이라는 신념으로 《꿈하늘》《조선상고사》등, 많은 저작물을 남겼다.

멈추는 것으로 옮겨 간 지 오래다. 현재까지 발견된 뇌에 대한 매혹적인 사실은 다음과 같다.

① 몸무게의 2%에 불과한 뇌는 몸 전체가 사용하는 20%의 에너지와 산소를 소비한다.

② 각각의 뉴런은 평균 40,000개의 시냅스로 연결되며 뉴런 간 정보 이동에는 1/1000초가 걸린다.

③ 뇌는 1,000억 개의 뉴런으로 구성되어 있고 이것을 한 개씩 다 센다면 무려 3,000년이 소요될 것이다.

④ 모래 한 알 크기의 뇌조직에는 100,000개의 뉴런이 있으며 서로 정보를 교환하는 10억 개의 시냅스로 구성되어 있다.

⑤ 우리가 깨어있을 때 뉴런들이 만들어내는 10~20와트의 전력은 방 하나를 밝히기에 충분하다.

⑥ 사람의 뇌는 25세가 되어야 완성이 되는데 10대들의 질풍노도와 같은 감정은 합리적 의사결정을 담당하는 전두엽이 발달 중이기 때문이다.

⑦ 우리가 하루에 하는 생각 7만 개의 생각 중 80%는 부정적이다.

⑧ 만일 뇌에 혈액공급이 중단되면 10초 만에 의식을 잃게 된다.

인류는 현대에 이르기까지 뇌를 활용하여 다양한 사상과 학문을 탄생시키고 이를 교육함으로써 확산시켜왔다.

최근 뇌과학의 발달로 인해 뇌의 중요성이 강조되면서 뇌를 기반으로 한 교수법이 출현하였으나 뇌를 직접 교육하겠다는 발상은 우리나라에서 처음으로 시작되었다. 이러한 시도는 이승헌 총장이 자신을 극한상황까지 몰고 갔던 수행을 통해 깨달음조차도 뇌의 작용임을 체험한 후, 이러한 체험을 대중화하기 위한 방안으로 단학으로부터 시작하여 뇌호흡, 뇌교육으로 발전시켜 온 것이다. 사실 뇌의 중요성은 현대 뇌과학이 발견하기 훨씬 이전부터 한민족의 고대 경전을 통하여 전해져 내려오고 있었다.

약 5천여 년 전, 단군 시대부터 수행의 지침서로 삼은 삼일신고 三一神誥와 약 1만 년 전의 것으로 추정되는 천부경天符經을 통하여 현재까지 그 위대한 가르침이 명맥을 이어오고 있다. 삼일신고는 신이 우리의 뇌 속에 내려와 있다는 것이다. 또한 81자로 이루어진 천부경은 우주가 생성하고 발전하는 원리와 그에 따라 인간과 자연이 조화를 이루는 이치를 밝혀 놓았다. '인중천지일人中天地一'의 의미인 모든 것이 하나라는 메시지는 우리 뇌를 100% 쓸 수 있는 원리다.

모든 것이 하나로 연결되어 움직이는 세계의 구조를 깊이 자각하면 인류 평화에 대한 의지가 생기고, 그에 따라 뇌가 최고의 기능을 발휘하게 된다. 이러한 선조들의 두뇌활용에 대한 중대한 가르침은 뇌교육을 창안하게 된 철학적 기반이 되었다. 뇌교육은 어느 날 갑자기 출현한 것이 아니라 1만여 년 전 사람 안에 하늘과 땅이 들어와서 하나가 된다는 곧, 천지인이 하나라는 너른 품성으로 깨달음의 공동체를 이루었던 선조들의 유산인 셈이다.

나라는 개인의 존재가 어느 날 하늘에서 뚝 떨어진 것이 아니라 일만여 년의 장구한 역사적인 존재이며 모든 만물이 나와 분리될 수 없는 하나라는 점이다. 이러한 인간의 가치 실현, 이것이 뇌교육의 목표요 꿈이다. 인간이 인간성을 잃다니, 이보다 더 비참한 일이 있을까? 지금 우리에게 가장 중요하고 시급한 일은 개개인의 인간성을 회복하여 진정한 인간으로 다시 태어나는 것이다. 나는 그 해결책이 뇌에 있다고 믿고 뇌교육을 전달하고 있다. 뇌는 우리 몸과 의식을 관장하는 정보처리 센터다. 뇌 쪽에서 보면 인간의 경험은 전기신호 형태로 이루어지는 정보처리 현상일 뿐이다.

교육은 인간을 발전적으로 변화시키는 과정이다. 교육하는 가장 본질적인 목적은 인간이 추구하는 행복한 삶을 실현하기 위해서다. 이러한 뇌가 가진 기능과 교육의 목적이 융합된 뇌교육은 인간의 뇌를 잘 활용하게 하는 정보처리 기술이다. 뇌 속에 깃들어 있는 인성의 감각을 깨우고, 양심에 따라 정보를 처리하는 능력을 기르는 것이 이 기술의 핵심이다. 뇌교육은 뇌의 능력을 극대화하는 정보처리 기준과 방법을 익힘으로써 인간의 참가치를 실현하고 나아가 인류 평화에 기여하는 것을 목표로 한다. 우리는 뇌를 통하지 않고는 아무것도 할 수 없다. 우리가 흔히 뇌와 연관시키는 사고나 기억뿐만 아니라 혈압, 맥박, 체온, 호르몬 등 생명을 유지하는 기본적인 생리적 기능들도 모두 뇌가 조정한다. 뇌를 관리한다 함은 곧 자기 인생을 관리한다는 것을 뜻한다.

뇌가 좋아지면 삶의 모든 것이 좋아진다. 그리고 뇌는 죽는 순간까지 변화하며 놀랄 만한 회복탄력성을 갖고 있다. 뇌를 잘 관리하면 더 젊고 건강할 뿐만 아니라 자기계발을 통하여 자신이 원하는 삶을 살 수가 있다. 이러한 뇌의 잠재력을 개발하고 활용하는 원리와 방법을 체계화하여 자기계발 시스템으로 개발한 것이 뇌교육이다. 양자물리학자 존 헤글린 박사는 이런 주장을 편친다.

"내 눈엔 끝없는 잠재력의 미래가 보입니다. 끝없는 무한함이죠. 인간은 단지 잠재력의 5%만 활용하고 있다는 점을 명심하십시오. 잠재력의 100%를 발휘하기 위해서는 적절한 교육이 필요합니다. 사람이 마음과 감정의 잠재력을 모두 사용하는 세상을 상상해 보십시오. 우린 어디든 갈 수 있고 무엇이든 할 수 있고 무엇이든 이룰 것입니다."

또 다른 양자물리학자 프레드 앨런 울프 박사는 자신의 저서에 이렇게 썼다.

"우리는 진정 새로운 시대로 접어들고 있습니다. 스타트랙에서 말하는 것처럼 이 시대 마지막 개척지는 우주가 아니라 바로 우리의 마음입니다."

그렇다 인간이 가진 잠재력을 100% 개발하기 위해서는 뇌를 사용해야 하고 뇌를 사용할 수 있는 적절한 교육이 바로 뇌교육인 것이다. 우리의 뇌를 어떻게 사용하느냐에 따라 인류의 미래가 달려있다.

이런 뇌교육은 현재 글로벌사이버대학교, 국제뇌교육종합대학원대학교를 통하여 학사, 석사 및 박사과정의 전문가를 배출하고있고, 미국에서는 뇌교육이 지역사회에 미친 공로로 워싱턴 DC를 비롯한 26개 도시로부터 뇌교육의 날이 지정된 바 있다. 이러한 뇌교육의 대강을 소개하면 아래와 같이 5단계로 구성되어 있다.

뇌교육 5단계
1단계 – 뇌 감각 깨우기(Brain Sensitizing)

자신의 뇌를 느끼고 몸과 뇌의 소통을 원활하게 한다. 기 감각을 터득하는 과정으로서 뇌체조, 정충호흡, 지감 수련, 명상 등이있다. 심리학적 용어로는 내부감각 또는 내수용성 감각이라는 의미로 해석되며 신체 내 감각기에서 생성되는 신호를 인식하고 해석하는 과정에 해당한다.

2단계 – 뇌 유연화 하기(Brain Versatilizing)

새로운 자극을 수용하고 학습하는 감각을 기른다. 정신의 노화란 탐구심과 호기심을 잃어 더는 새로운 정보에 관심을 두지 않고, 오래된 습관들 속에서만 머물려고 하기 때문이다. 신경과학 개념으로 신경가소성에 상응한다.

3단계 – 뇌 정화하기(Brain Refreshing)

뇌의 선택하는 힘을 기르는 과정. 뇌 기능 활성화를 저해하는 두뇌 환경, 즉, 부정적인 정보와 피해의식, 그리고 자신을 구속하는 기억이나 감정을 정화하는 것이 목표다. 뇌가 정보의 중요도를 판단하는 기준은 생존에 얼마나 필요한 정보인가 하는 것과 정보 자극의 빈도이다.

4단계 – 뇌 통합하기(Brain Integration)

선택하는 기준을 세운다. 뇌가 최고 효율의 생산성과 창조성을 발휘하기 위해 생명 유지 기능, 감각 기능과 사고 기능을 통합한다. 수직적 통합은 무의식-감정-의식이고, 수평적 통합은 이성-감성이며, 서구 심리학 개념으로는 인지재평가에 해당하며 감정자극을 유발한 정보의 의미를 재해석하여 감정 반응을 변화시키는 과정이다.

5단계 - 뇌 주인 되기(Brain Mastering)

뇌를 선택하는 주체가 내가 되는 것이다. 이전 4단계 과정을 반복 훈련함으로써 양심을 지키고 뇌의 주인 자리를 지킬 힘을 기른다. 삶의 목적을 알고, 밝은 마음으로 자신의 길을 힘차게 갈 수 있다. 심리학 개념으로는 자기효능감, 자기통제, 통제의 소재로서 전반적인 웰빙, 건강한 라이프스타일, 직무만족, 더 큰 성공과 관계된 긍정적인 결과를 가져오는 과정이다.

우리나라가 전쟁의 폐허를 딛고 반세기 만에 경제 강국으로 도약하게 된 배경에는 무엇보다도 높은 교육열과 우수한 두뇌이며, 결국은 뇌를 잘 사용한 것이다. 앞으로 인류의 미래 또한 세계적으로 우수한 한국인의 두뇌를 어떻게 사용하느냐에 따라 달라질 수 있을 것이다. 이런 관점에서 본다면 인간이 가진 뇌의 가치를 발견하게 함으로써 모두에게 조화와 상생의 철학을 전하고 있는 뇌교육이 대한민국에서 탄생하여 세계화되고 있다는 것은 세계 평화를 기원하는 모든 인류의 희망이 될 수 있을 것이다.

세르반테스의 돈키호테를 뮤지컬로 만든 '라 만차의 사람'에서 돈키호테가 부르는 노래가 있다. 가사는 다음과 같다.

용감한 사람도 가기 두려워하는 곳에 가고,
순수하고 정결한 것을 사랑하고,

잡을 수 없는 저 별을 잡으려고 손을 뻗는 것,

이것이 나의 여정이다.

아무리 희망이 없어 보여도,

아무리 길이 멀어도,

정의를 위해 싸우고

천상의 목표를 위해서는 지옥에 가는 것도 두려워하지 않고,

이 영광의 여정에 충실해야 나 죽을 때 평화로우리.

그리고 이것 때문에 세상은 더 좋아지리.

아무리 조롱받고 상처 입어도 한 사람이라도 끝까지 노력한다면,

잡을 수 없는 저 별을 잡기 위해.

뇌교육을 학문으로 정립하고 널리 알리는 일은 새로운 도전이고 개척이다. 개척은 꿈이 있는 사람만이 할 수 있다. 나는 스승께서 38년을 한마음으로 깨달은 바를 집대성한 학문을 발전시켜야 한다는 꿈을 이어받았다. 이 꿈이 '작은 나'가 아니라 '더 큰 나'에서 나온 것이며 자신뿐만 아니라 모두가 원하는 것이기에 반드시 이루어질 것이라 믿는다. 많은 사람이 가지 않는 길이라서 때론 두렵기도 하지만, 나의 순수한 영혼이 선택한 이 길을 돈키호테처럼 갈 것이다. 훗날 "주어진 삶을 최선을 다해 살아내었다"는 만족감을 안고 지구별을 떠날 수 있기 위해….

• 34 •

행복은
호르몬 작용

누구나 행복을 원하며 그렇게 되기를 희망한다. 자신이 원하는 것들이 충족되면 행복할 것으로 생각하며 미래의 달콤한 보상을 위해서 현재의 고통을 참아내야 한다는 식의 삶의 태도, 혹은 지금 당장 즐거우면 미래가 고통스러울 것이라는 식의 삶의 태도가 만연해 있다. 지금 행복하면서도 현재의 행복이 훗날의 더 큰 행복과 성취를 보장해 주는 삶의 태도를 가질 수는 없는가? 인간은 원래 행복한 존재이다. 하늘과 땅을 하나로 품은 천지인天地人인 인간이 어찌 행복하지 않을 수가 있겠는가?

인간이 행복을 잃어버린 것은 자신의 본래 모습을 잃고 뿌리를 잃어버린 탓이다. 행복은 자기 안의 창조 욕구를 충족하는 과정에서 얻는 정서적인 안정감이다. 개인과 사회의 행복지수를 높이려면 먼저 창조적인 에너지를 잘 쓸 수 있는 환경이 조성되어야 한다. 인간은 꿈을 품는 동물이다. 무엇인가를 이루고 싶어 하는 인간의 욕구는 창조 본능에서 나온다. 창조는 인간에게 최고의 만족감을 준다. 작고 사소한 일이라 할지라도 자신이 노력해서 이룬 성과에 인간은 기쁨을 느낀다.

행복이란 뇌에서 일어나는 현상이다. 행복은 외부 조건에 따라 반사적으로 일어나는 감정이 아니라, 정보에 대한 뇌의 주체적인 반응이다. 우리가 그토록 염원하는 행복한 삶이란 조건만으로는 결코 도달할 수 없는 영역이며, 오로지 우리 뇌 속에만 존재하는 주관적인 세계다. 실제로 행복은 자신이 존재하는 상황에 대한 해석이다. 행복은 선택이며, 결국은 생각과 감정을 얼마나 자신의 의도대로 할 수 있는가의 문제이다. 좋은 기분을 느끼고 싶다면 뇌에서 그런 반응이 일어나게 하는 자극을 주면 된다. 음악을 듣거나 좋아하는 사람과 대화를 나누거나 산책을 하는 것 등이 그 예라고 할 수 있다.

건강해지고 싶다면 건강을 해치는 뇌의 현상, 예를 들면, 흡연이나 음주 같은 중독성 습관을 없애고 좋은 식습관과 운동하는 습관을 들이면 된다. 또 성취감을 느끼고 싶다면 청소나 운동처럼 작정하면 해낼 수 있는 일을 계획하고 실행함으로써 스스로 자신에게 성취감을 선물할 수 있다. 뇌의 입장에서는 대단한 일이든 사소한 일이든 성취감을 체험하는 것 자체가 중요하다. 실제로 행복은 마음의 상태이고, 세상과 자신을 지각하는 방식이기에 소득과 환경 등이 행복이 미치는 영향은 단지 10%에 불과하다고 한다. 물질적 풍요가 행복을 불러오는 것은 아니지만, 반대로 행복은 물질적 풍요를 가져올 수도 있다.

행복한 사람들이 덜 행복한 사람들에 비교해 더 사교적이고 활기차며 관대하고 협조적이다. 그렇기에 행복한 사람들은 결혼 생활을 안정적으로 지속해나가고 사회적 지원도 더 많이 확보할 수 있다. 그뿐 아니라, 스트레스로부터 쉽게 회복되고 면역체계도 강하며 수명도 길다. 한 연구 결과에 따르면. 행복을 많이 느낀다고 답한 사람들은 그렇지 않은 사람들보다 더 많은 수입을 올리고 있다고 한다. 행복하지 않은 원인은 많지만 대체로 자신이 처한 환경에 만족하지 못하는 것이 원인이다.

번뇌에서 해탈하기를 바라는 한 남자가 자신을 도와줄 스승을 찾아 절에 갔다. 그가 대사에게 물었다.

"스님 , 제가 하루에 네 시간씩 참선하면 번뇌에서 해탈하는 데 얼마나 걸리겠습니까?"

대사가 그를 지긋이 바라보며 대답했다.

"하루에 네 시간씩 참선하면 아마 십 년 후에는 해탈할 수 있을 걸세."

남자는 그보다 더 많이 할 수 있다고 생각하고 다시 물었다. "그럼, 스님. 만일 제가 하루에 여덟 시간씩 한다면 얼마나 걸리겠습니까?"

대사가 다시 그를 지그시 바라보며 대답했다.

"하루에 여덟 시간씩 한다면 아마 이십 년쯤 후에는 해탈하겠지."

남자가 다시 물었다.

"더 많은 시간을 참선하는데 왜 더 오랜 시간이 걸리는지요?"

대사가 대답했다.

"자네는 자네의 즐거움이나 삶을 희생하려 여기에 온 게 아니야. 오히려 살기 위해, 행복해지기 위해, 사랑하기 위해 여기에 온 거라네. 자네가 최선을 다해 참선할 수 있는 한계가 두 시간인데 만일 여덟 시간을 그런다고 하세. 자네는 틀림없이 점점 지치고 본질을 놓치게 되면서 인생의 즐거움을 누리지 못할 걸세. 자네가 할 수 있는 최선을 다하게. 그러면 몇 시간을 참선하든 살아가면서 사랑하고 행복해질 수 있다는 걸 배우게 될 걸세."

우리는 살아오면서 경험을 통해 알고 있다. 행복을 위한 간절한 노력에도 불구하고 기대한 것은 좀처럼 오지 않고, 설혹 왔다 해도 기쁨은 한순간일 뿐 지속되지 않는다는 것을. 행복에 조건이 있다는 우리의 그릇된 믿음으로 인해 정작 우리의 삶은 경쟁과 욕망 속에서 고통스럽기만하다. 모두가 남들보다 좋은 집에, 고급 자가용을 굴리기 위해 자신의 모든 것을 바친다.

여덟 시간 잘 곳을 마련하느라 평생을 희생하고, 잘 사는 것을 남에게 보여주기 위해 무한경쟁을 하고 있는 것이다. 고생 끝에 행복이 온다는 믿음은 우리를 이 순간을 온전히 즐기게 하는 대신, 오지 않은 미래를 위해 모든 것을 희생하도록 요구한다. 매 순간 즐거움을 창조하기가 더 쉽고 현실적일 텐데 애써 외면하곤 삶은 원래 고통이라고 하며 자신을 스스로 위로한다.

지금 이 순간 행복하지 않은데 미래에 매달리는 것은 환상이다. 우리는 내일 또다시 눈이 떠질지 장담할 수 없으며 조만간 불행이 우리를 덮치지 않는다는 보장이 없다. 그런데도 자신을 둘러싼 환경 속에서 기쁨을 발견할 수 없다면 그 행복은 영원히 오지 않을 것이다. 흔히 사람들은 가족에 대한 불평, 자신이 다니는 직장에 대한 불만을 얘기한다. 이렇듯 자신이 이미 가진 것에 대해 감사할 줄 모르고 불평을 한다면 이 세상 모든 것을 가지게 된다면 얼마나 불평 거리가 많아지겠는가? 이렇게 습관적으로 행복보다는 불평을 불러내는 원인은 우리의 뇌 속에서도 찾아볼 수 있다.

행복에 관한 한, 우뇌의 중요성은 아무리 강조해도 지나치지 않다. 자기 자신을 바라볼 때 개인은 좌뇌와 우뇌 모두를 통해서 본다. 좌뇌는 특정 경험에 대한 사실과 세부 사항을 제공하는 반면, 우뇌는 배경을 이루는 감정을 제공하여 그 경험을 의미 있는 진짜 경험으로 만들어준다. 따라서 자신의 우뇌에 적절히 접근할 수 있는 사람은 어떤 것을 경험하든지 틀림없이 훨씬 더 풍부한 경험을 하게 되고 훨씬 더 완전하고 생생한 감정을 느낀다. 자신의 우뇌에 거의 또는 결코 접근하지 못하는 사람들이 있다. 그 이유는 보통 우뇌를 억압하거나 차단하기 때문이며, 생후 초기에 겪은 트라우마나 엄청난 스트레스가 그 원인일 수 있다. 우뇌로부터 솟아나는 긍정적인 생각은 우리 몸이 경험할 수 있는 가장 강력한 명상이다. 왜냐하면, 이런 긍정적 생각은 두뇌와 몸의 기능을 가장 잘 조절해 줄 수 있는 뇌하수체와 송과선, 두 내분비선을 활성화시켜 주기 때문이다. 뇌하수체와 송과선은 누구도 가져본 적이 없는 좋은 약을 모두 가지고 있다.

행복은 많이 소유한다고 오는 것이 아니다. 자신을 충분히 관찰할 수 있는 감각만 깨어나면 지나가다 마주치는 꽃 한 송이에서도 행복은 발견된다. 무심코 쳐다본 하늘에서도 기쁨은 느낄 수 있다. 희로애락이 자신에게 달렸음을 아는 사람을 고통스럽게 만들 수 있는 방법은 이 세상에 존재하지 않을 것이다.

《죄와 벌》로 유명한 도스토옙스키는 이런 말을 남겼다.

"인간이 불행한 것은 자기가 행복하다는 것을 모르기 때문이다. 이유는 단지 그것뿐이다. 그것을 자각한 사람은 곧 행복해진다. 일순간에!"

또 《안나 카레니나》에서 톨스토이는 첫 문장을 이렇게 시작한다.

"행복한 가정은 모두 비슷비슷하고, 불행한 가정은 모두 제각각의 이유로 불행을 안고 있다."

에이브러험 링컨(1809~1865)도 톨스토이(1828~1910)와 비슷한 말을 했다.

"대다수의 사람들은 자신이 마음먹은 만큼만 행복하다."

지구의 반대편에 살았던 두 사람이 동시에 동일한 말을 한 걸 보면 행복에 대하여 느끼는 감정은 인간이라면 모두 비슷한 모양이다.

그러므로 행복과 불행은 결국 우리 자신의 선택의 문제라고 할 수 있겠다.

> 자신을 의심하는 사람은
> 마치 적군에 가담해서 스스로에게 총을 겨누는 사람과 같다.
> · 알렉상드르 뒤마 ·

· 35 ·

치매는
예방할 수 있다

나이가 들어감에 따라 점차 기억력이 감퇴하기 시작한다. 사람 이름이 잘 떠오르지 않거나 손에 쥔 열쇠를 찾아 여기저기 뒤지기도 하고 집 밖을 나서서는 문을 잠갔는지 기억이 나지 않아 가던 길을 되돌아오기도 한다. 대체로 이런 일이 생기면 치매가 아닌가 하고 걱정하게 된다. 그러나 건망증과 치매는 다르다. 치매와 건망증은 기억을 못 한다는 공통점이 있지만 둘 사이에는 차이점이 있다. 건망증은 정보의 인출 과정에서 어려움을 겪는 현상으로 나이를 먹으면서 자연스럽게 나타나는 증상이다. 쉽게 말해 노화로 인해 기억의 서랍에서 무언가를 꺼내는 데 시간이 오래 걸리거나 잘 찾지 못하게 되는 것이다. 그러나 치매에 걸리면 기억 자체를 몽땅 잃어버린다. 예를 들어 친구와의 약속을 잊어버렸는데, 친구가 "왜 늦나?"라고 전화를 하면 "아! 맞아, 오늘 약속했지?"라며 약속한 사실을 기억해내면 그건 건망증이다. 하지만 치매 초기인 경도인지장애인 경우에는 "우리가 약속 했었어?" 또는 "우리가 통화했었어?"라고 하며 약속 자체를 기억하지 못한다.

노화가 진행됨에 따라 기억력과 관련된 해마의 부피가 줄어드는데, 이로써 기억력 감퇴가 일어난다. 기억력 감퇴와 함께 저하되는 뇌 기능은 전전두엽의 수축과 연관이 있는 기억과 실행의 능력이다. 시냅스의 감소를 사람들이 실제로 체감하게 되는 순간은 대개 기억력이 떨어진다고 느끼는 때다. 건망증과 달리 치매는 수 세기 동안 노망이라고 부르면서 나이를 먹게 되면 피할 수 없는 현상이라고 생각하였다. 그러나 현대에는 노인뿐만 아니라 비교적 소수이지만 젊은 층에도 발생할 수 있어 세심한 주의가 필요하다.

영화 '스틸 엘리스'는 주인공 엘리스라는 중년 여성이 겪는 치매의 고통을 그렸다. 조깅 중에 갑자기 평소에는 익숙했던 길을 잃기도 하고 급기야는 집안에서도 화장실을 찾지 못하게 되어 선 채로 소변을 보는 장면은 치매로 인해 당사자가 겪는 고통이 얼마나 심각한지를 짐작하게 한다. 치매는 살면서 축적된 자신이라는 기억이 점차 사라짐으로써 서서히 자아를 잃어가는 과정이다. 치매의 증상은 뇌의 신경세포가 손상되면서 기억력, 언어능력, 주의집중력 등의 인지기능이 저하되고 일상생활에 장애가 발생한다.

치매는 원인에 따라 알츠하이머성 치매, 혈관성 치매, 파킨슨성 치매, 알코올성 치매 등으로 나뉜다. 알츠하이머성 치매는 전체 치매의 50~70%를 차지하는 가장 흔한 유형으로 기억, 언어, 동작 같은 정신적 능력을 관장하는 대뇌피질이 얇아지고 해마가 쪼그라들어 발생한다. 치매 환자의 20~30%를 차지하는 뇌혈관성 치매는 고혈압이나 당뇨병, 술, 담배와 같이 뇌혈관에 해로운 환경으로 인해 발생한다. 특히 술을 많이 마시면 대뇌피질이 얇아져 치매에 걸릴 확률이 더 높아진다. 85세 이상인 사람 중 50%가 알츠하이머병 및 기타 치매로 진단받거나 그런 증상을 보이며 알츠하이머병 환자를 돌보는 사람들의 15%가 같은 병에 걸리는 것으로 추정되고 있다.

그러나 그동안은 인간의 뇌 세포는 태어나면서부터 계속 줄어드는 것으로만 알려졌으나 최근 뇌과학 연구결과는 주변 환경으로부터 여러 가지 자극을 받으면 뇌가 엄청나게 빠른 속도로 신경망을 재구성하는 등 뇌는 평생 새롭게 생성된다고 한다. 인간의 뇌에서도 새로운 신경세포가 생성된다는 사실이 입증된 것이

다. 특히 치매와 관련이 있는 해마 영역에서 뇌세포로 성장할 수
있는 줄기세포가 매일 4백 개에서 1천 개까지 생성된다는 실험
결과도 발표되었다. 우리의 뇌도 조각가가 작품을 만들어 내듯이
원하는 대로 디자인할 수 있다는 것이다. 뇌에 자극을 줄 방법은
여러 가지가 있을 수 있으나 그 중 효과적인 방법으로 운동이 선
호된다. 운동한 후에는 해마 치아이랑의 혈류량 수준이 운동 전
과 비교하면 2배가량 증가한 것으로 나타났다. 해마의 치아이랑
은 기억력과 밀접한 관련을 지닌 곳으로. 나이가 들면서 가장 먼
저 쇠퇴해 노화성 기억력 감퇴에 영향을 준다고 알려져 있다.

　운동은 이런 성장인자의 분비를 촉진해 새로운 신경세포를
만들어낸다. 대표적인 성장인자는 뇌유래신경성장인자BDN-
F(brain-derived neurotrophic factor)라고 하는 기적의 성장제이
며 현재까지 BDNF를 증가시키는 가장 강력한 방법은 운동으로
밝혀졌다. BDNF는 시냅스 근처의 저장소에 모여 있다가 운동으
로 혈액 순환이 빨라지면 방출된다. BDNF는 뇌 속에서 새로운
신경세포의 생성과 성장을 돕고, 시냅스의 연결을 단단히 하며
신경전달 물질의 분비도 촉진한다. 뇌를 건강하게 만드는 기적의
작용이 일어나는 것이다. 12주 동안 매주 두세 번씩 30분 동안 천
천히 달리기만 해도 전전두엽 피질의 기능, 즉, 최고 인지 기능이
향상된다고 한다.

　인지기능의 저하를 예방하기 위해서는 뇌에 계속 도전적인 과

제를 부과해야 한다. 그런 차원에서 육체적인 자극으로 운동은 뉴런이 서로 연결할 수 있는 준비를 하여준다. 반면에 정신적인 자극은 준비된 뉴런들이 서로 연결되도록 돕는다. 더 많은 교육을 받거나 지식욕이 더 강한 사람들은 교육수준이 낮은 사람들보다 알츠하이머병에 훨씬 더 오래 저항할 수 있다는 사실이 연구를 통해 밝혀졌다.

교육을 많이 받고 지적 수준이 높고 잘 훈련된 두뇌를 가진 사람들은 인지력 보호구역이라는 것이 생긴다. 교육과 학습은 더 많은 뉴런 경로들과 시냅스 연결을 발달시키기 때문에, 이런 사람들은 감퇴가 일어나기 시작할 때 자신을 보호해 줄 완충지대를 가진 셈이다. 이는 학벌과 졸업장이 중요하다는 말이 아니다. 학업을 오래 한 사람일수록 학습에 흥미를 나타내는 경향이 더 높다는 뜻이다. 대학을 나오지는 않았으나 주변에서 일어나는 일에 대해 강한 관심을 키워온 사람들의 경우도 여기에 해당한다.

존스 홉킨스 대학의 학자들의 최근 연구를 살펴보자.

교육 수준과 경제 수준이 별로 높지 않은 60~86세의 다수가 흑인인 여성 자원봉사자 128명을 모집해서 훈련한 다음, 초등학생들에게 일기와 도서관 사용법 등을 가르치게 했다. 그랬더니 아이들의 학력 평가 성적이 향상된 것은 물론, 여성들의 건강도 상당히 좋아졌다. 지팡이를 짚고 다니던 여성 중 다수가 더는 지팡이가 필요하지 않았으며, 44%의 여성은 예전보다 더 건강해졌다고 느꼈고, 텔레비전 보는 시간도 상당히 줄었다. 그리고 필요할 때 도움을 청할 수 있다고 생각하는 사람도 크게 늘어났다. 자원 봉사는 사회적인 접촉을 하고 그 과정에서 뇌에 자극을 받는다는 점에서 유익하다.

자원봉사뿐만 아니라 다른 사람들과 접촉하는 활동은 모두 건강하게 오래 사는 데 도움이 된다. 사교성과 수명 사이에 강한 비례관계가 존재한다는 통계도 있다. 새로운 경험을 하면 뇌가 더욱 활발하게 활동해야 하므로 뇌의 보완능력이 향상되고, 신경세포 성장인자 및 뉴런 간의 연결이 늘어나며, 새로운 뉴런도 늘어남에 따라 더욱 다양한 일을 할 수 있게 된다.

런던의 택시기사들은 꼬불꼬불한 골목길을 손바닥 들여다보듯 외워야 한다. 그 결과 이들의 뇌에 있는 시각과 공간 기억의 주된 중추인 해마가 일반인들보다 더 많이 사용됨에 따라, 해마의 크기가 커져 있음을 발견할 수 있다고 하였다.

1990년대 중반에 심장마비로 85세에 별세한 베르나데트 수녀는 죽기 직전까지 인지력 테스트에서 상위 10%에 들 정도로 우수한 성적을 보였다. 그녀의 뇌는 과학 실험을 위해 데이비드 스노우든 연구팀에 기증되었는데, 사망 후에 뇌를 해부해보니 알츠하이머병으로 뇌 대부분이 손상되어 있었다. 해마에서 대뇌피질로 이어지는 세포 조직에 플라크와 신경섬유성 농축제가 아주 심하게 쌓여 있었고, 아포리포단백질 E4 변이 유전자까지 있었다. 뇌가 이렇게 파괴되었는데도 명철한 정신을 유지했던 것이다.

스노우든은 이런 현상을 예비 인지력이란 개념으로 설명했다. 한 부위가 손상을 입으면 다른 부위가 그 일을 대신 수행하는 뇌의 보완 및 적응 능력 때문이라는 것이다. 베르나데트 수녀는 아주 늦은 나이에도 뇌를 활발하게 사용함으로써 생물학적 조건을 극복하도록 뇌를 훈련했다. 이러한 생활방식은 노년기를 건강하게 보내는 좋은 사례라고 하겠다.

우리의 마음이 변화하면, 우리의 뇌 역시 변화한다. 심리학자 도널드 헵[33] 박사의 연구에 의하면, 뇌의 뉴런들이 함께 작동할 때, 이들 사이에는 연결이 생겨난다. 즉, 정신적 활동은 실제로 신경구조를 새롭게 만들어 내는 것이다. 그 결과 흘러가는 생각이나 느낌조차도 우리의 뇌에 흔적을 남기는데, 이는 마치 봄비가 언덕에 작은 자국을 남기는 것과도 같다고 하였다.

자기가 좋아하는 분야, 학습할 가치가 있다고 여기는 분야, 이런 분야에 깊이 빠져 들어가 날마다 새로운 것을 배우는 것, 그리고 그 배움에서 순수한 보상과 기쁨을 발견하는 것, 이것이야말로 그 어떤 노화방지 식품보다도 더 확실하게 뇌의 젊음을 유지해준다. 그리고 나이가 들면 뇌가 정보를 처리하는 속도는 늦어

---

33) Donald O. Hebb(1904~1985) 캐나다 토론토 대학의 심리학자. 뉴런 작용과 학습심리학적 과정의 연관성을 연구하여 '뇌와 행동 간의 관계에 대한 이론'을 발표했다. 저서로는 《The Organization of Behavior》가 있다.

질 수 있지만 머릿속에 기록된 수백만 가지의 정보들을 종합적으로 분석하고 판단하는 능력은 오히려 젊었을 때와는 비교할 수 없게 향상된다. 나이가 들면서 지혜로워진다는 말은 바로 이런 결정적 지능에 대한 것이다. 알츠하이머가 급증하는 것은 인간이 점점 덜 움직이면서 스스로 동물 본성을 역행한 데 대한 경고의 의미일 수 있다고 말한다.

뇌과학에 관한 여러 연구논문들은 모두 다음과 같은 두 가지의 결론으로 귀결된다.

첫째, 뇌는 사용하지 않으면 늙는다.

둘째, 치매는 예방할 수 있다.

책을 써야겠다고 마음을 먹고 평소에 자료를 모으고 있었다. 그러나 어디서부터 시작해야 할지 막막하던 차에 열흘간의 연휴가 주어졌다. 이 기회를 이용하기로 결심을 하고 나니 모든 것들이 저절로 되어갔다. 내가 한다기보다는 나의 뇌가 필요한 정보들을 찾고 정리하며 옮기는 작업이었다.

살아오면서 한 번도 내가 뇌의 주인이며 뇌를 사용의 대상으로 생각해 본 적이 없었다. 나의 모든 생각, 감정, 행동이 뇌의 작용이며 뇌를 목적에 맞게 의도적으로 조절할 수 있다는 것은 뇌교육 즉, 뇌활용법을 만나면서부터다. 내 몸에 흐르는 기운을 느끼고 이 기를 통하여 나의 뇌와 몸 그리고 자연과 연결되는 과정을 체험하면서 내면으로부터 형언할 수 없는 감동과 감사함이 솟아올랐다.

나에게 머물던 의식이 점차 확장되면서 민족, 더 나아가 지구에까지 이르자 삶에는 소명이 있음을 직감적으로 깨닫게 되었다. 나의 소명은 나로 인해 지구가 좀 더 아름다운 곳이 되도록 만들고 그런 다음 본래 자리로 돌아가는 것이다. 이런 목표를 정하고 나니 나의 삶은 눈에 띄게 변하기 시작했다. 드디어 반백 년 동안의 방황을 끝내고 이제야 본격적인 영혼완성을 위한 여행길에 접어든 것이다.

준비된 자에게는 스승이 나타난다고 했다. 회상해 보면 살면서 겪은 고통이 오히려 스승을 만날 수 있도록 나를 독려한 것이었다. 만일 삶이 순탄했더라면 변화하고자 하는 간절함이 없었을 것이고 그랬다면 일지 스승님을 만나지 못했을 것이다. 일생을 방황과 두려움 속에서 술과 담배로 인해 지금쯤 병실에 있거나, 어쩌면 이미 이 세상을 떠났을지도 모른다.

지구를 살리는 일은 개인이나 특정 단체가 할 수 있는 것이 아니다. 인류 전체의 의식이 깨어나야 가능한 것이다. 나는 스승님과 함께 인류의 의식을 깨우고 민족의 한을 풀기 위해 120살을 살기로 했다. 아직 반이나 남았으니 체력, 심력, 뇌력을 키우기 위해 다양한 노력을 기울이고 있다. 물구나무서서 걷기, 푸시업, 잠자리에 들기 전 절수행과 명상, 발끝치기, 장운동을 비롯하여 평소에 걸을 때도 발바닥에 힘을 주고 힘차게 걷노라면 40대처럼 느껴진다. 그리고 독서를 즐기고 매일 글을 쓰며 어떻게 하면 더 많은 사람에게 뇌활용법을 알릴 수 있을까 고민한다.

차라리 태어나지 말았어야 할 존재라고까지 자신을 비하했던 내가 이렇게 할 수 있다면 이 글을 읽는 독자들도 충분히 할 수 있을 것이다. 왜냐하면, 모든 사람의 뇌는 창의적이고 완전하며 상상하는 것을 실현하는 능력을 갖췄기 때문이다. 우리의 뇌는 거대한 우주와 에너지를 통해 서로 연결되어 있다. 나 하나가 바뀌면 우주가 바뀐다고 했다. 자신의 뇌를 활용할 대상으로 보고 뇌가 가진 무한한 잠재력을 믿고 사용하게 되면 기적이 일어날 것이다.

뇌 속에 우리의 모든 꿈과 희망이 있다! 그리고 선택하면 이루어진다!

1. 도움이 되는 웹사이트

◆ 체인지TV www.changetv.kr
120세 시대를 위한 새로운 라이프스타일

◆ 일지희망공원 www.ilchi.net
뇌교육 창시자가 말하는 뇌 사용법

◆ 지구시민운동연합 www.earthact.org
인간사랑, 자연 사랑을 실천하는 지구시민 네트워크

◆ 국제뇌교육협회 www.ibrea.org
세계 100개국이 가입한 국제 뇌교육 단체. 유엔 글로벌 콤팩트(UNGC) 회원, 유엔공보국(UN-DPI) 정식지위 NGO기관.

◆ 한국뇌과학연구원 www.kibs.re.kr
유엔경제이사회(UN-ECOSOC) 협의기관이며 인간 두뇌의 활용법 개발 연구.

◆ HSP Life www.hspmall.com
지구시민을 위한 종합 쇼핑 몰

2. 뇌교육 배울 수 있는 곳

◆글로벌사이버대학교 www.global.ac.kr
　뇌교육 전문 학사 과정

◆국제뇌교육종합대학원대학교 www.ube.ac.kr
　뇌교육 전문 석사, 박사 과정

◆(주)단월드 www.dahnworld.com
　브레인명상 전문기업

◆(주)BR뇌교육 www.brainedu.com
　청소년을 위한 뇌교육 전문기업

◆(주)키즈뇌교육 www.braindori.com
　어린이를 위한 뇌교육 전문기업

◆브레인트레이너협회 www.brain-tr.org
　국가 공인 브레인트레이너 양성

참고문헌

미치오 가쿠(김영사 2015). 마음의 미래. (원저 2014 출판)

신영복(돌베개 2015). 담론

오로지(명지사 2015). 한국의 GMO재앙을 보고 통곡한다.

이승헌(한문화멀티미디어 1997). 뇌호흡

이승헌(한문화멀티미디어 2001). 한국인에게 고함

이승헌(한문화멀티미디어 2007). 걸음아 날 살려라

이승헌(국제뇌교육종합대학원대학교 출판부 2010). 뇌교육 원론

이승헌(국제뇌교육종합대학원대학교 출판부 2012). 뇌철학

이승헌(AZ: Best Life Media 2016). The Power Brain

이승헌(한문화멀티미디어 2017). 나는 120살까지 살기로 했다.

이승헌, 전세일(비타북스 2014). 기적의 뇌건강 운동법

장영희(샘터사 2005). 문학의 숲을 거닐며

Bruce H. Lipton & Steve Bhearman(정신세계사 2012). 자발적 진화(이균형 역). (원저 2009 출판)

Bruce H. Lipton(도서출판 두레 2011) 당신의 주인은 DNA가 아니다(이창희 역). (원저 2008 출판)

Daniel G. Amen(한문화멀티미디어 2015). 뇌는 늙지 않는다(윤미나 역). (원저 2012 출판)

Deepak Chopra(행복우물 2008). 죽음 이후의 삶(정경란 역). (원저 2006 출판)

Deepak Chopra(한겨레출판 2010). 사람은 왜 늙는가(이균형 역). (원저 1993 출판)

Dick Swab(열린책늘 2015). 우리는 우리 뇌다(신순림 역). (원저 2014 줄판)

Don Miguel Ruiz(김영사 2001). 네 가지 약속(유향란 역). (원저 1997 출판)

Eben Alexander(김영사 2013). 나는 천국을 보았다(고미라 역). (원저 2012 출판)

Eckhart Tolle(위즈덤하우스 2008). Now(류시화 역). (원저 2005 출판)

Elisabeth Kubler Ross(대화문화아카데미 1996). 사후생(최준식 역). (원저 1991 출판)

Erik Hoffmann(불광출판사 2012). 이타적 인간의 뇌(장현갑 역). (원저 2012 출판)

Fritjof Capra(범양사 1979). 현대 물리학과 동양사상(김용정, 이성범 역). (원저 1975 출판)

Hill, P. L., & Turiano, N. A. (2014). Purpose in life as a predictor of mortality across adulthood. Psychological science, 25(7), 1482-1486.

Jill B. Taylor(월북 2010). 긍정의 뇌(장호연 역). (원저 2006 출판)

JZ Night(아이커넥 2011). 람타(유리타 역). (원저 1999 출판)

Neale Donald Walsch(아름드리미디어 2009). 신과 집으로(조경숙 역). (원저 2006 출판)

Rionel Tiger & Michael McGuire(와이즈북 2012). 신의 뇌(김상우 역). (원저 2010 출판)

Stephen Hodge & Martin Boord(정신세계사 2005). 티벳 사자의 서(유기천 역). (원저 1999 출판)

Williams, L. M., Brown, K. J., Palmer, D., Liddell, B. J., Kemp, A. H., Olivieri, G., & Gordon, E. (2006). The mellow years?: neural basis of improving emotional stability over age. Journal of Neuroscience, 26(24), 6422-6430.

Matthew D. Liberman(시공사 2015). 사회적 뇌(최호명 역).

행복우물 출판사는
다양한 관심사를 갖고 있는 예비 작가들의
원고투고 및 작가지망을 기다립니다

| 원고투고 | book@happypress.co.kr
원고 완성도 70% 이상

| 작가지망 | contents@happypress.co.kr
원고 완성도 70% 미만

컨셉 및 기획안 바탕으로 출간상담 가능

| 도서 출간 상담 · 책쓰기 교육 문의 |
Hot Line | 010-2334-4008
Office | 031-581-0491